La Chronique des Joyaux 2

L'Aurore Carmin

Mélanie Dufresne

Publié à Québec

Couverture par Deranged Doctor Design

ISBN-13 papier : 978-2-9820651-3-0
ISBN-13 ePub : 979-8-2014102-2-3

Dépôt légal : 2022
Bibliothèque et Archives nationales du Québec
Bibliothèque et Archives Canada

L'AURORE
CARMIN

*À Sophie, j'espère que tu sauras trouver ta propre
définition de ce qu'est une femme forte.*

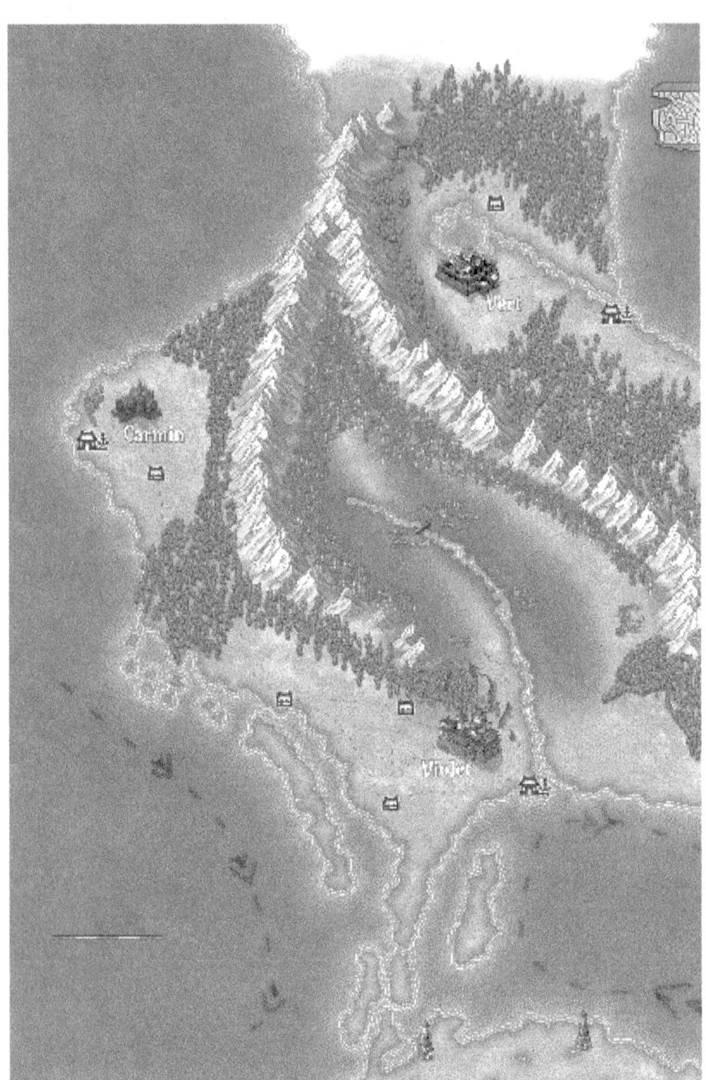
Vert
Carmin
Violet

N
Les terres du Nord
La Chronique des Joyaux
Rose
Bleu
Blanc

PROLOGUE

Au fil du temps, plusieurs théories ont été avancées, mais la plupart restent des spéculations. Les joyaux semblent de prime abord des organismes magiques plutôt simples, du fait des limitations physiques imposées par leur nature, mais aussi par la façon dont ils survivent. Toutefois, le moyen qu'ils ont trouvé d'interagir avec nous – en manifestant des précieux et des précieuses – leur ouvrent un nombre infini de possibilités.

Avant l'arrivée des Hommes de sang, les Sylphes visitaient fréquemment les joyaux lors de pèlerinages. Certaines anecdotes rapportées par nos précieux confirment que la présence de ces pèlerins était suffisante, à certaines époques, pour éveiller les joyaux, comme ce fut le cas pour les joyaux nacré et carmin.

De l'avis de tous, la nature intrinsèque des joyaux porte les précieux et les précieuses à être chaleureux dans leur accueil des créatures foulant leur sol. Malheureusement, la tragédie dont nous avons été témoins au château Jaune prouve que ce qui les incite à prendre soin de leurs gens n'est pas immuable, et que si l'on croyait leur conscience limitée à veiller au bien-être du joyau, il est possible que des circonstances extraordinaires poussent un précieux dans les abysses des émotions les plus sombres expérimentées par le reste de l'humanité.

Extrait des archives des Chroniques du château Nacré
An 75 après la fondation

CHAPITRE 1
Maelora

La boue s'était immiscée partout. Mes bottes en étaient imbibées et mes braies avaient doublé de poids. Je serrai les dents et poussai avec les autres. L'essieu grinça et la roue ballotta dans l'ornière. Mes muscles tremblèrent sous l'effort, mais je refusais de lâcher prise. Le conducteur du chariot siffla pour demander aux chevaux de tirer plus fort. Les lanières de cuir de l'attelage se tendirent et le chef de la caravane poussa un cri d'encouragement.

Mes pieds glissèrent et je dus mettre un genou au sol pour ne pas m'étaler de tout mon long. La roue pivota enfin, passant par-dessus le bourbier. Tout à leur élan, les chevaux firent quelques foulées de galop avant d'être rappelés à l'ordre par le conducteur. Des caravaniers hululèrent de joie, mais je n'étais pas d'humeur à joindre ma voix à la leur.

Une main dans mon champ de vision me fit relever la tête et j'attrapai le bras de Segast. Sa courte barbe et sa peau pâle arboraient une constellation de boue. Ses cheveux noirs étaient à l'abri sous un foulard dont la couleur bleue se distinguait à peine sous la saleté. Le regard critique de mon premier lieutenant parcourut mes vêtements et je haussai un sourcil sévère, le défiant de commenter.

– Je passe par où, chef? demanda un caravanier derrière nous.

Lathar, le chef de la caravane, se tourna vers le chariot suivant et frotta son visage d'une main, ses doigts laissant une trace de boue sur leur passage. J'étudiai nos options d'un œil critique. Nous avions passé la dernière heure à dégager le chariot de tête d'une première ornière. En voulant l'éviter, le deuxième chariot était tombé dans un trou encore plus profond. Nous avions dix autres chariots à traverser.

Le regard de Lathar croisa les miens et j'y lus le même découragement. Il pointa l'autre côté du chemin, que plusieurs caravaniers avaient foulé pendant que nous déplacions les chariots. Le sol y était plus ferme, mais je doutais qu'il le reste sous le poids des attelages. Ilyon, un autre de mes lieutenants, apparut à mes côtés.

– Si on doit pousser sur chacun des chariots, je vote pour qu'on les abandonne ici.

Je lui envoyai un regard de réprimande qu'il fit mine d'ignorer. Ses yeux bridés ne laissaient voir qu'une mince ligne de ses iris, mais je le connaissais depuis assez longtemps pour y déceler une lueur taquine. Nous avions passé notre adolescence ensemble au château Bleu, mais sa peau dorée était celle des peuplades du Grand Nord et les caprices du climat septentrional n'avaient pas de secret pour lui.

– Tu pousseras sur ce que je t'ordonnerai de pousser.

Ilyon ouvrit la bouche, probablement pour suggérer une autre idée saugrenue, mais mon troisième lieutenant lui assena un coup sur l'épaule. Comme Kallas et moi étions cousines, nous partagions la même couleur de cheveux. Les siens étaient plus dociles et elle les gardait nattés serrés. Même si elle était plus jeune de quelques années, nous avions été inséparables toute notre vie, passant fréquemment pour des sœurs.

Ilyon me fit un salut martial, comme si de rien n'était. Nous étions tous bien au fait de notre mission. Le seigneur du château Violet m'avait confié la tâche de prendre contact avec le château Carmin, et vu les conditions, la vitesse ne changerait rien.

Lord Baygund était venu me recruter directement au château Bleu au début du printemps. Au château Violet, le décès du précédent maître d'armes avait laissé les habitants vulnérables à des attaques de créatures monstrueuses, et mon entrée en fonction aurait dû être expéditive. À notre arrivée, la situation était bien différente de celle attendue par Lord Baygund : la caravane que nous accompagnions à l'heure actuelle avait fait escale au château, avec en son sein un mercenaire dénommé Jonas. Par un concours de circonstances, la précieuse du château Violet s'était liée à lui, me dérobant le titre de maître d'armes juste sous le nez.

Pour être honnête, Jonas ne l'avait pas volé, et ses prouesses comme combattant aussi bien que stratège avaient suscité mon respect. Sauf que mes projets étaient tombés à l'eau et que je m'étais retrouvée pour la première fois de ma vie sans amarres.

L'absence de réponse de la part du château Carmin jumelée aux attaques de gargouilles avaient motivé Sabaya et son seigneur à envoyer une délégation s'enquérir de la situation. Comme j'aurais repris la route de toute façon, et que personne au château Bleu ne m'attendait, j'étais la personne toute désignée pour entreprendre cette mission. Les caravaniers, dont les raisons restaient un peu plus nébuleuses, avaient accepté de nous accompagner. Si les chariots ralentissaient la cadence, les repas chauds et la sécurité par le nombre n'étaient pas de refus.

Depuis le début de cette aventure, mes trois lieutenants avaient fait preuve d'une loyauté indéfectible. Ils m'avaient suivie loin de notre château natal, notamment parce que ma promotion au titre de maître d'armes aurait fait d'eux des capitaines. Malgré tout, lorsque mes projets ne s'étaient pas concrétisés, ils étaient restés stoïques, sans jamais émettre d'opinion sur ce revirement de situation. Jusqu'à maintenant, leur dévouement n'avait pas été récompensé à sa juste valeur, mais je refusais de considérer que notre voyage se termine par un échec.

Kallas esquiva la riposte d'Ilyon et se tourna vers le sud-ouest avec un regard songeur.

— On pourrait toujours retourner vers la forêt, bûcher des troncs et les utiliser pour stabiliser la traversée des chariots.

Je fermai les yeux et calculai le temps qu'un groupe de cavaliers mettrait à rebrousser chemin, couper les arbres et les rapporter. C'était sans compter le temps qu'il nous faudrait ensuite pour déplacer les chariots. Je secouai la tête puis fis quelques enjambées vers Lathar. Il se tourna vers moi avec une expression frustrée.

Ses pommettes saillantes et son long nez droit étaient plutôt exotiques pour le Nord, mais plusieurs des caravaniers, dont quelques membres de sa famille, partageaient ses traits. Les jointures de ses mains étaient recouvertes de cicatrices argentées, preuves qu'il n'était pas du genre à se laisser marcher sur les pieds. J'avais observé une attitude prudente lors de nos premières interactions, avant de réaliser qu'il était susceptible à la logique. Vu le château où j'avais grandi, c'était une qualité que je ne pouvais qu'admirer.

— Je suggère de camper ici.

Il fronça les sourcils et mit les mains sur ses hanches. Je pointai le ciel où le soleil était encore haut. Il nous restait plusieurs heures avant la noirceur, mais avec cette boue, nous n'avancerions à rien.

— D'ici demain, une partie de la boue aura séché et notre route sera plus facile.

Lathar se tourna vers le chemin à parcourir et je l'imitai. Les vallons bruns s'étendaient à perte de vue. Quelques troncs gris venaient briser la monotonie, mais ils avaient perdu leur feuillage depuis bien longtemps. La région avait dû être une plaine fertile à l'époque où le joyau carmin était florissant, mais après une semaine de pluie torrentielle, c'était un des pires bourbiers qu'il m'ait été donné de voir. Le chef de la caravane soupira puis hocha la tête.

– Ce ne sera pas une demi-journée qui changera quelque chose, au stade où nous en sommes.

Je pinçai les lèvres pour contenir le grognement de ma propre frustration et pris la direction des chevaux. D'un signe de main, j'attirai l'attention de mes lieutenants.

– Trouvez les emplacements les plus sécuritaires et aidez les caravaniers à stabiliser leurs chariots pour la nuit.

Trois hochements de tête me répondirent et ils s'éloignèrent, leurs pas accompagnés de bruits de succion. Je fis rouler mes épaules pour en chasser la tension qui y avait élu résidence ces dernières semaines. Le trajet entre le château Violet et le château Carmin aurait dû prendre une quinzaine de jours. Les chariots avaient ralenti notre cadence, mais c'était le terrain qui avait fait tripler ce délai. Des ronces rampantes avaient pris d'assaut la route qui traversait la forêt et nous avions perdu plusieurs jours à défricher la voie. Ilyon n'avait pas manqué de souligner que des cavaliers auraient pu passer avec beaucoup moins d'efforts.

Alors que nous pensions être sortis d'affaires, la pluie avait causé une crue soudaine, emportant une partie de la route à proximité de la rivière que nous suivions. Chaque jour de précipitation supplémentaire avait ralenti notre cadence jusqu'à ce que nous passions des heures à déprendre un chariot après l'autre. Je louai le ciel que le forgeron du château Violet ait été compétent, car jusqu'à maintenant, nous n'avions eu aucun bris irréparable.

Un cheval hennit avant de chuter, entraînant avec lui son compagnon d'attelage qui tomba à genoux. Le conducteur cria tandis que le chariot tanguait sur le côté de façon alarmante. Il sauta au sol et tira sur une corde pour le stabiliser. Quelques caravaniers accoururent et attrapèrent les cordages le long des montants pour lui prêter main-forte.

Je courus jusqu'à l'animal et l'atteignis en même temps que deux autres hommes; Nicor, le cuisiner, et Cynrad, le second de la caravane. Le premier attrapa les montants de la bride et tira sur la tête du cheval. L'animal renâcla, les yeux révulsés par la panique.

D'un signe de tête à Cynrad, je me positionnai à la croupe tandis qu'il se plaçait à l'épaule. Au signal de Nicor, tout le monde poussa. Les sabots du cheval glissèrent dans la boue avant de trouver un appui et il se releva d'un bond. Avec le relâchement de la tension sur son harnais, le deuxième cheval parvint à se remettre debout sans aide. Les deux animaux s'ébrouèrent, envoyant de l'eau boueuse sur leurs sauveurs. Un peu plus ou un peu moins; j'avais abandonné toute notion de propreté quelques jours auparavant. Alors que j'allais remercier mes compagnons, le conducteur du chariot se mit à beugler.

– De quoi je me mêle? Reste loin de mon chariot, sale Nordien.

Je contournai les chevaux vers l'attroupement qui s'était formé pour voir Segast pointer un doigt vers le caravanier.

– Si tu avais écouté mes directives, tu n'aurais pas atterri dans l'ornière. Mais suivre des ordres simples est visiblement au-dessus de tes capacités.

Le conducteur leva les poings, prêt à sauter sur mon lieutenant. Je n'étais pas inquiète quant à ses aptitudes au combat, mais je ne voulais pas non plus ramasser le caravanier à la petite cuillère. Heureusement, Lathar arriva d'un pas rapide depuis l'arrière de la procession et il héla le conducteur.

– Calme-toi, Gaemo. C'était un accident.

Mais le caravanier était hors de lui, et dès qu'il vit Segast se mettre en position défensive, il attaqua. Je secouai la tête devant sa stupidité. Mon lieutenant était un des meilleurs combattants de ma connaissance. À moins de le prendre par surprise, Gaemo n'avait aucune chance. Cynrad jura derrière moi et je lui lançai un regard par-dessus mon épaule. Il me fit une grimace d'excuse.

– Je sais qu'il l'a provoqué, mais Segast va le tuer si tu le laisses faire.

J'acquiesçai de la tête et reportai mon attention sur le combat. La boue leur avait fait perdre pied et Segast était à califourchon sur son adversaire. Je lui laissai la satisfaction d'un coup de poing bien placé avant de m'interposer. Mon lieutenant lâcha prise et s'éloigna aussitôt. Gaemo se remit sur pieds avec difficulté, mais releva les poings.

– Assez, intervins-je. Nous sommes tous dans la même position et nous n'en sortirons qu'en collaborant.

Gaemo montra les dents, mais ses mains redescendirent. Je le dépassais d'une bonne tête, même s'il était grand pour un Sudiste. Il cracha au sol avec un regard mauvais.

– Je ne prends pas mes ordres d'une femelle.

Je haussai un sourcil. Les caravaniers étaient bien au fait de mes compétences au combat et comme capitaine de garnison. Lathar s'arrêta à mes côtés avec un regard sévère.

– Attention à ce que tu dis, Gaemo.

– Sa place est devant un chaudron, dit-il en me pointant.

– Ho là, doucement. Je ne suis pas prêt à céder mes ustensiles, répliqua Nicor non loin.

Une vague de rire se répandit autour de nous et la tension retomba. Le frère du chef de caravane supervisait tout ce qui concernait les repas et personne n'avait intérêt à se le mettre à dos. Lathar mit une main sur l'épaule de Gaemo et le secoua sans ménagement.

– Si le soleil te fait dire des bêtises, tu ne devrais pas conduire ton chariot. Va boire un peu d'eau pendant qu'on installe le bivouac.

Le caravanier marmonna dans sa barbe avant de se diriger vers l'arrière de son chariot. Lathar survola les spectateurs du regard et ils se dispersèrent sans se faire prier. Nicor m'envoya une tape amicale dans le dos.

– Ton aide n'est pas nécessaire pour préparer les repas, mais je prendrais bien un coup de main avec mon attelage.

J'acquiesçai en silence et lui emboîtai le pas. Les dernières semaines avaient été en dent de scie. Les caravaniers maîtrisaient l'art du voyage, ce qui en faisait d'excellents compagnons de route. Sauf qu'ils n'avaient pas la même discipline que mes troupes, et j'avais dû ajuster mes attentes plus d'une fois.

De mes trois lieutenants, Segast avait le plus de difficultés à interagir avec les caravaniers. Il avait grandi dans un cadre aussi rigide que le mien, tandis qu'Ilyon avait intégré le corps militaire sur le tard, lorsqu'après plusieurs récidives de vol à la tire, le sénéchal du bourg lui avait donné le choix entre une main coupée ou la garnison. Kallas avait toujours été la plus flexible de nous tous, capable de s'adapter aux circonstances, comme ces animaux qui changent de pelage selon les saisons. Je n'aurais pas pu souhaiter une meilleure équipe pour assurer mes arrières.

Un éclat de couleurs attira mon regard et je vis le ménestrel approcher. Le bas de ses culottes était aussi boueux que le mien, mais rien, pas même les intempéries des dernières semaines ne semblaient venir à bout de ses chapeaux chatoyants. Luan s'arrêta à mes côtés, les mains sur les hanches.

– La route est une maîtresse difficile.

Je lui envoyai un regard pointu, ne voyant pas trop où il voulait en venir. Un sourire retroussa le coin de ses lèvres.

– Je sais que ce n'est pas ton premier voyage, mais dis-moi, de toute ta vie, et de celles de tes gens, combien de temps avez-vous passé loin des joyaux?

Je haussai les épaules et attrapai une corde pour la dérouler. En l'absence d'arbres, les chevaux auraient besoin d'une ligne tendue entre deux chariots pour passer la nuit. Luan me suivit et se saisit d'une autre corde. Comme il travaillait à mes côtés, je me sentis obligée de répondre à sa question.

– Les racines du château Bleu portent loin. La plupart des parties de chasse de mon enfance ne quittaient pas nos terres. Ça doit être... la troisième fois?

Luan acquiesça avec un coup d'œil songeur vers Segast. Ce dernier avait rejoint Kallas, et ensemble ils aidaient Moyra à stabiliser son chariot. C'était un des plus lourds, car la jeune sœur de Lathar était une artiste du bois et ses confections constituaient une des principales sources de revenus de la caravane.

Mon attention revint vers Luan et ses observations. Le ménestrel était volubile, sans être une pie pour autant. Il était aussi d'une excellente écoute, une qualité que je trouvais fort dangereuse combinée avec son esprit aiguisé.

– Pourquoi cette question?

Il mit les mains dans les poches de ses pantalons bouffants et se balança d'un pied à l'autre.

– C'est un secret de polichinelle, à savoir que vos précieux influencent le moral des habitants de leur château.

Je me raidis.

– Tu le dis comme si c'était répréhensible. Les bons seigneurs peuvent avoir le même effet sur leurs gens, sans aucune magie impliquée.

Il leva les mains en signe d'apaisement.

– La raison ou le bien-fondé de la chose ne sont pas remis en question. Mais tu te rends compte que vous avez rarement été loin de cette influence. Penses-tu qu'il pourrait y avoir des conséquences à ce manque?

Il pointa Segast du menton puis haussa les sourcils à mon intention.

– Ne me dis pas que tu ne le sens pas aussi. La patience s'épuise plus vite; la frustration monte rapidement.

Mon regard se porta sur mes trois lieutenants puis sur les caravaniers. J'avais mis notre irritabilité sur le dos des conditions et de la longueur du voyage, mais la possibilité que Luan ait raison existait bel et bien.

– Tu penses que nous serions dépendants de l'influence du joyau.

– Je pense qu'il y a une explication derrière le fait que les habitants du Nord ne quittent qu'en de rares occasions leur château et ses environs.

Mes épaules se crispèrent à l'idée que le joyau carmin soit incapable d'interagir avec nous. Serions-nous condamnés à encore plusieurs semaines difficiles avant de retrouver un semblant de normalité? Les paroles de mon père me revinrent à l'esprit : la chance n'existait pas; nous étions la source des possibilités qui s'offraient ou se fermaient à nous. Je secouai la tête à l'intention du ménestrel.

– Avec ou sans la proximité du joyau, je n'en suis pas moins une capitaine de garnison. Je suis la fille du maître d'armes du château Bleu et j'ai été mandatée par le seigneur du château Violet pour prendre contact avec le château

Carmin. Que ma mission en cours m'amène loin des joyaux n'est qu'une étape sur mon parcours.

Le sourire de Luan s'étira d'une joue à l'autre et il hocha la tête avant de héler un caravanier. Je l'observai interagir avec les autres, perplexe quant à ce qui l'avait réellement incité à poser la question. Je le savais curieux, mais je savais aussi qu'il aimait provoquer ses compagnons de route. Les discussions les plus animées semblaient toujours tourner autour de lui.

J'avais grandi dans un château et ma vie avait été structurée avec le seul objectif d'atteindre le grade de capitaine, dans l'espoir un jour de devenir maître d'armes. Une existence loin des joyaux m'était inconcevable, ce qui devait être une position plutôt radicale aux yeux de Sudistes nomades. Je pris une bonne inspiration et me tournai vers le chariot suivant pour aider son conducteur à dételer les chevaux.

L'installation du camp s'échelonna sur plusieurs heures, durant lesquelles je n'eus pas le temps de réfléchir à l'avenir, et le soleil se couchait lorsque je rejoignis enfin mes soldats autour du feu. Ils se levèrent à mon arrivée et Kallas me tendit un bol de mijoté.

– Au rapport.

Je mangeai en les écoutant raconter leur journée. Kallas s'était liée d'amitié avec Moyra, ce qui lui permettait d'avoir une bonne idée du moral des troupes. Je ne fus pas très surprise d'apprendre que l'humeur était au plus bas. Ilyon se contenta de quelques commentaires désobligeants sur l'état des routes. Segast prit la parole en dernier.

– Il est temps que ce voyage touche à sa fin.

Kallas secoua la tête.

– Malheureusement, je crois que même une fois arrivés à destination, nous ne serons pas sortis du bois.

Elle écarta une main pour désigner la plaine autour de nous.

– Le joyau carmin doit être en dormance pour que la région soit dans cet état.

Ou pire, pensai-je. Mais je n'osais pas prononcer ces paroles à voix haute. Les caravaniers étaient motivés par l'appât du gain et je craignais qu'ils ne rebroussent chemin s'ils avaient la moindre idée de ce qui nous attendait au bout de notre voyage. Si Luan avait raison et que notre santé mentale se dégradait plus nous passions de temps loin d'un joyau, nous aurions des semaines difficiles en perspective.

Des bruits de pas et d'éclaboussures me firent lever les yeux. Un des enfants de la caravane arrêta entre Ilyon et Kallas. Il envoya un regard prudent à Segast avant de se tourner vers moi.

– Lathar aimerait te voir, si tu as fini de manger.

Je saluai mes compagnons et emboîtai le pas au gamin. Il zigzagua entre les chariots pour contourner les flaques de boue les plus profondes puis il grimpa sur une des planches qui avaient été sacrifiées pour servir de passerelle. J'attendis qu'il passe à la planche suivante pour éviter de lui faire perdre l'équilibre. Il s'arrêta à côté du chariot rouge et or de Lathar et cogna sur le montant de la porte. Le battant s'ouvrit sur Ksara qui glissa un bonbon dans les mains de l'enfant. Ce dernier le serra contre sa poitrine et se sauva en courant vers le chariot le plus près. Ksara secoua la tête avec un sourire amusé.

– Parfois, c'est à se demander s'ils pensent que nous avons perdu la recette.

Je lui répondis d'un sourire poli. L'éducation donnée aux enfants de la caravane ne m'avait pas impressionnée, mais je pouvais reconnaître que les conditions de vie dans un château et celles sur la route étaient totalement différentes. La plupart des jeunes enfants agissaient parfois comme des bêtes effarouchées; lents à faire confiance, rapides à déguerpir. Les adolescents semblaient plus équilibrés, aussi je me doutais que les adultes appliquaient tout de même certaines restrictions ou un code de conduite.

Ksara se retourna vers l'intérieur du chariot puis enfila un châle avant de passer la sangle d'une besace sur son épaule. Sa cohabitation avec Lathar était récente et m'avait laissé perplexe. Plusieurs soirées avaient fait l'objet de débats animés jusqu'à ce que Ksara accepte sa proposition de bon cœur. On m'avait fait comprendre que c'était habituel comme rite de séduction.

– Je te laisse discuter stratégie avec Lathar, dit-elle avec un clin d'œil.

Je reculai d'un pas pour lui céder le passage et m'inclinai en guise de salut. Elle agita les doigts avec un sourire en coin puis elle s'éloigna, dépassant les chariots pour disparaître dans l'obscurité de la nuit. Je fronçai les sourcils et portai une main à ma dague par réflexe, regrettant d'avoir laissé mon épée avec ma selle. La plaine avait beau être déserte, il pouvait quand même y avoir des prédateurs ou des oiseaux de proie.

– N'aie crainte pour sa sécurité. Ksara sait ce qu'elle fait.

La bouffée d'air chaud qui me parvenait de l'intérieur était un agréable changement de l'humidité qui ne nous quittait plus depuis des semaines. Je montai à bord, me débarrassai de mes bottes avant de rejoindre Lathar. Je pris place en face de lui, sur un des coussins disposés autour du brasero.

Ce n'était pas la première fois que je visitais son chariot, mais sa collection d'objets disparates était toujours aussi fascinante. Diverses babioles avaient été accrochées à l'aide de ficelles et de lacets à des crochets, que ce soit au plafond ou sur les murs. Au fond du chariot, au-dessus du lit, des étagères accueillaient les pièces qui ne pouvaient pas se suspendre.

Il y avait de tout : des ustensiles, des figurines, des bouquets d'herbes, des pochettes de toile ou de cuir et plusieurs boîtes, des plus simples à celles aux décorations artistiques. Je pouvais reconnaître certaines pièces typiques du Nord, tandis que d'autres m'étaient inconnues. C'était la récolte d'une vie passée à voyager.

Lathar avait changé ses vêtements de jour pour une longue tunique fendue sur les côtés avec des braies roulées aux genoux. Je tirai sur les pans de ma veste renforcée avec envie, mais la discipline acquise au fil des ans me poussait à rester prête à toute éventualité.

Il pointa le plateau devant lui avec un sourcil interrogateur et je hochai la tête, circonspecte. La dernière infusion qu'il m'avait servie avait un goût étrange et j'avais eu toutes les difficultés à l'avaler sans grimacer. Une lueur amusée éclaira son regard, confirmant qu'il avait remarqué ma préférence. Il prit la théière et versa le liquide fumant dans une tasse, soulevant la main très haut. Le geste était exécuté avec grâce et aucune goutte ne se perdit.

Nicor m'avait expliqué que la manœuvre avait pour but d'aérer le thé et faciliter la digestion. Si les caravaniers le faisaient machinalement, ce n'était pas aussi simple qu'il le paraissait. Loin des regards, j'avais tenté la manœuvre, pour me retrouver avec du liquide brûlant partout.

Lathar me passa le verre et je fus soulagée de sentir l'arôme poivré et frais des infusions dont j'avais l'habitude. Je pris une gorgée et relâchai mon souffle discrètement. Ma mère disait toujours qu'un breuvage chaud devant un feu signifiait que la journée s'était somme toute bien passée. Mes années de service militaire tendaient à confirmer cette idée. Le simple fait d'être en vie valait la peine d'être célébré.

Après quelques gorgées en silence, Lathar attrapa un étui en cuir. Il en sortit la carte que le seigneur Baygund lui avait offerte. J'en avais une similaire dans mon paquetage, mais elle était bien plus usée, ses couleurs défraîchies par le temps. Il la déroula au sol et plaça des pièces de bois aux quatre coins. Je reconnus le talent de sa sœur Moyra dans les sculptures, même si les symboles représentés ne m'étaient pas familiers. Je tendis une main au-dessus des reliefs dépeints et pointai une section verte.

— Nous sommes ici. Le prochain hameau devrait être en vue d'ici quelques jours.

— Nous avons assez de grain pour les chevaux, mais il nous faudra trouver des fourrages bien vite.

Je pinçai les lèvres, consciente que l'intimité du chariot était trompeuse. Les parois étaient minces et les oreilles indiscrètes étaient nombreuses.

— Nous aurons plus de chance à proximité du château, dis-je avec prudence.

Lathar soupira, les yeux rivés sur la carte.

— Ce qui signifie encore plusieurs jours d'attente.

— Les terres le long de la côte sont sûrement en meilleure condition, mais notre trajet n'en serait que plus long.

Il secoua la tête.

— Je n'ai rien contre les longs voyages, mais dans les conditions actuelles, mes gens ont hâte de prendre un répit. Les tiens aussi, il me semble.

Il haussa un sourcil inquisiteur et je hochai la tête au souvenir de l'altercation de cet après-midi. Le sujet visiblement clos, Lathar me posa des questions sur l'histoire des châteaux. Ce n'était pas la première fois, aussi lui avais-je déjà raconté toutes les légendes entourant la fondation des sept châteaux du Nord.

J'avais hésité à partager autant de nos connaissances avec un étranger, mais après tout, il s'était joint à nous pour défendre le château Violet, et il avait été témoin à la fois du pire et du meilleur des joyaux. Je ne voyais pas en quoi la rétention d'information me serait utile à ce stade. D'autant que son aide me serait essentielle si l'état du château Carmin était semblable à celui des terres avoisinantes.

Lorsque la théière fut vide, je pris congé et lui souhaitai bonne nuit. Pendant mon absence, mes lieutenants n'avaient pas perdu de temps à monter notre tente et les rabats étaient soulevés pour laisser entrer la fraîcheur de la nuit. La lumière dansante d'un brasero se reflétait sur le cuir huilé et j'étais impatiente de me débarrasser de mes vêtements de voyage.

La vue de Kallas sur le qui-vive un peu plus loin me fit bifurquer dans sa direction. Son regard était rivé sur la noirceur environnante, mais elle me fit un signe de la main en guise de salutation. Je fouillai les alentours des yeux jusqu'à trouver ce qui avait retenu son attention. Ksara revenait et le rabat de sa besace ballottait mollement, témoignant que celle-ci était dorénavant vide.

– Elle le fait presque chaque soir, chuchota Kallas. Elle dispose les roches en cairn avant de tracer des symboles tout autour.

– Penses-tu que ce sont des directives pour d'éventuels poursuivants?

Kallas secoua la tête. Elle avait toujours été très intuitive, alors je ne remis pas en doute sa réponse. J'attendis en silence qu'elle fournisse les explications de son propre chef, ne voulant pas la bousculer dans ses réflexions. Notre vie était assez exigeante sans que nos temps de repos soient aussi sous le signe de la pression.

– J'ai l'impression que c'est un rituel sacré... Elle essaie d'attirer l'attention de quelque chose, mais je ne pense pas que ce soit celle des Hommes de sang.

Je regardai la compagne du chef de la caravane monter dans le chariot que je venais de quitter. Ksara était une soigneuse et Sabaya, la précieuse du château Violet, m'avait suggéré de m'en faire une alliée durant ce voyage. Elle n'avait pas donné plus de détails et j'avais respecté sa discrétion. Mais je ne pouvais pas m'empêcher d'être circonspecte devant ses petites escapades. Elle s'exécutait à l'abri des regards des caravaniers, ce qui signifiait que les rituels n'étaient peut-être pas des traditions sudistes. Ce qui réduisait grandement les possibilités.

Les terres du Nord avaient déjà essuyé une guerre sanglante entre les Hommes de sang et les Sylphes. J'espérais ne pas devoir choisir entre mes supérieurs et mes compagnons de voyage.

CHAPITRE 2

Caysen

Le sol frémit sous mes pieds. Ils arrivaient.

Je baissai les yeux vers mes habits, soudain conscient que j'allais interagir avec des gens pour la première fois en... Combien d'années avais-je dormi? Car le passage du temps avait laissé ses traces sur le château et j'avais la certitude que mon sommeil avait duré longtemps. Trop longtemps.

Je traversai le corridor pour sortir sur les remparts. Dans le cadre de porte, j'hésitai. Depuis les fondations, le joyau s'ouvrit à moi et m'envoya une onde d'énergie. Nos réserves étaient basses, mais son désir d'accueillir ces étrangers pulsait en moi. Je passai les mains sur ma tunique et ravivai les couleurs du tissu.

Était-ce de la vanité? Mon défunt seigneur l'aurait sûrement pensé.

De ma position, je pouvais voir un nuage de poussière s'élever au-dessus de la route. La pluie avait cessé plusieurs jours auparavant et le ciel était dégagé. Un frisson nerveux me remonta le dos et je retournai à l'intérieur avant que les nouveaux arrivants puissent distinguer ma silhouette sur le chemin de ronde.

Je descendis les escaliers et traversai la cour en direction de la grande salle. Mon regard s'arrêta sur les pavés dont les interstices disparaissaient sous les mauvaises herbes. Je fermai les yeux et sondai les environs. La terre se lova contre ma présence, heureuse de me retrouver. J'aspirai l'énergie des plantes et la canalisai vers les fondations, me nourrissant de leur force vitale. J'en fis de même avec les ronces et les aulnes qui s'étaient appropriés le chemin menant à la porte principale. Je pris garde à ne pas toucher aux pommiers dans le verger, bien conscient qu'ils étaient la raison de ma survie.

Mes yeux se rouvrirent et je fus satisfait de voir que l'endroit était un peu plus propre. Mais l'absence de la verdure mettait en relief l'état pitoyable des pierres. Je regrettai aussitôt mon intervention.

Des voix me parvinrent et une bouffée de chaleur me monta au visage. Mon courage se dissipa comme une brume matinale et je me sauvai en direction de la grande salle. Je n'avais pourtant jamais été un lâche. Quoique mon ancien maître d'armes eut souvent déploré mon manque d'agressivité.

Un éclair de douleur me fit baisser les yeux et je vis que mes ongles avaient percé la peau de mes paumes. Mon seigneur tout comme mon maître d'armes étaient morts. Leurs opinions n'avaient plus d'importance, même si je devais vivre avec les conséquences de leurs choix.

Un fourmillement désagréable me parcourut au souvenir des échos qui avaient troublé mon sommeil. Je n'avais eu de cesse de me remémorer les pleurs de mes habitants, affaiblis par la maladie et la malnutrition. Ils m'avaient imploré de les aider, mais mes mains avaient été liées par les décisions de mon seigneur.

Le claquement des sabots sur les pavés me ramena au présent. La présence de ces voyageurs me permettrait de retrouver un certain équilibre dont le joyau avait grand besoin. Plus longtemps ils seraient sur nos terres et plus le joyau en tirerait les bénéfices.

Je devais absolument leur offrir un bon accueil.

Leurs pieds foulèrent les pavés et je les sentis inspecter les lieux, comme autant de chats affamés à la recherche de souris insouciantes dans une réserve. J'inspirai profondément, me refusant à me sauver de nouveau. Une première personne poussa le battant de la grande salle et appela les autres à sa suite.

Des hommes et des femmes entrèrent, leurs regards parcourant les murs. J'avais restauré les tapisseries en même temps que mes habits et les bannières du château Carmin étaient aussi flamboyantes qu'au jour de la mort de mon seigneur.

Le crissement d'une pierre à feu précéda l'éclat d'une torche. Les bordures dorées des bannières chatoyèrent sous la soudaine lumière et je mis une main devant mes yeux pour les protéger. Un cri de surprise se répercuta entre les murs.

Ma présence avait été remarquée.

J'avançai de quelques pas dans l'intention d'accueillir mes invités. Mais les mains se portèrent aux pommeaux des épées et les mères poussèrent les enfants vers l'extérieur.

Une vague de colère me submergea et je levai les bras. Les battants de la salle claquèrent et les fuyards durent bondir pour ne pas être happés. Ils étaient venus ici, sans y être invités, et après tout ce temps, et ils pensaient s'en prendre à moi?

– Que faites-vous sur les terres du joyau carmin?

Le silence accueillit mes paroles et plusieurs personnes échangèrent des regards. Un homme aux traits sévères s'avança, suivi d'une femme aussi grande que lui, dont la chevelure blonde reflétait la lumière de la torche. Il leva une main en signe de paix et prit la parole.

– Je suis Lathar, le chef de la caravane Norimshir. Nous avons fait un long voyage pour arriver jusqu'ici. La route a été difficile et nous demandons le gîte.

Les regrets m'assaillirent. J'étais seul. Personne ne les recevrait. Pas d'intendante, pas de domestiques, ni même de cuisinier. Je secouai la tête, incapable de parler tant ma gorge était serrée. La femme fit un pas de plus et tendit une main vers moi.

— Tu dois être Caysen. Je suis Maelora, capitaine de garnison du château Bleu. J'ai été envoyée par Sabaya et le château Violet pour évaluer la situation et apporter mon aide au besoin.

Le nom de la précieuse fit remonter plusieurs souvenirs, ceux de discussions agréables, de partages d'idées et de camaraderie. Un goût amer envahit ma bouche.

— Combien de temps?

— Nous sommes partis il y a un peu moins de deux mois.

Je secouai la tête.

— Non, depuis combien de temps ai-je été coupé du monde?

Lathar et Maelora échangèrent un regard et ma patience disparut.

— Depuis combien de temps m'avez-vous abandonné? Combien de temps avez-vous laissé passer depuis mon dernier appel? COMMENT OSEZ-VOUS FOULER MON SOL?

Des crissements se firent entendre autour de nous. Le bois des soutènements craqua et des pavés fendirent sous la pression. Les gens attroupés crièrent d'effroi et se blottirent les uns contre les autres.

Ma colère fondit aussi vite qu'elle avait éclaté. Je mis les mains sur mon visage pour éviter de voir leurs expressions apeurées. Le joyau m'envoya une onde de tristesse. Il tenait vraiment à ce que les voyageurs restent avec nous. Je relevai la tête et soupirai.

— Je suis désolé. Les années ont été difficiles. La joie de vous recevoir est mitigée avec la douleur de mon attente.

Les caravaniers échangèrent des regards prudents et un étau m'enserra la poitrine. Maelora prit la parole en premier.

– Les dernières années ont été mouvementées sur la côte, avec des attaques de pillards et des tempêtes destructrices. Je suis désolée que les secours aient été si longs à venir, mais je te promets que nous avons fait au plus vite une fois que cette mission nous a été confiée.

J'acquiesçai et fis un effort pour sourire.

– Les châteaux sont souverains, c'est ainsi que nos seigneurs l'ont voulu.

Maelora hocha la tête et la main qu'elle avait portée au pommeau de son épée se détendit. Lathar désigna ses gens d'un geste.

– La route a été difficile, même pour des caravaniers de longue date. Nous te demandons humblement l'hospitalité.

Le joyau pulsa sous mes pieds, satisfait de la tournure des événements. Une image s'imposa à mon esprit, celle de mon seigneur affalé sur le sol de sa chambre. Même affaibli par la maladie, il avait trouvé l'énergie de me crier des injures, m'accusant de toutes les malchances que nous avions essuyées. Je n'allais pas échanger un tyran pour un autre.

Je plissai les yeux et accédai aux pouvoirs du joyau. Ma vision se transforma, me permettant de voir les courants de magie et les auras. Plusieurs des personnes présentes avaient des filaments violets, des traces de leur passage auprès de Sabaya, et d'autres prenant leur source dans leur magie intrinsèque. Lathar était baigné d'un rouge semblable à celui des petits fruits d'été, et si j'avais douté de la noblesse de son caractère, il était sans conteste un meneur d'hommes.

Mon attention se porta sur Maelora et je vis la véracité de son histoire. Son cœur était d'un bleu intense caractéristique du joyau de la même couleur. Pour que la teinte soit si forte, elle devait avoir résidé au château Bleu de longues années. Sur ses mains et ses pieds, des filaments violets s'accrochaient, probablement laissés par ses récents contacts avec Sabaya.

L'envie irrationnelle me submergea de m'approprier ces couleurs, de les noyer sous un flot d'énergie carmin pour leur donner la teinte de mon joyau, pour les marquer, et que tous sachent qu'ils nous appartenaient. Je les revendiquerais tous pour les garder auprès de moi, pour nourrir le joyau et le voir florir comme avant.

Une vague de terreur balaya ces idées.

Prendre soin de tous ces gens serait au-dessus de mes forces. Leurs attentes m'écraseraient sous le poids des responsabilités. Je ne pouvais pas lier ces gens à nos terres.

Sans seigneur et sans maître d'armes, mon avenir était pour le moins incertain.

Le regard perçant de Maelora ne m'avait pas quitté et je m'éclaircis la gorge. J'allais répondre à la demande de Lathar, lorsque mon attention s'arrêta sur la femme à quelques pas derrière lui. Leurs énergies s'emmêlaient, les identifiant comme des partenaires. Sa magie à elle était celle de la terre et des arbres, brillant d'un éclat lilas évanescent.

Sauf à son bas ventre.

Une lueur bleue royale y iradiait : la couleur de l'amour; celle d'une vie en devenir.

Un frisson me remonta des pieds jusqu'à la tête devant cette opportunité inespérée. Le brouillard qui recouvrait mes pensées s'effilocha quelque peu sous le vent apporté par cet espoir. Je m'inclinai pour masquer mon trouble et plaquai un sourire sur mes lèvres.

– Je crains bien de ne pas pouvoir vous accueillir comme il se doit, mais je suis à votre disposition. Bienvenue au château Carmin.

CHAPITRE 3

Caysen

Un soupir collectif s'échappa du groupe de voyageurs. Je levai une main pour rouvrir les portes de la grande salle et le soleil couchant éclaira le sol de faisceaux orangés. Lathar ne perdit pas de temps à donner des instructions à ses gens pour organiser le campement.

Les chariots furent éparpillés dans la cour intérieure et installés là où les pavés étaient les plus stables. Je grimaçai en voyant les roues buter contre les pierres inégales et tirai sur les réserves du joyau pour aplanir les sections les plus endommagées.

Un homme aux épaules carrées marcha vers moi à grandes enjambées. Ses cheveux étaient tressés près de son crâne et son teint ne ressemblait en rien à celui de mes précédents habitants. Comme la plupart des caravaniers partageaient cette coloration, ce devait être en lien avec leurs origines. Mes souvenirs étaient encore embrouillés et tout ce qui ne touchait pas directement au château m'échappait, mais j'avais bon espoir de le découvrir tôt ou tard. Il s'arrêta à mes côtés, les mains plantées sur ses hanches.

– Je suis Cynrad, le second de Lathar. Je m'occupe de la logistique et du ravitaillement.

Je hochai la tête en guise de salutation. Il désigna les animaux.

– Les pâturages en dehors des murs ont l'air en piteux état. Quel serait le meilleur endroit pour les bêtes cette nuit?

La panique tétanisa mes membres et je fus incapable de lui répondre. Une poule s'égaya, ses ailes battant l'air, et un enfant lâcha un cri en la pourchassant au travers de la cour. Je pouvais compatir avec le volatile.

Je me ressaisis et fis signe à l'homme de me suivre. Je rasai la courtine jusqu'aux portes qui menaient vers le verger. Le bois autour de la poignée se désagrégea et tomba au sol comme je relâchais le loquet. Je poussai le battement d'une pensée pour éviter de toucher à la surface pourrie. Cynrad m'envoya un regard en coin et déplaça son poids comme s'il se préparait à s'éloigner.

Peut-être qu'il n'était pas habitué aux pouvoirs des précieux.

La vue du jardin chassa ces pensées et ma poitrine se comprima. Les feuilles des pommiers jaunissaient avec l'arrivée de l'automne et le sol était jonché de fruits gâtés que personne n'avait récoltés. Les allées disparaissaient sous les hautes herbes, un signe de plus du manque d'entretien. Un des plus vieux arbres était fendu au milieu et la pourriture avait commencé à ronger le tronc. Cet arbre avait jadis été la fierté de l'intendante. Cynrad s'agenouilla et écarta les herbes pour étudier les différentes plantes. Il hocha la tête, satisfait. Je pointai le long du rempart.

– Le jardin se trouvait là. Assurez-vous simplement que les animaux n'abîment pas les troncs des pommiers.

Il retourna vers la porte et siffla pour attirer l'attention de ses camarades. En quelques minutes, ils avaient installé des barrières pour diviser l'espace disponible. J'aurais dû admirer leur efficacité, mais le volume de bruit et le tourbillon de mouvements étaient abrutissants. Je me retirai, les laissant à leur organisation.

De l'autre côté de la cour, les battants menant vers l'aire d'entraînement avaient été ouverts. Je longeai les remparts et en profitai pour observer les chariots. Des caractères aux longs enchâssements fleuris ornaient les linteaux et les montants, mais je n'étais pas familier avec ce dialecte. Le flanc de certains chariots se composait de véritables œuvres d'art avec une panoplie de fioritures ou de paysages.

Près d'un des chariots particulièrement colorés, une jeune femme chantait en ouvrant les parties amovibles de l'auvent. Sa tunique arborait des manches brodées, semblable à celles de la plupart des caravaniers. Une autre femme arriva au petit trot, un morceau de bois blanchi par les intempéries en main. Cette dernière était habillée en combattante, son plastron bleu rappelant celui de Maelora. Elle tendit le morceau de bois à la caravanière qui s'exclama avant de le prendre pour l'incliner d'un côté puis de l'autre.

Son sourire se fit lumineux alors qu'elle posait une main sur le bras de la guerrière. Celle-ci rougit et toucha son front au sien. Je penchai la tête devant cette démonstration. Des gens qui savaient aimer ne pouvaient pas être foncièrement mauvais. Du moins, je l'espérais.

Je détournai mon regard de cette scène pour observer les gens dans la cour intérieure de la garnison. Une partie du rempart extérieur s'était effondré et l'éboulis occupait la moitié de l'espace disponible. La brèche n'affectait pas la structure, mais elle poserait problème en cas d'attaque.

Un homme amorça l'ascension des gravats, et des chapelets de cailloux glissèrent de part et d'autre. Il arborait aussi un plastron bleuté, mais il se déplaçait avec une grâce différente de celles des guerriers. Ses mouvements étaient sûrs et rapides tandis qu'il négociait les décombres. Une fois arrivé en haut, il se tourna vers son public et écarta les bras en un geste triomphal. Son exploit lui valut quelques sifflements et des rires.

– Ilyon, redescends de là.

Mon attention se porta vers la source de la voix. Maelora était accroupie dans la cour. Comme l'homme ne faisait pas mine d'obtempérer, elle se releva, les mains sur les hanches. Ilyon pointa une partie de la structure plus loin.

– Je veux voir si le mâchicoulis tient encore.

Maelora considéra le balcon en question une fraction de seconde avant de lui faire signe de poursuivre. Son attention se reporta aussitôt sur le sol, l'acrobate oublié. Curieux de voir ce qu'elle cherchait, je fis quelques pas dans sa direction, mais le claquement de plusieurs paires de pieds me fit pivoter. Trois garçons se pourchassaient, les deux plus vieux ayant pris une bonne longueur d'avance sur le bambin. Celui en tête repéra Ilyon et se lança à l'escalade de l'éboulis.

Je n'eus même pas le temps de lever une main pour les avertir.

La section du rempart s'effrita et la structure céda. Des cris retentirent de toute part; des adultes paniqués, des enfants effrayés. Le joyau envoya une vague déferlante d'énergie que je hâtai vers les enfants.

Ces petites créatures étaient le véritable trésor d'un château; sans eux, l'avenir était gris et fade. J'avais toujours mis beaucoup d'efforts à veiller à leur bien-être par le passé. Je fermai les yeux et modelai les cailloux en une cascade, poussant les enfants vers le dessus et amortissant leur descente. Des mains agrippèrent ma tunique et je rouvris les yeux sous le coup de la panique. Une femme en sanglots me serrait contre elle et il me fallut un moment pour comprendre les paroles qu'elle répétait.

– Mes bébés. Oh par les dieux, mes bébés.

Alors que le nuage de poussière se dissipait, plusieurs adultes se ruèrent sur la scène. Leur assistance arrivait trop tard, mais je me gardai bien de leur dire, de crainte d'être rabroué. Les trois garçons trônaient au centre d'un cratère de roches et clignaient des yeux hébétés. La mère poussa un cri de surprise qui tira les enfants de leur stupeur. Ils se relevèrent et coururent jusqu'à elle. Peu après, le plus jeune s'échappa de l'étreinte de sa mère et tapota ma cuisse.

– C'est toi. Je l'ai senti. Tu as utilisé l'énergie du château pour déplacer les rochers.

La mère releva la tête, ses joues sillonnées de larmes.

– C'est vrai? Tu as sauvé mes fils?

Je haussai les épaules, mal à l'aise devant tant d'attention. Les autres adultes s'étaient approchés et formaient un cercle autour de nous. Leurs voix se superposèrent alors que tous parlaient en même temps, y allant de suppositions et d'explications. Maelora posa une main sur mon bras et parla d'une voix assez forte pour couvrir la cacophonie.

– Merci Caysen. Je n'ose imaginer ce qu'il t'en a coûté d'intervenir. Les enfants sont précieux aux yeux des caravaniers. Tu as probablement besoin de repos pour récupérer.

Avant que je ne puisse répondre, les gens me saluèrent de hochements de tête et de remerciements murmurés puis ils s'éloignèrent. L'énergie du joyau tourbillonna sous mes pieds, tel un chat qui frôlerait mes jambes, satisfait d'avoir reçu sa ration quotidienne. Je n'avais pas agi pour m'attirer les faveurs des caravaniers, mais le résultat était le même.

La cour s'était vidée et mes épaules se relâchèrent au soulagement d'être enfin seul. Ou presque. Je me tournai vers Maelora, intrigué. Avait-elle voulu m'isoler? Ou avait-elle deviné mon malaise? Elle suivit le départ des caravaniers des yeux avant de me faire face.

– Ils sont un peu tapageurs, mais leurs intentions sont bonnes. J'ai eu besoin de quelques semaines pour m'y faire.

Je clignai des yeux bêtement, à court de mots. Elle était aussi grande que moi, mais avec des épaules plus larges. Les rayons du soleil couchant se glissaient au-dessus du parapet et transformaient ses cheveux frisottés en une auréole. Le bleu intense de ses iris se parait de touches de dorée et j'aurais pu passer des heures à en observer les nuances. Elle fronça les sourcils et son regard me parcourut de la tête aux pieds.

– Es-tu souffrant?

Je m'éclaircis la gorge.

– Non. Non, je vais bien. Le joyau possède encore certaines réserves. Ce n'est pas notre premier long sommeil.

– Je ne savais pas. Les archives n'en font pas mention.

Je secouai la tête.

– C'était avant l'arrivée des Hommes de sang.

Ses yeux s'agrandirent de surprise et je me sentis obligé d'expliquer.

– Les Sylphes fréquentaient régulièrement nos terres et le joyau m'a souvent réveillé en raison de leur présence. J'ai célébré plusieurs fêtes du Solstice en leur compagnie.

– Je l'ignorais.

Elle se tourna vers le mur.

– Penses-tu qu'on puisse récupérer quelque chose? Ou les fondations sont-elles trop abîmées?

J'avais rapporté la faiblesse à mon seigneur, avant qu'il ne tombe malade, et il m'avait rabroué. Je dus prendre quelques inspirations pour être en mesure de répondre à Maelora.

– Le sol est instable. Je soupçonne que ça a quelque chose à voir avec le puits et la source d'eau souterraine.

Elle hocha la tête avec un regard pensif.

– J'ai vu que le puits est rempli de boue. On devra y remédier rapidement.

Son attention se porta sur les cieux qui prenaient une teinte violacée.

– Mais pas ce soir. Si tu veux bien m'excuser, je vais aller contribuer à l'installation du campement.

Je m'écartai pour lui céder le passage et l'observai s'éloigner. Sa posture était impeccable et elle exsudait la confiance en elle. Je m'approchai de l'arche à pas feutrés pour suivre sa progression. Une fois parmi les caravaniers, elle survola l'espace du regard, puis s'adressa aux personnes isolées en premier pour leur offrir son aide. Elle transporta quelques seaux, sécurisa des cordes et déplaça des caisses. Lorsqu'elle eut fait le tour du campement, le feu de cuisson crépitait joyeusement et le cuisinier lançait l'appel du repas du soir.

Les enfants accoururent, bol et cuillère en main, et se chamaillèrent pour savoir qui serait le premier servi. Le cuisinier fit mine de leur taper les doigts avec sa louche et pointa une femme aux cheveux argentés. Un garçon plus vieux déposa son bol, tendit les mains et prit l'assiette offerte par le cuisinier. Il se rendit à la dame pour lui remettre son souper. Elle lui tapota le bras et glissa dans sa main ce qui devait être une friandise.

Le chaudron était à moitié vide lorsqu'il revint se servir, mais le cuisinier remplit son bol à ras bord avec un clin d'œil. Une fois le repas terminé, plusieurs adultes se regroupèrent pour nettoyer et remettre les ustensiles et les chaudrons à leur place dans un des chariots.

Quelques enfants se mirent à crier et il en résultat une crise de larmes. La mère des enfants fit un signe et plusieurs personnes tapèrent des mains en rythme. Un homme se leva et fit une courbette lorsque des sifflements se joignirent au tintamarre. Il sortit une guitare d'un étui et, plutôt que de se rasseoir, il mit un pied sur son tabouret et appuya l'instrument sur sa cuisse.

– Il était une fois, dans une contrée du Sud, un seigneur qui avait deux fils. Le premier était bon et sage. Il trouvait toujours des compromis équitables pour résoudre les disputes entre ses vassaux, et certains voyageurs parcouraient des centaines de lieues pour le consulter. Son père était très fier de lui, racontant à qui voulait l'entendre qu'il lui ferait un excellent successeur.

« Mais comme la déesse des saisons et des moissons est capricieuse, elle faucha son fils au cours d'une partie de chasse. Après de longs mois de deuil, le seigneur dut se résigner à choisir son plus jeune fils pour lui succéder. Mais ce dernier était arrogant et préférait chercher querelle. Il n'avait pas encore laissé l'adolescence derrière lui que sa réputation le précédait. On le disait cruel et méchant. Il s'amusait à terroriser les fermiers des environs et à encourager les bandits.

« Alors qu'il savait sa fin proche, le roi lui expliqua les coutumes à respecter pour que le royaume prospère. Les Djinns, ces créatures magiques du Sud, avaient besoin de la collaboration des Hommes de sang pour veiller sur la terre. Le fils n'écouta que le temps de rabrouer son père et repartit battre la campagne. Le père en eut le cœur brisé et ne parvint pas à combattre la crise de fièvre suivante.

« Dès que le fils accéda au trône, il augmenta les dîmes, recruta les jeunes hommes du royaume et partit en guerre contre leur voisin. Lorsque vint le printemps, les Djinns se présentèrent au château et demandèrent l'aide du jeune seigneur. En son absence, le régent les renvoya sans ménagement. Les Djinns persistèrent et revinrent présenter leur requête à chaque pleine lune.

« La visite suivante s'avéra fatidique pour les Djinns. Le seigneur était en résidence et il fit massacrer tous les émissaires du peuple magique. Les courtisans furent horrifiés et fuirent le château par dizaines.

« Il ne fallut pas attendre bien longtemps pour que les fermiers constatent l'état lamentable de leurs récoltes. Puis les éleveurs sonnèrent l'alarme alors que leurs troupeaux tombaient sous le coup de maladies foudroyantes. »

Un haut-le-cœur me fit porter une main à ma bouche. Je tournai sur moi-même, aveugle à mon environnement. Je percutai un mur, mais la pierre réagit instinctivement à ma présence et m'accueillit, se moulant autour de moi. J'étais incapable de réfléchir, mais le joyau savait ce dont j'avais besoin. Je fis un pas supplémentaire et me retrouvai dans les catacombes. Le bruit de ma respiration saccadée se répercutait sur le roc, seul son qui venait troubler le calme.

J'hésitai devant le carrefour d'arches puis pris vers la gauche. Des alcôves s'ouvraient de chaque côté, certaines ornées de fresques élaborées, alors que d'autres étaient gardées par des statues d'hommes et de femmes grandeur nature. J'étirai un bras, ma main frôlant la pierre froide de tous ces gens qui s'étaient succédés pour gouverner entre mes murs. La tristesse formait un étau autour de mon cœur. J'arrivai devant une alcôve dont rien ne marquait l'entrée. Je m'arrêtai sur le seuil pour observer le corps qui gisait sur le socle.

Aucun artisan n'avait terminé le travail; aucun rite n'avait été accompli pour souligner le passage de la vie à la mort de mon dernier seigneur. Et j'en tirais une satisfaction malsaine. Contrairement à l'histoire du ménestrel, mon seigneur avait perdu ses deux fils en raison de son avarice. Il avait été sourd à leurs suppliques et il nous avait tous imposé sa volonté, sans distinction.

Le ménestrel les avait appelés des Djinns, mais ici au Nord, ils portaient le nom de Sylphes. Les terres du Nord étaient meurtries par leur absence. Les seuls endroits qui échappaient à cette dévastation étaient ceux où les racines des joyaux s'étendaient. Je me souvenais d'une époque où ils passaient me rendre visite, mais je n'aurais pu dire à quand remontait ma dernière rencontre avec l'un des leurs.

Jusqu'à aujourd'hui.

J'ignorais comment l'histoire du ménestrel se terminait. C'était à n'en pas douter un conte de mise en garde et la fin devait expliquer la folie de nier leur dû aux Djinns. Il voulait peut-être m'avertir de ce que je risquerais à rejeter les gens de sa caravane. Ou peut-être que son avertissement visait la guerrière et ses gens; plaidant pour leur clémence face à la double nature de leurs compagnons de route.

Le sol soupira autour de moi et le contentement du joyau se fit évident. Curieux, je fermai les yeux et portai ma conscience vers le campement de nos invités. L'histoire était terminée et la mère relatait sa terreur lors de l'éboulement plus tôt dans l'après-midi. Tous les verres se levèrent en un toast pour souligner ma bonté.

Je secouai la tête, mais un sourire étira mes lèvres malgré tout. L'expérience m'avait appris que la reconnaissance avait une espérance de vie très courte, mais peut-être que ces gens méritaient plus que mon indifférence.

Mes pas me menèrent vers le joyau et je m'appuyai contre lui pour passer la nuit. Demain s'annonçait mouvementé.

CHAPITRE 4
Maelora

Je m'étirai avec satisfaction dans le soleil matinal. Mon sommeil avait été perturbé tout au long du voyage, mais cette nuit, entre les murs du château Carmin, je m'étais enfin reposée. Derrière moi, je pouvais entendre Ilyon taquiner Segast, et la seule réaction de ce dernier fut un grognement amusé, signe qu'il avait lui aussi repris des forces.

Mon regard fit le tour de la cour et j'agitai la main pour chasser la fumée qui s'élevait de ma tasse dans la fraîcheur automnale. Une couche de givre blanc avait recouvert le sol et les herbes, mais elle fondait déjà aux endroits touchés par les rayons du soleil. Le campement était beaucoup plus calme qu'à l'habitude pour l'heure, comme si les bêtes aussi faisaient la grasse matinée.

Une silhouette au coin de mon champ de vision me fit pivoter, mais l'ombre était partie. Je fis mine d'observer les enfants, mon attention sur les environs, et fus bientôt récompensé. Caysen était dans la galerie au deuxième étage et jetait des coups d'œil furtifs au campement. Il était facile à reconnaître, grand et tout en finesse avec une taille étroite.

Ses cheveux brun foncé étaient en pagaille, encore qu'ils étaient retenus par un lacet de cuir. Des mèches pointaient de toute part, accentuant ses pommettes saillantes. Je n'arrivais pas à déterminer la couleur de ses yeux, alors qu'ils semblaient parfois verts sous la lumière des torches, mais bruns le reste du temps. Je le vis hésiter à plusieurs reprises sous l'arche, puis secouer la tête avant de battre en retraite pour de bon.

Un soupir peiné m'échappa. J'avais toujours pensé que les précieux et les précieuses étaient plus forts que tout. Bien sûr, au château Bleu, dame Biljana était d'une rigueur à toute épreuve et rien ne l'ébranlait. Pendant mon séjour au château Violet, la bonne humeur de Sabaya avait été imperméable aux intempéries de la vie. Mon court séjour était un bien maigre échantillon, cependant mes lectures des archives corroboraient cette impression.

Sauf que j'avais la preuve flagrante qu'il était possible que la psyché d'un précieux soit abîmée.

J'avais déjà vu des soldats revenir du champ de bataille avec des blessures invisibles à l'œil nu. Nous avions eu de nombreuses incursions de nomades sur les terres du château Bleu et nous avions passé plusieurs saisons à repousser leurs tentatives pour piller et saccager nos récoltes. La violence des affrontements en avait marqué plus d'un. Le comportement de Caysen me rappelait l'un d'eux. Quelques semaines plus tard, son lieutenant avait signalé sa disparition. Il avait été retrouvé, pendu dans la laiterie de son père.

Je ne pouvais m'empêcher de craindre le pire.

– À la bouffe! annonça Nicor.

Segast me tendit mon bol et je le remerciai d'un hochement de tête. Un groupe d'enfants se précipita et la plus jeune tomba à genoux dans la cohue. Elle éclata en sanglots, les yeux rivés sur ses amis qui recevaient déjà leur part. Je passai mes mains sous ses aisselles et la remis sur pied.

– Es-tu blessée?

Elle secoua la tête et pivota de droite et de gauche avec un regard paniqué. Kallas se pencha tout en essuyant un petit bol avec le coin de sa chemise.

– J'imagine que c'est ce que tu cherches.

La fillette lui fit un sourire éclatant avant de lui arracher le bol des mains et se ruer vers la file. Elle joua des coudes et parvint à se faire servir avant les adultes. Mes lieutenants attendirent avec moi que les caravaniers aient reçu leur portion pour réclamer leur part. Nicor versa une louche de mijoté de légumineuses dans mon bol, agrémenté de légumes racines. Le même repas depuis deux semaines. Il se pencha vers moi et chuchota.

– Je sais, je sais. Avec un peu de chance, je trouverai quelque chose de comestible dans les environs.

Je fis une grimace d'excuse.

– Merci pour ce repas chaud.

– Mais y en a marre de manger ce truc, compléta Ilyon. J'ai l'impression d'être imprégné de l'odeur.

En guise de démonstration, il leva un bras et renifla. Segast le poussa pour qu'il cède sa place dans la file.

– Ne blâme pas le cuisinier. Si tu respectais les consignes d'hygiène de base, nous n'aurions pas à supporter cette odeur.

Je secouai la tête devant leurs bêtises et partis à la recherche de Lathar. Je le trouvai en compagnie de sa mère Kehsi, une vieille femme dont le visage portait les marques du soleil et des rigueurs de la route. Les rires avaient bien dû causer quelques-unes de ses profondes rides, mais en voyant ses mains, on ne pouvait pas douter qu'elle avait mené une vie de dur labeur. Ses jointures étaient noueuses et ses paumes étaient décorées de callosités.

Mère et fils partageaient certaines ressemblances au niveau des traits, mais Lathar était beaucoup plus grand, et ce n'était pas qu'un effet du temps. Les deux têtes brunes étaient penchées au-dessus de la carte et Kehsi promenait un doigt sur le parchemin. Ils se redressèrent à mon arrivée et je les saluai en levant mon bol vide. La vieille dame sourit, et non pour la première fois, la qualité de sa dentition me laissa perplexe. Les caravaniers ne vivaient jamais très vieux ni en grande santé. Elle pointa mon bol.

– Je dois m'incliner devant ta persévérance. Même si mon petit Nicor est un excellent cuisinier, peu de Nordiens auraient toléré des semaines de ce régime.

– C'est mon côté pragmatique.

Je n'osais pas lui avouer ma propre incompétence dans une cuisine, et que j'avais déjà mangé bien pire en mission. Comme j'avais été la plus jeune, et la seule fille, ma mère avait insisté pour que je m'essaie à plusieurs disciplines. Avant de se résigner à ce que je prenne les armes, à la suite de mon père et mes frères. Les marmitons, les tisserandes et même le forgeron avaient poussé des soupirs de soulagement ce jour-là. Je carrai les épaules et rattrapai mes pensées pour les ramener à des préoccupations plus pressantes.

– Nous pourrions jeter un coup d'œil aux réserves, mais après tout ce temps, je m'attends à ce qu'elles soient vides.

– Ou que leur contenu soit avarié, compléta Lathar.

Je hochai la tête.

– Le boisé à l'est du château, vers la mer, semble prometteur. Je sais que tu as quelques bons archers. On pourrait aussi aller poser des collets.

– Par groupe de quatre, acquiesça Lathar. On pourrait envoyer au moins une équipe chercher des plantes.

Kehsi leva un doigt pour nous arrêter puis pointa le verger.

– Trouvez-moi des barils vides et je vous ferai du cidre de glace. La première gelée a gâté les pommes, mais ce n'est pas perdu.

Je haussai un sourcil à cette annonce. Les pommes étaient rares au Sud, aussi ne m'étais-je pas attendue à ce qu'un des caravaniers sache quoi en faire. Les vergers de mon château d'origine étaient reconnus pour leurs fruits et les alcools qui en découlaient. J'espérais sincèrement qu'elle parvienne à produire quelque chose de digne de ce nom.

– Bien. Si tu n'y vois pas d'inconvénients, je ferai des équipes mixtes, par précaution.

Lathar plissa les yeux en me considérant.

– Après tout ce temps passé ensemble, tu sais bien que les caravaniers ne sont pas des écervelés.

Je levai une main pour l'apaiser.

– Non, mais ils connaissent moins bien la région. On n'est jamais trop précautionneux, surtout vu l'état des terres.

Ses épaules se détendirent puis il me sourit.

– Garde-moi une place dans ton équipe. On pourra discuter en chemin.

Je m'inclinai et partis vers les gens attroupés autour des chariots. Ce ne fut qu'une dizaine de pas plus loin que je réalisai que j'avais agi comme si mon seigneur m'avait donné un ordre. Mon hésitation dura à peine quelques secondes. Je n'allais pas renâcler à exécuter une tâche qui tombait sous le sens, peu importe qui l'avait donné.

Je portai mes doigts à ma bouche et sifflai pour attirer l'attention. Une fois toutes les têtes tournées vers moi, je leur fis signe de s'approcher.

– Nous allons essayer de varier notre menu. Je vais avoir besoin d'une douzaine de volontaires. Une équipe fouillera les environs dans le but de trouver des cultures encore sur pieds. Les autres iront chasser et poser des collets dans le boisé à l'est. Nous partons dans une heure; rendez-vous aux portes principales.

La majorité des caravaniers jetèrent un coup d'œil au soleil pour juger le passage du temps avant de s'éparpiller. Nicor signala aux cueilleurs de venir récupérer des paniers et des besaces. Je pivotai et trouvai Segast non loin. Je lui fis signe de me rejoindre et me mis à marcher en direction de la tour principale. Il eut tôt fait de me rattraper et d'ajuster son pas au mien.

– Kallas, Ilyion et toi accompagnerez chacun des groupes. Je serai en compagnie de Lathar avec un des groupes de chasseurs.

Un sourire fugace fit retrousser le coin des lèvres de mon lieutenant.

– Je vais dire à Ilyon qu'il sera avec les cueilleurs.

J'étouffai un ricanement à cette idée.

– Kehsi pourra toujours lui demander de récolter les pommes sur les plus hautes branches. Ça lui servira de leçon de grimper n'importe où.

Segast me fit un bref salut avant de repartir en sens inverse. Je franchis la porte de la tour et montai les marches. J'avais vu une silhouette un peu plus tôt et j'étais presque sûr que c'était Caysen. Je m'arrêtai au palier supérieur et tendis l'oreille. Un faible grattement me parvenait, mais avec l'écho, impossible de deviner la provenance du son.

Je traversai le corridor, jetant un coup d'œil dans chacune des pièces au passage. C'était des chambres, de différentes tailles, dont certaines avaient accueilli des familles avec de jeunes enfants vu le mobilier encore en état. Un grincement me fit poursuivre jusqu'à la dernière porte. Je poussai le battant pour dévoiler une grande pièce illuminée.

Les nombreuses fenêtres, étroites et hautes, perçaient les deux murs à intervalles réguliers. Je m'approchai de la première pour confirmer que la pièce se trouvait au coin de la tour, juste au-dessus du jardin intérieur. Des petits bancs avaient été sculptés de part et d'autre des ouvertures, créant des coins lecture adaptés pour des enfants.

Une partie du mur intérieur ressemblait au tableau dans la salle d'enseignement de mon enfance, lisse et noire. Un craquement attira mon attention vers une arche donnant sur une deuxième pièce un peu plus petite.

Agenouillé, Caysen faisait courir ses mains sur le sol. Un étrange frisson me parcourut les jambes et je réalisai qu'il utilisait sa magie pour manipuler les dalles. Les morceaux de différentes couleurs se déplaçaient, comme s'ils suivaient un cours d'eau invisible, pour se réarranger.

Je plissai les yeux et distinguai un paysage, avec des collines et une rivière. Mes yeux suivirent le tracé, pour remonter jusqu'au mur où les couleurs du coucher de soleil se déclinaient du jaune vers le rouge pour se terminer par un pourpre se fondant au noir. Le plafond quant à lui représentait un ciel étoilé comme on en voyait par les plus belles nuits d'été.

Lorsque mon regard se reporta sur le précieux, il s'était redressé, les mains sur ses genoux, et il m'observait. On aurait dit un de ces moines sudistes en prière, ainsi agenouillé au centre d'une pièce vide. Le vert lumineux de ses yeux rappelait celui de la mousse. Ses traits étaient ceux d'un homme dans la fleur de l'âge, mais son expression témoignait des années qu'il avait vu défiler. L'émotion me prit à la gorge en me demandant comment j'aurais réagi si j'avais tout perdu; ma famille, mes compatriotes, ma raison de vivre.

Sauf que c'était un peu ce qui m'était arrivé au château Violet.

Je secouai la tête pour chasser cette pensée. Le seigneur Baygund m'avait confié une mission et je l'accomplirais, car mes espoirs et mes rêves importaient peu.

– Nous allons explorer les environs.

Ma voix rompit le silence et j'eus l'impression d'avoir brisé quelque chose d'autre, comme si cet instant n'aurait pas dû être interrompu. Caysen baissa les yeux vers le sol et effleura le dessin du bout des doigts.

– J'espère qu'ils vont l'aimer.

Je fronçai les sourcils, surprise par cette réplique décousue.

– Je voulais te consulter au sujet des champs et de la forêt autour du château.

– Tu as passé ta vie dans les châteaux, contrairement à eux. Penses-tu qu'ils voudront rester?

Je clignai des yeux et secouai la tête, perplexe. L'expression de Caysen se fit anxieuse et j'agitai les mains pour reprendre mon erreur.

– Sûrement. Notre route a été longue et le répit est bienvenu.

– Quelques semaines, donc.

Je haussai les épaules, incertaine de la réponse qu'il espérait.

– Pour l'instant, nous devons considérer le ravitaillement en priorité. Nous avons de l'eau pour encore quelques jours. Mais de la variété au menu serait un soulagement.

Caysen se leva et frotta les genoux de ses pantalons avant de contempler la pièce autour de lui.

– Leurs chariots sont décorés d'étoiles, de lunes et des différentes représentations de la nature. Je me suis dit que les enfants aimeraient une fresque colorée.

Je me mordis la langue pour éviter de le rappeler à l'ordre. Il n'était pas un de mes soldats; c'était le précieux du château Carmin. La voix de mon père me revint en mémoire, alors qu'il me reprochait mon impatience. « Observe ton adversaire et essaie de comprendre ses motivations avant de charger tête baissée. Si tu connais son objectif, tu sauras comment lui barrer la route. »

Avec une profonde inspiration, je me tournai vers le paysage et étudiai les détails. Le château avait été inclus dans la représentation, mais il se perdait dans l'éclat du soleil couchant, éclipsé par la blancheur de l'astre. La campagne s'étendait sur les quatre murs, avec des troupeaux dans les champs, un vol d'oiseaux au-dessus des montagnes. Je cherchai la présence d'hommes et de femmes, mais ne vis que la silhouette d'un bateau au loin sur la mer.

J'essayais en vain de trouver quelque chose à dire au sujet de la fresque. Un compliment. N'importe quoi. Mais les mots ne me venaient pas. Je ne voyais aucun intérêt à perdre mon temps à ce genre d'activité. La seule raison valable d'avoir un crayon ou un pinceau en main était pour tenir les comptes et l'inventaire de la garnison. Mais les yeux de Caysen s'étaient animés tandis que j'inspectais son chef-d'œuvre. J'inspirai profondément, redressai les épaules et pointai le bas de la fresque, là où le vert des pâturages se joignait au sol de la pièce.

— Tu devrais offrir aux enfants de se peindre, pour s'ajouter au paysage.

Comme Caysen restait silencieux, je me sentis obligée de poursuivre.

— Les enfants aiment dessiner, d'ordinaire. Non? Ils seront contents de contribuer. J'imagine.

Un sourire illumina ses traits et il hocha la tête.

— Oui, les plus jeunes veulent toujours tout faire à leur façon. Il y a un champ de céréales qui devrait vous donner assez de grains pour quelques repas, au nord des murs. Pour ce qui est de la forêt, vous risquez de trouver quelques perdrix, des rongeurs et de petits prédateurs comme des renards. Rien de plus gros.

Il me fallut un moment pour comprendre qu'il avait enfin répondu à ma question. Je m'inclinai à partir de la taille en guise de remerciement et pivotai pour quitter la pièce. Je m'arrêtai sur le seuil. Quelque chose me poussait à lui accorder son souhait, celui de voir la maternité remplie de vie. Je me tournai pour lui faire face et il haussa un sourcil inquisiteur.

– Si tu veux montrer l'endroit aux enfants, tu devrais parler à Moyra, la sœur de Lathar. C'est elle qui se charge de leur enseignement lorsque la route le permet.

Caysen ferma les yeux et la tension le quitta dans un soupir silencieux. Je sortis de la pièce avant de me sentir obligée d'ajouter autre chose.

CHAPITRE 5
Maelora

À mon arrivée aux portes principales, mes lieutenants avaient déjà réparti les effectifs en équipe. Kallas me tendit les rênes de mon cheval et je la remerciai d'un hochement de tête. À voix basse, elle me donna un rapide survol de qui irait où. Je ne fus pas surprise d'apprendre qu'elle avait jumelé Lathar et moi avec Terys et Edon.

Les deux mercenaires étaient devenus de plus en plus taciturnes au fur et à mesure du voyage. Ils s'étaient querellés à plusieurs reprises, allant même jusqu'à provoquer d'autres caravaniers. Une intervention semblait inévitable.

Je cherchai Lathar des yeux et le trouvai avec Ksara. Leurs têtes étaient rapprochées tandis qu'ils échangeaient des paroles tout bas. Elle pointa les champs et son équipe avant que Lathar acquiesça. Il déposa un baiser sur son front puis sa main s'attarda sur son ventre.

— Celle-là est de toute évidence enceinte, murmura Kallas à mes côtés.

Je comptai les semaines qui s'étaient écoulées depuis notre première rencontre au château Violet.

— Ça ne doit pas faire bien longtemps.

— Non, mais si nous ne repartons pas avant les grandes tempêtes d'hiver, ça signifie qu'elle accouchera ici.

La bouche pincée de Kallas faisait écho à mon opinion. À ma connaissance, elle était la guérisseuse du groupe. Je devrais m'informer à savoir si une autre des femmes de la caravane pourrait l'accompagner ou si nous devions prévoir une date de fin à notre séjour. Je repensai à Caysen et à la pièce qu'il avait décorée pour les enfants. Je n'étais pas sûre qu'il tolérerait une seconde période de solitude.

Peut-être qu'il serait lui-même en mesure d'aider Ksara le moment venu. La plupart des précieux pouvaient influencer la mise bas des bêtes, faciliter les accouchements ou encore soulager les mourants.

Une prise de conscience me heurta de plein fouet. Caysen avait semblé fasciné par Ksara, son regard revenant sur elle à plusieurs reprises après qu'il nous eut souhaité la bienvenue. J'avais cru que c'étaient les traits exotiques de la caravanière qui avaient retenu son attention. Mais à la lumière de notre conversation de ce matin, j'étais convaincue qu'il savait pour le bébé.

Si j'avais raison, un monde de possibilités s'ouvrait. Ça signifiait que Caysen était assez sain pour être en mesure de se lier à un nouveau seigneur, ou au moins qu'il l'envisageait.

Le château aurait aussi besoin d'un maître d'armes.

Mes pensées furent interrompues par l'arrivée de Lathar devant moi. D'un geste, il invita les gens présents à se mettre en selle puis il passa les portes. Mon cheval me poussa du bout du nez et je lui grattai l'encolure avant de vérifier ma sangle et de mettre le pied à l'étrier.

Ilyon attendait un peu plus loin, et des paniers avaient été sécurisés sur la selle de son cheval. Il m'adressa un signe de la main, puis il serra le poing et me pointa avec deux doigts. Je me contentai de sourire devant sa menace de représailles. Une activité plus paisible lui ferait du bien, même s'il n'était pas de cet avis.

Je laissai mon cheval choisir son chemin dans la bruyère environnante et étudiai les arbustes. La plupart des plantes se hérissaient de feuilles sèches aux différentes couleurs selon la variété. Certaines se paraient de jaune et de rouge, alors que d'autres branchages plus fournis arboraient un vert vibrant, semblables à de minuscules conifères. Enfin, il y avait de longues tiges garnies de petites fleurs pourpres, rassemblées en îlots et colorant la lande autour de nous.

Au bout d'un moment, les cavaliers se séparèrent pour atteindre la forêt par différents points d'entrée. Mon cheval rattrapa celui de Lathar et il chevaucha à mes côtés en silence pendant un moment. Il pointa les deux mercenaires devant nous.

– Essaies-tu de me dire quelque chose?

Je haussai un sourcil amusé.

– Je n'ai pas fait la répartition, mais je crois que Kallas veut passer un message.

L'expression de Lathar s'assombrit.

– Ils ont encore importuné tes gens?

– Pas que mes gens. Je crois qu'ils s'en prennent aux femmes en général.

Il étouffa un grognement frustré.

– J'aurais dû les laisser s'entretuer, la dernière fois qu'ils en sont venus aux poings.

Je jugeai plus sage de ne pas répondre. Luan avait souligné le fait que mes lieutenants et moi étions affectés par l'absence de joyau, mais le comportement des mercenaires avait aussi souffert du voyage. Je ne me prononcerais pas sur un sujet dont les ramifications m'échappaient encore.

Mon cheval baissa la tête pour renifler une touffe d'herbes et attrapa une bouchée au passage. Je m'éclaircis la gorge, poussée par la nécessité d'éclairer Lathar sur certains aspects de la vie de château.

– Si Caysen les considère comme une menace pour les autres habitants du château, il pourrait bien se débarrasser d'eux de façon permanente.

Lathar m'envoya un regard lourd de sens tandis que nos chevaux contournaient un bosquet de fleurs pourpres, chacun d'un côté. Lorsque nos montures revinrent à proximité, il se pencha vers moi pour parler tout bas.

– Penses-tu qu'il est à même de prendre des décisions impartiales?

Je cherchai les mots justes pour lui répondre, mais il reprit avant moi.

– J'ai vu la façon dont Sabaya traitait ses gens, et comment ils la traitaient en retour. Sa simple présence semblait acheter la paix. Caysen est très différent. Il est beaucoup plus renfermé et je ne peux m'empêcher de remarquer qu'il est mal à l'aise en présence de plusieurs personnes.

Il haussa les sourcils dans l'attente de ma réaction. Je me redressai sur ma selle et choisis avec soin mes mots.

– C'est un comportement que je n'ai jamais observé chez d'autres précieux, quoique je n'en ai côtoyé que trois autres.

– Celui de ton château d'origine ainsi que Sabaya au château Violet. Qui est le troisième?

Je portai mon regard vers la forêt qui n'était plus bien loin. Le chant des oiseaux emplissait l'air, tandis qu'ils passaient des mélodies aux trilles d'avertissements à notre approche. Le souvenir des énormes volières du château Nacré me revint, alors que je chevauchais dans les rues de la grande citée, à peine âgée d'une dizaine d'années. Ça avait été ma seule visite et j'avais été très impressionnée par l'extravagance de la forteresse et l'étendue de la ville à l'extérieur des remparts.

– Dariane, du château Nacré. On dit que c'est la plus ancienne précieuse, celle dont la mémoire remonte le plus loin. Elle a cette froideur, semblable à la distance que

Caysen observe, mais pour elle, je crois que c'est le fruit de ses responsabilités. Dans le cas de Caysen...

Lathar hocha la tête, même si je n'avais pas terminé ma réflexion.

– Quelque chose le retient. Comme un chien dont le maître aurait dispensé la discipline à coups de pied. Il craint le prochain coup.

Je pinçai les lèvres, attristée par ce constat. Devant nous, Terys et Edon étaient arrivés à l'orée du bois, et ils avaient mis pied à terre. Lathar s'arrêta à quelques distances pour être hors de portée de voix et je l'imitai. Il se tourna vers moi, son expression sérieuse.

– Sommes-nous en sécurité? En sa compagnie, au château; sous l'influence du joyau?

Ma première réaction était de répondre par l'affirmative, mais la colère qu'avait témoignée Caysen à notre arrivée était plus qu'un simple débordement.

– Pour le moment.

Lathar pinça les lèvres puis il s'approcha d'un arbre pour y attacher son cheval. Il récupéra son arc de ses sacoches et je l'imitai. Avant de s'enfoncer dans la forêt, il fit signe à Terys et Edon d'attendre.

– Y a-t-il quelque chose dont vous voulez me parler?

Les deux hommes échangèrent un regard et secouèrent la tête à l'unisson.

– Pas de question ou de plainte à formuler? Non, rien?

Lathar hocha la tête pensivement, une main sur la taille. Je redistribuai mon poids subtilement, prête à dégainer, me méfiant de son air détendu. Il avança, si près que les mercenaires se raidirent. Il retroussa les lèvres et son ton se durcit.

– Alors, arrêtez de chercher des poux aux autres. Il y a une indemnité de rupture prévue dans votre contrat. Je suis prêt à vous la payer si vous souhaitez partir.

Terys plissa la bouche et secoua la tête.

– C'est tout bon, patron. On vous suit.

Edon acquiesça en silence. Lathar fit un grognement dubitatif, mais il les prit au pied de la lettre et entra sous le couvert des arbres. Je restai immobile pour m'assurer qu'ils marcheraient devant moi et fermai la file.

CHAPITRE 6
Caysen

Le soleil embrasait l'horizon de pourpre et de violet lorsque la dernière équipe de chasseurs revint. Mes épaules se détendirent finalement. Leur survie en dehors de mes murs ne dépendait pas de moi, mais l'absence de Maelora et de Lathar avait causé un fourmillement désagréable dans mes membres. Je plissai les yeux pour voir plus loin.

Quelque chose approchait.

Sa présence bourdonnait dans mes oreilles. Le bruit avait forci au fur et à mesure que l'après-midi avançait, jusqu'à ce que je ne puisse plus l'ignorer. Je descendis les escaliers et sortis dans la cour. Les paroles d'une chanson à répondre se répercutaient sur les murs et je m'arrêtai sur le seuil. Moyra avait organisé les enfants autour de plusieurs chaudières pour leur faire écosser les céréales. Les deux plus vieux avaient hérité de mortiers et s'affairaient à moudre les grains déjà nettoyés.

Une présence derrière moi me fit pivoter et je vis la femme à l'aura mauve, Ksara, remonter des réserves. Elle sourit en me remarquant, puis elle fit signe de sortir aux deux jeunes gens qui l'accompagnaient. Ils ne se firent pas prier et coururent vers le verger, probablement désireux d'échapper à la corvée en cours. Ksara s'arrêta à quelques pas de moi.

– Merci pour les indications. J'ai repéré les caveaux du premier coup. Nos réserves y seront à l'abri.

J'acquiesçai en silence. Mon regard se porta sur la cour où se trouvait le regroupement de caravaniers, avec en son centre Lathar et Maelora. Leur équipe était celle qui avait eu le plus de succès à la chasse, rapportant un chevreuil sur un traîneau improvisé. J'étais content pour eux, mais je me voyais peu braver l'attroupement pour leur annoncer de mauvaises nouvelles.

Je reportai mon attention sur Ksara, qui m'observait avec la tête penchée sur le côté. Une résolution prit naissance en moi et se solidifia. Ce qui approchait à l'horizon ne pourrait pas m'atteindre, mais mes invités seraient vulnérables.

– J'ai besoin de ton aide, dis-je.

Un sourire étira ses lèvres.

– J'ai cru que tu ne me le demanderais jamais.

Je haussai un sourcil surpris et elle agita une main désinvolte.

– Je ne sais pas quelle requête tu comptes me faire, mais je suis heureuse de voir que tu possèdes la capacité de t'adresser à ceux qui t'entourent.

Ceux qui m'entourent. Je clignai des yeux à quelques reprises avant de me ressaisir.

– C'est une problématique qui touche tout le monde.

Elle acquiesça avec une expression sérieuse, sans aucune trace de la lueur taquine aperçue quelques secondes plus tôt. Je pointai le soleil couchant.

– Quelque chose approche. Une tempête, ou peut-être pire. Il faut protéger les chariots et mettre les gens et les bêtes à l'abri pour la nuit.

Elle prit un air songeur et se tapota les lèvres des doigts en considérant le campement dans la cour. Un soupir lui échappa avant qu'elle me serve un sourire contrit.

– Mieux vaut annoncer la mauvaise nouvelle avant le souper, sinon ils ne bougeront jamais de là.

Elle fit quelques pas dans la cour avant de se tourner vers moi.

– Va voir Kehsi pour l'avertir. Je me charge des autres.

Je cherchai du regard et trouvai la dame, seule, occupée à trier des pommes brunies. Elle releva la tête à mon approche et me sourit.

– C'est regrettable de ne pas être arrivés avant les premières gelées. Avec une telle récolte, nous aurions pu faire toute sorte de desserts.

Il y avait bien longtemps qu'on ne m'avait pas offert de pâtisserie. Je ne savais pas trop si je devais m'en attrister, ou me réjouir d'en manger bientôt. Je pointai le ciel.

– Le mauvais temps arrive. Tes barils seraient plus à l'abri dans la cuisine.

Elle fronça les sourcils et étudia l'absence de nuage. Déçu, j'allais me détourner lorsqu'elle attrapa ma main.

– Je te crois. Ma mère aussi avait un lien très fort avec ce qui l'entourait. Elle faisait souvent des déclarations surprenantes, mais à ma connaissance, elle ne s'est jamais trompée.

Elle se leva et essuya ses paumes sur son tablier.

– Viens avec moi, nous allons parler à Nicor.

J'ouvris la bouche pour m'excuser sous le prétexte de devoir aller ailleurs, mais elle était déjà partie. Je lui emboîtai le pas en demandant au joyau de me donner la force de me frayer un chemin au milieu des caravaniers. Il frémit sous mes pieds, mais resta aussi paisible qu'à l'habitude, me laissant affronter la masse par moi-même. Avant de se rendre au cuisinier, Kehsi s'arrêta devant le second de la caravane.

– Cynrad, nous allons devoir mettre les animaux à l'intérieur pour la nuit. Vois avec Caysen; je crois que Ksara a dit qu'il y avait des réserves de paille dans les écuries.

D'un signe de la main, elle poursuivit son chemin jusqu'à son fils, à qui elle réquisitionna deux paires de bras pour l'aider avec ses pommes. Cynrad se tourna vers moi avec une grimace amusée.

– Si elle n'était pas aussi charmante, on serait tenté de lui dire non.

Il pointa l'écurie dont la toiture s'était effondrée. Les poutres verticales avaient cédé à l'usure du temps et aux intempéries, mais l'effondrement avait dû se faire d'un seul coup, car le toit était encore en un morceau.

– Je veux bien croire qu'il y a de la paille, mais je ne me ferai pas estropier pour la récupérer.

Le joyau m'envoya une brusque poussée d'énergie pour m'obliger à réagir. Je pris une profonde inspiration et calmai mon cœur galopant. Ces gens avaient besoin de moi; ils n'étaient pas ici pour me nuire. Je redirigeai l'énergie envoyée par le joyau vers les écuries et sondai les décombres.

– La paille est en bon état. Je serais en mesure de stabiliser les poutres le temps de sortir ce qu'il faut.

Cynrad se frotta le menton et me considéra.

– J'ai vu l'autre précieuse jouer avec la pierre et le vent. Je ne savais pas que le bois était aussi de votre ressort.

Je haussai les épaules.

– Le château est de mon ressort.

Un sourire lui fendit le visage et il m'envoya une tape sur l'épaule. Je me raidis au contact, mais parvins à rester immobile. L'énergie du joyau frétilla sous mes pieds, comme pour me réprimander d'être aussi méfiant. Je tendis une main pour inviter Cynrad à me précéder vers les écuries.

– Allons-y, avant qu'il ne fasse trop noir.

Il recruta deux personnes supplémentaires parmi les caravaniers, et Ilyon se joignit à nous. Ce dernier agita ses sourcils d'un air coquin.

– Danger, c'est mon deuxième nom.

Cynrad lui envoya un coup de coude.

– Si on t'a affublé de ce titre, ce n'est pas pour ton courage, mais bien pour mettre les autres en garde.

Ilyon le repoussa avec un sourire, loin d'être insulté.

– On verra bien qui sortira le plus de ballots.

Le lieutenant était déjà en train de ramper sous les décombres avant que je n'aie eu le temps de sécuriser la structure. Je me dépêchai d'envoyer une vague d'énergie et imprégnai les poutres d'un écho carmin.

Cynrad avait raison — la pierre était plus facile à modeler, mais le bois avait déjà été vivant et sa réponse ne tarda pas à se faire sentir. Les éclats de bois se comprimèrent les uns aux autres, reprenant leur solidité d'antan. La charpente craqua tandis qu'elle reprenait un peu de hauteur.

Ilyon ressortait avec un premier chargement. Cynrad lui servit quelques noms d'oiseaux avant de prendre sa suite. À quatre, ils se relayèrent jusqu'à avoir une douzaine de ballots. Une fois tout le monde sorti, je relâchai mon contrôle sur les poutres et le toit craqua de toute part avant de retrouver sa position initiale dans un nuage de poussière.

Mon exploit me valut quelques tapes dans le dos en guise de remerciement. Après un frisson d'inconfort, je parvins à leur sourire et à hocher la tête en réponse. Une vague de chaleur se propagea dans ma poitrine à l'idée de leur avoir été utile. Les caravaniers se relayèrent pour étendre la paille dans une partie de la grande salle et y déménager les enclos. Les animaux renâclèrent au changement, mais une légère onde d'énergie carmin suffit à les rendre dociles. Une fois ma part terminée, je m'assurai de rester en retrait pour ne pas les gêner.

Un raclement de gorge poli me fit tourner pour voir Maelora à mes côtés. Elle s'inclina cérémonieusement et porta une main à sa taille, comme si elle s'attendait à y trouver une épée. Ses doigts tirèrent sur les pans de sa chemise avant de retomber à ses côtés.

– Je crois comprendre que la température va se gâter. Est-ce que les chariots pourront tenir le coup s'ils sont sécurisés ou devrions-nous les rentrer aussi?

Mon regard survola les douze chariots éparpillés autour de la cour et je grimaçai. Si je devais protéger mes invités plusieurs heures, il me fallait réduire au minimum la zone. Les animaux avaient dégagé une partie du verger en broutant, mais les chariots étaient trop larges pour y entrer et ils risquaient d'abîmer les arbres. Je pointai les remparts.

– S'ils sont tous alignés le long du mur mitoyen à la grande salle, je devrais être en mesure de les protéger.

Les épaules de Maelora se raidirent et je vis la compréhension passer dans son regard.

– Que craignons-nous, exactement?

Je m'éclaircis la gorge et détournai la tête devant l'intensité de son attention.

– Un nuage, une nuée... Quelque chose? Je ne sais pas. Ça se déplace dans le ciel et je ressens son animosité. Des ailes, peut-être.

– Comme des simargs qui n'en seraient pas?

Je fronçai les sourcils et mes yeux trouvèrent les siens. Elle prenait mes commentaires avec beaucoup de sérieux et je ne vis aucune condescendance, aucune moquerie. Sa confiance en moi me surprit et je tentai de préciser mon impression, ne serait-ce que pour éviter de la décevoir.

Les chiens ailés étaient plus fréquents autour des joyaux des basses terres, comme le château Violet ou Nacré. J'avais cependant déjà hébergé des cavaliers et leurs montures pendant de longues périodes. Les simargs étaient de fantastiques compagnons et leur présence était semblable à une soupe chaude pour l'âme.

La chose qui approchait grouillait et son contact huileux me répugnait. Maelora se pencha vers moi, convaincue d'avoir vu juste, et je fronçai les sourcils.

– Pourquoi suggères-tu une telle chose?

– Des gargouilles ont attaqué le château Violet pendant plusieurs mois avant mon arrivée, dit-elle. Elles ont été repoussées avant mon départ, mais la plupart ont survécu et pourraient bien avoir pris cette direction.

– Des gargouilles. Comment les avez-vous vaincues?

Un éclair de détermination passa dans son regard comme elle redressait les épaules. Elle inclina la tête en guise de salut puis partit en courant vers le chef de la caravane, me laissant là avec mes interrogations.

Mes poings se crispèrent.

J'étais responsable de mes gens et plus personne ne se mettrait entre moi et ce devoir.

Je fermai les yeux et écartai les bras. Le joyau s'étira sous mes pieds, déjà bien plus vif qu'avant l'arrivée des caravaniers. Toute cette activité lui avait fait du bien. Je puisai dans cette énergie nouvelle et la dirigeai vers les pavés de la cour, ciblant avec précisions quelles dalles je voulais déplacer.

Le sol se souleva, telle une vague sur une mer de tempête.

Des cris retentirent de toute part et j'isolai les gens pour qu'ils restent où ils étaient. Les chariots roulèrent, emportés par le mouvement, pour se placer les uns derrière les autres le long du mur. Je pris garde à laisser les portes et les auvents dégagés, et bientôt, les grincements de roues se turent.

La cour était silencieuse, et lorsque j'ouvris les yeux, tous les regards étaient sur moi. Je relevai le menton et je fis face à Lathar et Maelora.

– Je veillerai à votre sécurité.

Je leur tournai le dos et entrai dans la grande salle sans attendre leur réaction.

CHAPITRE 7
Caysen

Une fois que Maelora eut annoncé la menace que nous allions vraisemblablement affronter ce soir-là, des disputes éclatèrent de toute part. Il y en eut pour suggérer de partir séance tenante, tandis que d'autres voulaient se battre contre les affreuses créatures. J'eus droit à plusieurs regards en coin durant les discussions. Heureusement, les caravaniers s'étaient regroupés dans la grande salle pour argumenter. Je finalisai le nettoyage de la cour, alors que Kehsi terminait de mettre ses pommes à l'abri dans la cuisine, insensible aux échanges.

Segast était resté aux côtés de sa capitaine pour l'appuyer face aux caravaniers, mais Ilyon et Kallas poursuivaient les efforts pour sécuriser la salle. Une simple pensée m'aurait suffi pour verrouiller les volets, mais je les laissai faire. Je contournai le groupe pour me positionner entre eux et les portes principales. D'un geste calculé, je refermai les battants avec un claquement sec et me tournai pour leur faire face. Assurément, tous les regards étaient sur moi, aussi j'inclinai la tête, les mains jointes avec déférence.

– Je ne retiendrai personne contre son gré. Vous serez libres de partir. Demain. Pour cette nuit, je vous demande de vous en remettre à moi pour votre sécurité.

Des éclats de voix s'entrecoupèrent, m'empêchant de saisir la teneur de leurs propos. Lathar porta sa main à sa bouche et siffla une note stridente. Le silence se fit et il se tourna vers moi.

– Quelle protection es-tu en mesure de nous offrir?

Je m'efforçai de conserver ma respiration égale, mon regard rivé sur le sien, et je fis de mon mieux pour ignorer les dizaines de personnes autour de lui.

– La grande salle, le verger et les murs adjacents seront à l'abri des attaques extérieures.

Nicor avança d'un pas, ses traits semblables à ceux de son frère, mais plus trapus.

– Nous avons combattu ces créatures aux côtés de la garnison du château Violet. Même si nos lames valent les leurs, nous sommes trop peu nombreux. J'ai raison, capitaine?

Maelora acquiesça avec une expression grave.

– La défense est notre meilleure stratégie. Et Caysen reste la première ligne la plus efficace. Je suggère d'installer les enfants au milieu de la salle, avec les adultes autour, puis les combattants sur le périmètre. Nous devrions aussi instaurer des tours de garde.

Les regards des caravaniers alternèrent entre elle et leur chef. Il ouvrit les bras en signe d'acceptation.

– C'est ce que nous ferons.

Le groupe s'éparpilla sans plus de protestation. Lathar et Maelora s'attardèrent et je le vis se pencher vers elle.

– Merci pour cette intervention.

– L'action est la meilleure diversion.

Un sourire entendu étira ses lèvres puis il me pointa du menton.

– Je vous laisse régler les détails.

Lathar hocha la tête à mon intention avant d'aller retrouver ses gens. Maelora me rejoignit devant les portes.

– Combien de temps?

Je levai le nez, poussant ma conscience hors des murs avec difficulté. Si l'intérieur du château était vibrant dans mon esprit, le reste de nos terres me semblait terriblement inaccessible. La force du bourdonnement me prit par surprise et je reculai. Ce ne fut que lorsque Maelora mit une main sous mon coude que ma désorientation devint évidente.

Mes doigts se refermèrent sur son avant-bras pour me stabiliser et un frisson me traversa. Sa présence était chaude et réconfortante. Je dus me raidir pour résister à l'envie de passer un bras autour de sa taille pour prolonger le contact. Son expression était si soucieuse que je ne pus m'empêcher de lui sourire. Ses yeux s'écarquillèrent et je m'empressai de reculer et de répondre à sa question.

– Plus très longtemps.

– Quoi?

– Les gargouilles, elles seront bientôt ici.

Elle inspira un bon coup et ses épaules reprirent cette posture rigide qu'elle arborait pour mener ses gens. Avait-elle aussi été affectée par notre contact? Elle était si concentrée sur la tâche à accomplir que j'en doutais, et ses paroles suivantes me donnèrent raison.

– J'aurais besoin que tu me donnes le détail de la salle; les points d'entrée et de sortie, les faiblesses dans les murs, ce genre de chose.

Répondre à toutes ses questions prit plusieurs minutes et les premières gargouilles volaient déjà au-dessus du château lorsqu'elle partit positionner les défenseurs. Je poussai ma conscience hors des murs pour étudier nos assaillants. Les créatures étaient presque aussi hautes qu'un cheval de selle, avec une envergure d'aile semblable à celle des simargs, les chiens ailés. Contrairement à ces nobles destriers, les gargouilles arboraient une cuirasse écailleuse ornée de crêtes et de pics. La membrane de leurs ailes claquait dans la nuit, tel un funeste augure. La pigmentation de leur peau était d'un brun si foncé qu'elle paraissait noire dans l'obscurité, un atout certain pour attaquer de nuit.

Le dégoût fit monter une brûlure amère dans ma bouche et je levai les bras pour appeler des tourbillons d'air autour du château, rendant le vol difficile pour les créatures. Leur faim était comme une pluie de picotements sur mon cuir chevelu; une sensation désagréable impossible à chasser. Les bourrasques les obligèrent à reprendre un peu d'altitude, mais elles refusaient de partir.

Maelora revint vers le cœur du campement pour donner ses dernières consignes.

— Nicor, allume le plus gros feu de cuisson possible dans l'âtre principal. Assure-toi d'avoir assez de bois pour le nourrir toute la nuit. On se relaiera pour l'entretenir.

— La fumée ne risque-t-elle pas d'attirer ces sales bestioles? demanda un des hommes postés sur le périmètre.

Maelora secoua la tête.

— Elles sont déjà sur nous. Avec la lumière, la fumée et la chaleur, elles éviteront de tester cette ouverture.

Plusieurs visages affichèrent des grimaces et j'entendis un des enfants gémir de frayeur. Avant même de considérer les conséquences de mes actes, je me dirigeai au centre du groupe et m'arrêtai au milieu des enfants. Je m'assis au sol, les jambes croisées et leur fis signe de m'imiter.

Les plus vieux m'envoyèrent des coups d'œil perplexes, tandis que les plus jeunes s'empressaient de m'entourer. D'une pensée, je tamisai les lumières des braseros, à l'exception du feu de cuisson. Les adultes échangèrent des regards inquiets tandis que les enfants s'agitaient autour de moi.

Je levai un doigt et haussai les sourcils pour attirer l'attention des petits, puis avec beaucoup de cérémonie, je touchai le sol devant chacun d'eux. Un point lumineux carmin apparut sur la pierre à chaque fois, sous leurs exclamations ravies.

Des hurlements stridents déchirèrent la nuit.

Les défenseurs nous tournèrent le dos et levèrent leur arme par réflexe. Les regards parcourraient les voûtes de la pièce, comme s'ils auraient pu les voir au travers de la pierre. Les créatures devinrent plus agressives et testèrent mes défenses dans une série de plongeons en piqué. Partout où elles tentèrent d'atterrir, je transformai les arrêtes des pierres pour les rendre tranchantes. Elles se replièrent, frustrées, en cercles concentriques au-dessus des remparts.

Mon attention revint à la grande salle. Les enfants gémissaient, certains en pleurs, et leurs petites mains agrippaient avec désespoir les vêtements de leurs parents. Je portai un doigt à mes lèvres et fis clignoter les lumières, comme si le bruit les faisait fuir. Les enfants se turent, les yeux écarquillés. Je laissai les points rouges reprendre en force et les fis tourner doucement, comme s'ils dansaient une farandole paresseuse. Les plus petits étirèrent les mains pour attraper les lumières et je les fis esquiver. Lorsque les enfants commencèrent à s'agiter, je fis disparaître tous les points, sous un concert d'exclamations déçues.

Je les fis réapparaître au mur et un des bambins les pointa du doigt, récompensé par les chuchotements excités de ses camarades. En périphérie du groupe, le ménestrel s'installa avec un instrument à cordes. J'en avais déjà vu de semblables, mais avec une forme triangulaire, qui se jouaient en règle générale avec un archet. Le sien était tronqué où aurait dû être l'extrémité pointue, et les côtés étaient incurvés pour qu'il se place entre ses cuisses. Dans ses mains, le ménestrel tenait deux médiators ovales, probablement en métal vu les reflets renvoyés sous la lumière des flammes.

Luan gratta les cordes les plus graves et je fermai les yeux. On aurait dit les murmures du vent par une chaude journée d'été. Je laissai les sons guider le mouvement des lumières sur le mur et les enfants s'extasièrent, leur engouement trouvant écho chez les adultes.

Dehors, les gargouilles contournaient les remparts, bien décidées à trouver une faille. Je fis rouler des vagues d'énergie pour les repousser, les obligeant à s'éloigner au risque de briser leurs ailes. Je pouvais sentir leur hargne, mais entre la musique et les discussions à voix basse dans la salle, mes invités étaient à l'abri, de corps et d'esprit.

Du coin de l'œil, je vis Nicor remplir des bols et les distribuer aux adultes qui les donnaient aux enfants. Ils mangèrent, le regard rivé sur le mur, sans plus se soucier du danger au-delà des fortifications. Je fis danser les points, alternant entre un carrousel et des spirales, pour varier avec des fleurs, puis une pluie de lumière. Peut-être que la musique inspirait les formes, ou alors Luan s'ajustait à mes chorégraphies; j'aurais été incapable de faire la différence. Bientôt, les parents passèrent entre les enfants en prévision de la nuit et je dissipai les lumières.

– Je veux mon lit, chuchota un des plus jeunes.

La petite tête frisée sortait à peine de ses couvertures, et sa mère répéta ses explications après un soupir. Je m'agenouillai à ses côtés et agitai les doigts. Un point carmin apparut à côté de chaque enfant.

– C'est ma faute et j'en suis désolé. Je te laisse une compagne pour la nuit, d'accord?

L'enfant ouvrit de grands yeux et acquiesça. Il posa la main sur la lumière et sourit de voir l'aura carmin traverser sa paume pour se diffuser à son bras. J'envoyai une onde de chaleur dans les pavés autour des paillasses et bientôt tous les enfants avaient trouvé le sommeil.

Je m'éloignai en direction de l'âtre. Des bols avaient été placés sur les pierres, recouverts par des linges. Une odeur à mi-chemin entre le sucre et le vinaigre s'en dégageait. Je soulevai un coin pour voir une boule de pâte. Le souvenir de dizaines d'aubes dans la cuisine me revint. Un raclement de gorge me fit lâcher le tissu et je portai les mains dans mon dos. Nicor se trouvait juste derrière moi, avec un sourire moqueur.

– Ne va pas faire tomber mon pain. Mon levain ne sera pas assez fort pour une deuxième fournée.

– As-tu utilisé la farine des grains récoltés aujourd'hui?

Le cuisinier hocha la tête et attrapa un autre bol à ses côtés. Il me le tendit et je vis quelques morceaux de viande salée, des fruits séchés et des graines. Je goûtai prudemment un premier morceau et je fus enchanté de découvrir les saveurs aromatiques.

– J'ai mis les plus gourmands à la tâche pour m'assurer que la farine soit prête à temps, dit-il avec un clin d'œil.

Je ne pus réprimer un sourire tout en avalant une autre bouchée. Mon estomac se dénoua, alors que je n'avais même pas pris conscience de ma propre faim. Nicor s'accouda contre une caisse et me regarda manger avec un sourire satisfait. Je haussai les épaules en guise d'excuse et lui rendit le bol vide.

– Quel est ton plat préféré?

Sa question me prit au dépourvu et je secouai la tête. Il plissa les yeux, ses doigts tambourinant le couvercle de la caisse.

– Tu dois bien aimer quelque chose en particulier. Celle du château Violet aimait les bonbons, alors je sais que vous n'êtes pas indifférents à la nourriture.

Des souvenirs m'assaillirent; ceux de corridors abandonnés empestant le désespoir, d'une cuisine vide, où l'âtre était froid et les réserves à sec. La colère et la frustration montèrent en pensant au responsable de cette déchéance, si ce n'est par ses actes, alors par son inaction.

L'expression de Nicor se fit perplexe et j'inspirai profondément. Si je voulais repartir à neuf, il me faudrait laisser aller ces rancœurs, d'une manière ou d'une autre. Je tentai de mettre des mots sur ma nostalgie.

— La situation a été difficile pendant de longues années. Je serai heureux de goûter à tous tes plats.

Ses lèvres se retroussèrent en un sourire espiègle.

— Un défi? Tu devras m'aiguiller sur tes préférences, alors.

J'ouvris des yeux ronds, car je n'avais pas voulu le formuler ainsi, mais la perspective semblait l'amuser. Je pointai le bol vide.

— La texture des fruits était bien, mais c'était trop sucré. J'ai aimé les épices de la viande.

Il se leva, fit quelques pas avant de s'arrêter à mes côtés, et tapota mon épaule.

— C'est un bon début.

Je le regardai s'éloigner pour aller discuter avec Lathar à voix basse. Ksara était déjà endormie sur une paillasse non loin des enfants. Je modifiai ma vue pour voir les courants d'énergie. Elle vibrait toujours de la même teinte lilas virant au bleu vers sa taille. Autour d'elle, les plus jeunes étaient un kaléidoscope de couleurs, mais déjà, une prédominante de rouge commençait à ressortir. Parmi les adultes, les couleurs étaient plus tranchées, se déclinant dans toutes les teintes.

Vu l'heure tardive, et l'incapacité des gargouilles à attaquer, les défenseurs avaient convenu de prendre des tours de garde. Deux personnes patrouillaient dans la pièce d'un pas feutré. Je reconnus le premier comme un des caravaniers, l'autre était un des lieutenants de Maelora; l'homme barbu à l'attitude réservée.

Un éclat bleuté attira mon attention et je revins à ma vision naturelle pour en identifier la source. Maelora m'observait depuis l'autre côté de la zone de couchage. Son regard croisa le mien et elle inclina la tête. Mes pieds se mirent à bouger avant que la raison ne me retienne. Elle observa ma progression tout en balayant la salle et nos protégés des yeux.

Je m'arrêtai près d'elle, et cherchai en vain quelque chose à dire. Elle se déplaça sur sa paillasse et m'invita d'un geste à prendre place. Mon premier réflexe aurait été la fuite, mais la curiosité l'emporta. Je m'assis en tailleur, le dos droit et le regard vers l'avant. Tout le côté de mon corps à proximité du sien picotait, comme si j'étais resté trop longtemps exposé au froid et que la chaleur revenait dans mes membres. La sensation était à la fois douloureuse et exaltante.

Biljana, la précieuse du château Bleu, et moi avions toujours eu des opinions différentes sur une variété de sujets, notamment la façon de gérer nos relations avec nos gens. La présence de cette femme était un peu comme une gifle; un rappel que j'avais tout perdu, alors que l'un des siens me tenait compagnie, forte de toute cette énergie bleue.

Le blâme m'incombait-il pour ce qui était arrivé à mes gens? Ou les choses se seraient-elles déroulées de la même façon quoi qu'il en soit?

J'avalai la boule dans ma gorge et m'efforçai de sourire à Maelora, toujours en panne d'inspiration. Soit mon silence eut raison d'elle ou la pitié la poussa à prendre la parole en premier.

– Merci d'avoir apaisé les enfants, dit-elle.

– Ce n'était pas grand-chose.

Elle arqua un sourcil.

– Pour toi peut-être. J'aurais été bien en peine d'accomplir un tel exploit.

Mon attention se porta sur le reste de la grande salle, plongée dans l'obscurité, et mes pensées s'éparpillèrent vers les corridors déserts. Tant de pièces vides et abandonnées.

– Mon dernier seigneur n'aimait pas les enfants, dis-je. Il les trouvait trop bruyants. Je crois que c'est ce qui me manquait le plus, à la fin.

Le regard perçant de Maelora me fit regretter mes paroles. Je secouai les mains entre nous.

– Ça n'a plus d'importance, c'était il y a longtemps.

– Au contraire. Tu t'es retrouvé seul, et c'est une tragédie, pas uniquement pour toi, mais pour tous les châteaux des Terres du Nord.

Je pinçai les lèvres pour ravaler mon commentaire acerbe. Les autres châteaux n'avaient pas semblé très concernés par mes problèmes à l'époque. L'expression de Maelora se fit triste, comme si elle avait deviné ma rancœur.

– Nous avons tous échoué à te venir en aide. Il faut au moins que cette expérience nous serve de leçon. Le seigneur du château Violet m'a demandé d'investiguer et de te venir en aide. Éviter de répéter les erreurs du passé me semble être la première chose à faire, et pour ça, je dois comprendre la séquence des événements.

Une foule de souvenirs se bouscula en moi; des visages, des disputes, des erreurs. Je secouai la tête pour les chasser. La main de Maelora sur mon bras me fit relever les yeux. Elle m'offrit un sourire pincé.

– Ça n'a pas besoin d'être ce soir. Nous avons du temps devant nous.

Le nœud dans ma poitrine se desserra et j'acquiesçai. Le plus longtemps les caravaniers seraient au château et plus mes chances de les convaincre de rester seraient bonnes. Vu la relation entre Lathar et elle, la position de Maelora pourrait avoir un impact sur leur décision. Les caravaniers ignoraient peut-être les avantages de s'installer de façon permanente à proximité d'un joyau, tandis que Maelora avait grandi aux côtés d'une de mes semblables. Elle pourrait aisément devenir la porte-parole de ma cause.

Sauf que je doutais avoir fait une bonne première impression.

Ma lucidité habituelle me faisait défaut. Mes pensées tournaient en rond, symptôme de mon sommeil trop profond, et j'avais de la difficulté à évoquer des souvenirs clairs. Bien que plus le joyau s'imbibait d'énergie au contact de nos visiteurs, plus le brouillard dans mon esprit se levait. Devant mon silence, Maelora avait repris sa surveillance de la salle. Je pris une profonde inspiration, déterminé à construire un pont entre nous.

— Qu'est-ce que tu aimais le plus au château Bleu?

Mes mâchoires se crispèrent devant son haussement de sourcil surpris et je craignis avoir fait un faux pas. Puis un sourire en coin retroussa ses lèvres.

— Mon frère cadet se plaignait toujours de la rigueur de notre routine, mais j'aimais bien savoir à quoi m'attendre, pouvoir m'en remettre à un horaire bien ficelé. Je savais toujours où trouver les gens ou les choses dont j'avais besoin, et vice-versa.

— Ah oui, la rigueur de Biljana est bien connue. Je me rappelle aussi cette pauvre institutrice qui a voulu offrir plus de liberté aux enfants. Un de ses élèves a pris sa consigne un peu trop au sérieux et les habitants du château ont mis deux jours à le retrouver.

Maelora porta une main à sa bouche et toussota, ses épaules agitées de soubresaut.

– Je dois plaider coupable; c'était moi.

Mes yeux s'écarquillèrent et j'allais m'excuser, mais elle m'interrompit d'un geste de la main.

– J'avais décidé que j'allais devenir maître chasseur. Puisque tous les autres postes étaient déjà occupés; je m'en étais inventé un. J'avais pris quelques babioles, des provisions et un couteau, et j'étais partie dans les bois avec mon poney.

Je secouai la tête.

– La précieuse aurait dû être en mesure de te retrouver rapidement.

– Oui, sauf que ma monture n'avait aucune notion de fidélité. C'était une créature frustrée et vindicative. Arrivée à un cours d'eau, elle m'a désarçonnée et j'ai été emportée par le courant jusqu'au grand lac, où des pêcheurs m'ont récupérée. Comme ils devaient finir leur journée de travail, ils m'ont déposée dans un hameau voisin dans l'idée qu'une caravane marchande m'escorte jusqu'au château. Entre une mésaventure et la suivante, j'étais à des lieues de l'endroit où j'aurais dû être et personne n'a songé à chercher plus loin que les environs du château, jusqu'à ce qu'un palefrenier rapporte la disparition du poney et qu'on le retrouve dans une clairière à manger tout son content.

Un rire m'échappa.

– Je me rappelle qu'elle en ait parlé à notre discussion suivante. Ton escapade avait causé tout un émoi.

Le souvenir de cette conversation se solidifia dans mon esprit et l'identité de Maelora devint évidente. Je me tournai vers elle avec un froncement de sourcils.

– Mais ça veut dire que tu es la fille du maître d'armes. J'ai parfois demandé de tes nouvelles au fil des ans, et j'ai toujours pensé que tu deviendrais une des capitaines de ton père.

– Je l'étais.

Elle baissa les yeux, ses mains triturant le bord de sa paillasse.

– On m'a expliqué qu'il n'existait pas de maître chasseur, alors j'ai tout fait pour suivre les traces de mon père dans le but de devenir maître d'armes.

Ma main trouva la sienne et elle eut un sourire peiné.

– Je suis désolé que tes rêves n'aient pas abouti.

Elle s'éclaircit la gorge et ses yeux bleus croisèrent les miens.

– Pourquoi moi? Pourquoi avoir suivi ma carrière? clarifia-t-elle devant mon air surpris.

Je ne pus m'empêcher de sourire.

– N'importe qui d'assez débrouillard pour se soustraire à l'attention d'un château entier – sans compter le seigneur, le maître d'armes et la précieuse – vaut la peine d'être pris en note. C'était soit du génie ou une catastrophe en devenir.

Elle me rendit mon sourire et secoua la tête.

– De la chance peut-être.

– J'ai toujours apprécié la compagnie des gens chanceux.

Mon attention se porta vers l'extérieur du château. Les environs étaient tranquilles depuis un moment. Je fermai les yeux et poussai un peu, mais ne trouvai que la campagne habituelle. J'en fis part à Maelora et elle inclina la tête.

– Merci de ta protection ce soir. J'espère pouvoir te rendre la pareille.

Je me contentai d'un sourire avant de m'éloigner pour lui laisser son repos.

CHAPITRE 8
Maelora

J'épongeai la sueur sur mon front et me tournai vers Nicor qui pointait une série de barils.

– C'est la fin de nos réserves d'eau fraîche. On va en manquer d'ici demain.

Après la première attaque de gargouilles, la nuit suivante avait été plus paisible. La journée avait été passée à mettre un peu d'ordre dans la cour intérieure, entretenir les gonds des différentes portes et changer quelques planches pourries.

Lathar secoua sa chemise avec une grimace. Une bonne partie de la matinée avait été consacrée à ordonner la cuisine et nettoyer ses cheminées. Plusieurs oiseaux y avaient élu domicile et Ilyon s'était fait une joie de grimper pour décrasser la moitié supérieure, mais j'avais eu le déplaisir de m'occuper du bas. Ma chemise avait tourné au gris et la sueur la rendait encore plus désagréable. Lathar quant à lui avait aidé Nicor à vider les réserves des caisses abîmées et des saletés laissées par le temps.

– La tuyauterie fonctionne dans la cuisine, mais sa seule source semble être la barrique dans le jardin.

Nicor fit une grimace.

– Le fond doit être plein d'algues. Je ne me risquerai pas à boire cette eau ni à la donner aux bêtes.

– En temps normal, il y a toujours une source souterraine à proximité du joyau, dis-je. On devrait demander à Caysen de nous y mener.

Lathar acquiesça et tira une fois de plus sur sa chemise.

– Allons enfiler quelque chose de sec. Les catacombes risquent d'être plus fraîches et ce n'est pas le moment de prendre froid.

Je lui emboîtai le pas en direction de la grande salle. Caysen avait semblé hésitant quant au retour des gargouilles ce soir et nous avions jugé plus sage de garder nos quartiers à cet endroit. Je sortis ma chemise de mes bagages et fis l'échange. Un coup d'éponge aurait été le bienvenu, mais en l'absence d'une source d'eau, c'était une frivolité qui devrait attendre.

À mon retour, Lathar était devant les portes de la salle en compagnie de Moyra. Elle pointa un groupe de personnes rassemblées dans la cour. Une paire de chevaux avait été attelée à un chariot ouvert.

– Barion pense qu'il a du noyer noir. Je vais aller marquer quelques arbres et on pourra se faire une idée de la qualité du bois.

– Assurez-vous d'être de retour pour la tombée de la nuit.

Il lui déposa un baiser sur le front et elle partit en direction du chariot. Elle sauta sur le dos de l'un des chevaux, prenant place juste derrière le harnais. Une autre femme grimpa sur l'autre animal, tandis que le conducteur faisait de la place pour deux autres hommes sur le banc. Moyra nous salua de la main tandis que l'attelage franchissait les grandes portes, et Lathar lui rendit son geste avant de se tourner vers moi.

– Sais-tu où trouver Caysen?

Mon regard fit le tour de la cour intérieure, mais le précieux n'était nulle part en vue. Il avait assisté au déjeuner avant de disparaître à nouveau. Son attention avait alterné entre Lathar et Ksara, comme s'il étudiait leurs interactions. Je repensai à la maternité qu'il avait redécorée dans l'espoir de plaire aux enfants.

Je fis signe à Lathar de me suivre et pris la direction de la tour principale. Chaque château avait été construit d'une façon différente, mais ils avaient tous été bâtis à la même époque, puis agrandis au fil du temps. Les premiers seigneurs descendaient de la même lignée et à ce titre, ils avaient partagé des préférences architecturales. Si je ne pouvais pas deviner l'emplacement exact de toutes les parties du château, je pouvais me fier à la logique.

Je montai une première volée de marches et vis une flaque de lumière qui témoignait d'une porte ouverte au bout du corridor, et si mes calculs étaient bons, cette pièce possédait la meilleure vue du château vers la côte. Lathar m'envoya un coup d'œil curieux lorsque des bruits nous parvinrent. Je comptai les portes avant d'arriver à celle qui nous intéressait, surprise par le nombre. Si l'entourage du seigneur avait été aussi important, je concevais mal comment le château avait pu se vider de la sorte.

Sur le seuil, une étrange vision s'offrit à nous. La pièce semblait avoir servi d'études au seigneur précédent. Au-dessus de l'âtre, la bannière du château Carmin pendait tristement, ses couleurs ternies par le temps. L'entièreté des meubles avait été regroupée au centre de la pièce et Caysen se tenait devant le fouillis, les bras écartés. Ses cheveux étaient agités par un vent invisible, mais il se tenait immobile.

Des craquements me parvinrent et je vis les morceaux de bois se tordre et se réagencer pour créer de nouveaux meubles. Le pupitre ressortit de la masse, sa conception plus simple avec des lignes droites et une surface sans fioriture. Une chaise suivie, sa structure tout aussi simple, mais avec un dossier finement ouvragé, comme si l'artisan avait transformé le bois en dentelle entre les montants.

Des étagères s'assemblèrent le long des murs. Le centre de la pièce se dégageait progressivement, et une table basse apparut, entourée de petits sofas près du sol, parfaits pour s'asseoir en tailleur. Je haussai les sourcils, reconnaissant le style des grandes citées du Sud. La bordure de la bannière scintillait dorénavant sous la lumière du jour. À mes côtés, Lathar observait en silence, mais j'étais curieuse d'entendre son opinion.

Une fois la pièce revenue au calme, Caysen étira les mains vers les vitraux des fenêtres. Les blasons disparurent pour laisser place à un dégradé de couleur rappelant un lever de soleil passant du jaune vers l'orange pour finir au rouge du vin. Il laissa retomber ses bras et se tourna vers nous; sans surprise, comme s'il avait été conscient de notre présence tout du long.

— Je ne pourrai pas défendre toutes les parties du château la nuit venue, mais je me suis dit que tu apprécierais un peu d'intimité pour mener tes affaires.

Lathar arpenta la pièce, glissant une main sur la surface des meubles. Il s'arrêta devant les vitraux et se pencha pour observer les détails avant de se diriger vers l'âtre. Il s'accroupit et étudia l'intérieur de la cheminée. Caysen m'envoya un coup d'œil et avala péniblement. Je tentai de lui offrir un sourire rassurant, mais je savais que les caravaniers ne seraient pas si faciles à enraciner.

— La vie de nomade ne m'a pas habitué à jouir de beaucoup d'intimité, dit Lathar.

Il se releva et vint se poster derrière la chaise du pupitre. Les épaules du précieux s'affaissèrent devant ce qu'il interprétait comme une rebuffade. Mes mâchoires se crispèrent pour éviter de parler sans réfléchir. Lathar devrait apprendre à nuancer ses propos à l'intention de Caysen, et ce dernier aurait intérêt à développer sa carapace.

– Mais je vois l'attrait, termina Lathar. En l'absence de grands espaces et de vent pour couvrir les discussions, une porte fermée est la meilleure option. J'apprécie ta prévenance.

Il haussa un sourcil moqueur à mon intention et pointa la table basse.

– Je devrai trouver quelque chose d'intéressant à dire ce soir pour en faire bon usage.

Je conservai une expression neutre pour lui répondre.

– Si les invités rassemblés autour de la table sont intéressants, ça te libérera de ce fardeau.

Son sourire ne se fit pas attendre, tandis que le regard perplexe de Caysen alternait entre nous. Lathar contourna le pupitre et se dirigea vers la porte.

– Avant de pouvoir m'asseoir et profiter de la vie de château, je dois trouver de l'eau. Le puits est à sec, mais Maelora dit qu'il devrait y avoir une source sous les fondations.

La bouche de Caysen se pinça et il hocha la tête. D'un geste de la main, il nous fit signe de le suivre puis il prit la direction des escaliers. Il descendit au niveau du sol avant de se rendre dans un petit jardin intérieur en périphérie de la cour.

Une série d'arches abritait une promenade surélevée, permettant d'apprécier le jardin même par temps pluvieux. De longues tiges feuillues pendaient de la balustrade du balcon au-dessus. Les parterres disparaissaient sous les herbes hautes, la plupart jaunies par l'automne et le froid. Une fontaine occupait le milieu de l'espace, avec une pièce centrale de plusieurs étages. Et elle était à sec.

Caysen contourna le jardin sans accorder un regard à ce triste spectacle. Il traversa la galerie pour se rendre à une arche qui s'ouvrait sur un large escalier de pierres où il s'arrêta pour se tourner vers nous.

– Les catacombes sont par ici.

Caysen sortit deux torches d'un support mural et nous les tendit. Lathar prit la sienne en sourcillant. Il allait visiblement demander où était l'amadou, lorsque le précieux agita une main et les torches prirent feu. J'avais prévu le coup, tenant la mienne à bout de bras, car la précieuse du château Bleu avait souvent utilisé ce tour pour impressionner les enfants lors des fêtes. Sans attendre, Caysen descendit. Lathar s'empressa de le rejoindre pour éclairer son chemin et je ne pus réprimer un sourire. Selon toutes probabilités, Caysen aurait pu s'orienter dans la noirceur la plus complète.

Pendant le trajet, je promenai ma torche pour évaluer l'état des lieux, à la recherche de fissure ou d'humidité. Mis à part une odeur de renfermé, l'endroit ne semblait pas avoir souffert. Caysen ignora plusieurs embranchements et poursuivit sa route d'un pas déterminé. Un coup d'œil me suffit pour confirmer qu'il s'agissait des caveaux. Je me promis d'y revenir, sans Caysen.

La fourche suivante s'ouvrit sur un chemin en pierres, disposées en arc de cercle pour se rejoindre au centre, là où trônait le joyau carmin. Sa lumière pulsait doucement et projetait un jeu d'ombres à ses pieds. Les contours de la pièce se perdaient dans l'obscurité et la lueur carmin laissait deviner une voûte naturelle en roc.

Des galeries et des balcons s'ouvraient à plusieurs endroits au niveau supérieur. La finition était un peu plus brute qu'au château Bleu, mais la disposition était la même. Lathar prit le chemin le plus direct vers le joyau, mais il s'arrêta à quelques pas. Il se tourna vers Caysen avec formalité.

– Puis-je y toucher?

– Bien sûr, dit-il en le rejoignant.

Les deux hommes grimpèrent sur le socle de pierre, le regard curieux de Caysen rivé sur Lathar. Ce dernier effleura le joyau des doigts avant de poser une main à plat. Au point de contact, la lumière carmin prit en force puis se répandit au reste de la surface. Je clignai des yeux pour m'ajuster à cette nouvelle clarté, surprise par cette réaction. Je n'avais jamais vu rien de tel, mais je n'avais jamais vu de joyau sortant de dormance non plus.

Je fis le tour du piédestal et grimpai de l'autre côté. La lumière pulsa un peu plus fort. Un soupir m'échappa tandis que la tension dans mes épaules se relâchait. Il y avait quelque chose d'apaisant dans l'éclat d'un joyau. J'avais souvent cherché refuge dans les catacombes pendant ma jeunesse, lorsque mes frères me faisaient perdre patience, ou que mes tuteurs s'acharnaient sur moi.

– Fascinant, dit Lathar.

– Es-tu familier avec la dynamique des joyaux? demanda Caysen.

Curieuse d'entendre la réponse, je fis le tour du joyau pour me retrouver du même côté qu'eux.

– J'ai assisté à la cérémonie d'intronisation du nouveau maître d'armes au château Violet, répondit Lathar. Je comprends que le joyau s'entoure d'un triumvirat, en la personne de son précieux, son seigneur et son maître d'armes.

Caysen acquiesça et redescendit de la plateforme pour faire le tour de la caverne.

– Le joyau Nacré a été le premier à manifester une précieuse. Grâce aux sources souterraines, les joyaux peuvent communiquer entre eux. Le joyau carmin n'a pas tardé à l'imiter. À l'époque, mes seuls visiteurs étaient des Sylphes. Il a fallu plusieurs années avant que des Hommes de sang viennent s'installer ici. J'ai suivi la création de chacun des châteaux à distance.

Il tourna sur lui-même et pointa nos pieds.

– Ce devrait être un lac souterrain. Les pierres de la traverse sortent à peine de l'eau en temps normal.

Je m'agenouillai et étudiai le sol. De petits coquillages et du sable couvraient le roc par endroit, mais il n'y avait aucune trace d'eau. Quelque chose avait obstrué la source, car avec les pluies des dernières semaines, les possibilités qu'elle se soit asséchée étaient nulles.

– D'où arrivait la source?

Caysen se dirigea vers le fond de la salle et emprunta un nouveau tunnel. Je levai ma torche pour éclairer un passage bien plus long et étroit que le reste des catacombes. Caysen marcha jusqu'à un tournant, et une fois le coin passé, un tas de gravats nous barra la route. L'entièreté du tunnel devrait être déblayée, sans compter le soutien additionnel à prévoir pour stabiliser la structure, avant qu'on puisse se rendre de l'autre côté. Je relevai les yeux et retraçai nos pas dans mon esprit pour me situer.

– C'est la partie qui s'est affaissée près de la cour d'entraînement.

– Je ne sais pas quel événement en particulier a causé la chute de mon château. Je crois que la sécheresse est arrivée en premier. Mais le tremblement de terre a suivi de peu. Les travaux ont commencé, mais peu de temps après la maladie a frappé. J'ai perdu tellement de gens en peu de temps que je n'étais plus en mesure de dégager une telle masse par moi-même.

Lathar fit le tour de l'éboulis et leva les yeux vers ce qu'il restait du plafond. Certains pans de roc étaient aussi haut que lui, et même sans connaître l'étendue des dégâts, nous aurions des jours de nettoyage au niveau du sol avant d'arriver aux catacombes.

– La zone est-elle stable? demandai-je.

Caysen haussa les épaules.

– Assez pour que nous soyons en sécurité. Je peux la solidifier, mais si je le fais, on ne dégagera jamais les décombres.

– Si je ne me trompe pas, il n'y a rien de l'autre côté, mis à part l'entrée de la source souterraine. Est-ce qu'on pourrait trouver une autre source d'eau?

Le regard de Caysen se fixa sur moi et un sourire commença à étirer le coin de ses lèvres. Son ton était neutre lorsqu'il reprit parole.

– Sans un seigneur, j'ai difficilement conscience des terres hors de mon rayon d'action immédiat.

Il se tourna vers Lathar et inclina la tête avec formalité.

– Mais ta dame serait en mesure de trouver une source.

L'interpellé fronça les sourcils et m'envoya un coup d'œil avant de reporter son attention sur le précieux.

– Ksara?

– Les Sylphes ont toujours eu une grande affinité avec la nature et la terre.

Je redressai la tête avec surprise, émotion que Lathar ne semblait pas partager. Il étudiait Caysen avec les yeux plissés, comme s'il hésitait entre l'agressivité et l'indulgence. Ma première impression avait donc été la bonne. Je rompis leur duel de regard.

– Les cairns, les glyphes; toutes ces sorties à l'écart de la caravane. Elle cherchait à contacter d'autres Sylphes, c'est ça?

Lathar se tourna vers moi avec un sourire pincé.

– C'est effectivement ce qui nous a poussés à entreprendre un voyage au Nord. Ksara espère parler à ses... aux Sylphes, pour obtenir des réponses à ses questions.

Il se tourna vers Caysen.

– Fais-tu partie de ceux qui chassent les Sylphes et les exterminent? Certains récits sont plutôt horrifiants.

Mon dos se raidit, ayant moi-même entendu bon nombre de ces histoires au coin du feu dans ma jeunesse. Puis je me rappelai mes leçons d'histoire et j'ouvris de grands yeux.

– Non, tu étais contre la guerre. Les châteaux Nacré et Bleu ont instigué la plupart des conflits. Je me rappelle avoir entendu dire que beaucoup de Sylphes avaient cherché refuge à l'ouest. Tu leur aurais offert ta protection, malgré la désapprobation des autres précieuses. Et quand ta situation s'est dégradée, elles ont tardé à intervenir, encore amères de ta position, tant d'années auparavant.

Il haussa les épaules.

– Quand on est sans âge, on ne ressent pas le passage du temps de la même façon. J'ai bien peur d'avoir causé une partie de mes problèmes.

Caysen donna un coup de pied dans un caillou devant lui. La pierre roula jusqu'à heurter de plus gros gravats. Un peu de sable se délogea et glissa au sol, mais sans plus. Une grimace tordit les traits du précieux et sa détresse me donna envie de frapper quelque chose. Je serrai les poings, bien consciente que certains monstres ne se combattaient pas par la force physique. Il soupira avant de reprendre.

– J'ai refusé de rejoindre la guerre contre les Sylphes, mais on a obligé mon seigneur à au moins donner l'apparence de l'appuyer. Mon aide s'est résumée à ne pas patrouiller les forêts au nord du château, ni le pied des montagnes à l'est. C'est bien peu, mais si vous cherchez des survivants, c'est l'endroit le plus probable.

Lathar hocha la tête pensivement, puis il s'adressa à moi.

– Et toi, tu as grandi au château Bleu. Que ferais-tu si tu te savais entourée de Sylphes?

Mon regard croisa celui de Caysen et j'y vis de la curiosité, mais pas de jugement. Je pris une bonne inspiration et cherchai les mots à même de convaincre les deux hommes de ma sincérité.

– Ces derniers mois loin du château Bleu ont été très révélateurs. S'il y a une leçon que j'ai rapidement assimilée, c'est que les choses se passent autrement ailleurs. Sabaya interagit de façon très différente avec ses gens. Caysen aborde aussi les choses sous un autre angle, et je m'en remets à sa sagesse.

Le précieux cligna des yeux, surpris, puis ses lèvres s'étirèrent en un sourire. Lathar acquiesça.

– Bien. Je ne tolérerai pas de mettre ma compagne en danger pour quelques idéologies fanées. Je vais aller la chercher pour voir ce qu'on peut trouver aux alentours.

Il prit la direction de la surface et j'attendis un peu avant de le suivre. J'ajustai ma foulée pour rester à la hauteur de Caysen. Il marchait d'un pas lent, le regard rivé au sol. Je répétai quelques phrases dans ma tête, cherchant les meilleurs mots. La nervosité coinça mon souffle dans ma gorge.

Depuis l'enfance, j'avais pensé que chaque précieux était comme Biljana. Sauf que quelques jours en présence de Sabaya m'avaient montré mon erreur. Sa personnalité ensoleillée était diamétralement à l'opposé. Même si Jonas et elle n'avaient pas tissé de liens avant mon arrivée, je n'aurais peut-être jamais réussi à établir de connexion entre nous. J'avais brouillé les cartes en quelques mots, et un faussé s'était creusé entre Sabaya et moi.

Voilà que j'étais en présence d'un troisième précieux, tout aussi différent des deux premiers. Et il avait besoin d'un maître d'armes.

Je ne pouvais pas forcer la connexion, mais je pouvais lui offrir mon aide pour qu'il en vienne à me considérer comme une option viable. L'idée de laisser ce choix à son entière discrétion me remplissait de terreur, alors que je m'imaginais déjà retourner au château Bleu; une simple capitaine dont personne n'aurait voulu.

L'avenir était hors de mon contrôle, mais je pouvais faire de mon mieux entre temps.

Nos pas nous ramenèrent dans la salle du joyau et je baissai ma torche pour apprécier la lueur carmin, apaisante et stable. Avant que Caysen poursuive sa route, je posai ma main sur son bras. Il se tourna vers moi avec un regard inquisiteur et je pris une bonne inspiration.

— Je sais que les dernières années ont été difficiles et que ta confiance a été ébranlée par ceux qui ont trahi leur parole. Mais je te promets de rester tant que tu auras besoin de moi.

Il s'inclina à partir de la taille, les mains à ses côtés.

— Tu es la bienvenue ici, aussi longtemps que tu le souhaites. Je suis content d'avoir des invités.

La frustration me fit raidir les épaules, mais je fis de mon mieux pour lui sourire.

— Tu oublies que je ne suis pas une Sudiste; je suis bien au fait de tes besoins et de ceux du joyau.

Il fronça les sourcils et se balança d'un pied à l'autre.

— Je t'assure que le joyau se porte bien.

— Bien sûr, mais sans seigneur ni maître d'armes, tu risques de retomber en sommeil dès que nous quitterons tes terres. Je ne partirai pas tant que tu n'y seras pas prêt.

Je le vis avaler péniblement. Ma main se tendit d'elle-même pour prendre la sienne, mais il recula d'un pas avec un sourire forcé.

– Merci de ta prévenance. N'aie crainte que le joyau perdurera.

– Le joyau peut-être, mais toi?

Il haussa les épaules.

– Je suis le précieux. Si le joyau va bien, il en va de même pour moi.

Il partit d'un pas saccadé et traversa la salle pour disparaître sous l'arche qui menait vers les tunnels. Je me tournai pour faire face au joyau carmin, témoin silencieux de notre échange. Sa lumière pulsa et une vague de chaleur m'effleura le visage. Je ne pouvais pas prétendre à le comprendre, mais j'eus la certitude qu'il approuvait mes paroles, malgré le déni de son précieux.

CHAPITRE 9
Caysen

L'air frais de la cour me fit l'effet d'une gifle. Mon souffle se coinça dans ma gorge et je dus faire un effort pour inspirer. Je restai debout, planté au milieu des pavés, tandis que des gens allaient et venaient autour de moi. Les yeux fermés, j'aurais pu me croire vingt ans plus tôt, alors que tout allait bien.

Ou presque.

La situation s'était détériorée bien avant que les catastrophes naturelles ne frappent. Mon seigneur avait fait preuve d'un orgueil démesuré dès le début de son entrée en fonction. Il avait endormi la confiance du maître d'armes à coup de promesses et de privilèges, jusqu'à ce qu'ils soient tous les deux sourds à mes demandes.

Aujourd'hui, j'étais face à une femme soldat qui promettait d'être présente pour moi, selon mes besoins. J'avais envie de lui dire que je n'avais pas besoin d'elle, mais ce faisant, je pouvais entendre l'écho des gens qui avaient causé ma perte. Comment pouvais-je accepter son aide? Si elle était comme les autres, la chute n'en serait que plus douloureuse.

Le joyau pulsa paresseusement et une vague de chaleur me remonta des pieds jusqu'à la tête. Son calme me donnait envie de rager contre le monde, de crier à m'en casser la voix. Mon imagination me fournit une image de la tête que ferait Maelora devant ce spectacle, elle qui était toujours si composée. Elle n'était pas sans rappeler mon joyau.

Un tourbillon d'énergie attira mon attention vers la grande salle. Le joyau suivait la progression de Ksara, envoyant constamment des poussées d'énergie dans sa direction. J'eus envie de lui demander si elle en avait conscience, mais jugeai plus prudent de me taire, au cas où la vigilance du joyau susciterait sa méfiance. Lathar était à ses côtés et ils me firent face alors que je les rejoignais.

— Dame Ksara, je vais avoir besoin de ton aide à nouveau.

Elle me répondit d'un sourire en coin et je le lui rendis. Des bruits de pas me firent tourner, et Maelora s'arrêta à mes côtés, son expression neutre. Ksara inclina la tête et pointa Lathar.

— Je comprends que nous cherchons une source souterraine.

— Nous savons qu'elle passe sous le château, mais il faudrait y accéder autrement vu l'éboulis sous les remparts nord.

— Allons nous promener, dit-elle.

Le regard horrifié de Maelora me fit étouffer un rire. Lathar arqua un sourcil sardonique à mon intention avant de se tourner vers elle.

— Nous pourrions les laisser à leur exploration et examiner les chemins de ronde. Si les gargouilles reviennent, il faudra les repousser par la force.

Les épaules de Maelora se détendirent et elle acquiesça.

— N'hésitez pas à faire appel à nous, au besoin.

Je hochai la tête, les lèvres pincées. Lathar et elle s'éloignèrent, demandant à quelques membres de la caravane pour les accompagner sur les remparts. Ksara m'envoya un coup de coude dans les côtes.

— Elle est pleine de bonne volonté, mais je crois que notre chère capitaine n'apprécie pas beaucoup les activités qui semblent peu productives.

J'ouvris de grands yeux innocents et lui offris mon bras.

– Vraiment?

Elle glissa sa main au creux de mon coude et prit la direction des portes extérieures. Je la laissai guider nos pas, content de profiter du beau temps et de sa présence. Son énergie gonfla autour d'elle, comme une fleur qui ouvrirait ses pétales sous l'influence des rayons du soleil. Je soupirai alors que sa magie me traversait. Celle du joyau me chatouilla le bout des doigts et je laissai mon énergie suivre la sienne.

Ksara s'arrêta à quelques endroits, avant de s'éloigner pour zigzaguer entre les hautes herbes de la plaine autour des remparts. Je la suivis en silence pour ne pas troubler ses recherches. L'énergie du joyau cascadait sur la sienne, enveloppant tout sur son passage. Mes environs devinrent soudain beaucoup plus précis dans mon esprit, ma perception presque aussi bonne qu'avec un seigneur en résidence.

Je sentis l'affaissement sous nos pieds et ma main pointa l'endroit où la source avait dévié. Ksara acquiesça et reprit sa progression à pas lent jusqu'à arriver au-dessus de la nappe souterraine. Elle pivota, me faisant tourner autour d'elle.

– On pourrait creuser un puits de surface ici, mais je comprends que l'eau doit se rendre au joyau pour que tu puisses communiquer avec les autres.

Je hochai la tête et relevai les yeux vers les remparts en pierre grise. La distance était trop grande pour nous permettre de distinguer les traits des gens qui y circulaient. Toutefois, les silhouettes de Lathar et Maelora se démarquaient, autant par leur posture que par l'attitude de ceux qui les entouraient.

– Allons discuter avec nos stratèges, dit-elle en écho à mes pensées. Je crois qu'il va falloir creuser un canal sous les fondations.

Je grimaçai.

– Il ne reste que quelques semaines avant les grands froids. Après, le sol sera trop dur pour excaver quoi que ce soit.

Des cris et des éclats de voix nous firent tourner vers la forêt. Une jeune femme arrivait en courant à travers les champs. Sur la route, un nuage de poussière s'élevait là où l'attelage revenait au trot. Par réflexe, je tentai de pousser ma conscience aux limites des racines du joyau, pour me river à un mur. La douleur éclata dans mon front et se répandit à ma poitrine. Sans seigneur en résidence, le contact avec les terres avoisinantes m'échappait. La magie de Ksara avait momentanément comblé ce vide, mais sans réel lien entre nous, ce n'était pas pareil. Je pinçai les lèvres pour étouffer un soupir. Ksara plissa les yeux, mais se garda de tout commentaire.

– Je vais aller voir ce qui se passe, dit-elle. Préfères-tu retourner au château?

Je secouai la tête.

– Je vais t'attendre.

Elle releva ses jupes pour les coincer dans sa ceinture et partit en courant pour rejoindre la messagère. Je fis quelques pas, jusqu'à la limite de ce que le joyau me permettait, pour écouter leur échange.

– C'est Moyra, haleta la jeune femme. Elle a eu un malaise.

– Rentre au château avec Caysen et prépare mon coffre de remèdes. Je vais rattraper le chariot.

Ksara attendit juste le temps de s'assurer qu'elle me rejoignait avant de courir vers la route. La jeune femme chancela en arrivant à ma hauteur et je l'attrapai par le coude pour la stabiliser. Par habitude, je lui envoyai une vague d'énergie carmin. Son aura tourbillonna autour de nous, les teintes de cyan se mêlant au rouge avant de s'harmoniser dans une symphonie de couleurs.

J'allais m'excuser d'avoir pris les devants ainsi, mais elle relâcha son souffle et s'appuya un peu plus sur moi. Je marchai en direction des portes principales à bons pas et elle n'eut aucune difficulté à suivre.

– Comment t'appelles-tu?

– Janna. Lathar est mon oncle.

Je fis quelques pas en silence, mais la curiosité me poussa à reprendre la parole.

– Que sais-tu des Sylphes, Janna?

Elle m'envoya un regard suspicieux, mais elle ne s'écarta pas.

– Ils viennent du Nord et ils se cachent des Hommes de sang.

– Es-tu familière avec leur magie?

J'étudiai ses traits avec attention, mais elle était trop jeune pour bien dissimuler ses émotions. Elle fronça les sourcils, perplexes.

– Pas vraiment. Ce sont des créatures des bois, non?

– Les Sylphes communient avec l'énergie de ce qui les entoure. As-tu déjà observé les auras des gens?

– Les auras?

– Ce halo de couleurs qu'on peut voir dans certaines circonstances.

Ses yeux s'agrandirent et je vis la compréhension traverser son regard. Puis son expression redevint neutre et elle secoua la tête.

– Jamais entendu parler.

– Non, bien sûr.

Je masquai mon amusement. Sa confiance ne serait pas si aisée à acquérir. Nous étions à proximité des murs, aussi je dégageai mon bras du sien. Des appels s'échangèrent sur les remparts et Maelora était dans la cour principale à notre arrivée. Janna s'éclaircit la gorge et me remercia avant de partir en courant vers la grande salle, probablement pour récupérer le coffre de Ksara.

Maelora m'inspecta de la tête aux pieds et je la rassurai d'un sourire.

– Je vais bien. Ksara pourra confirmer quel est l'état de Moyra.

– Bien, espérons que ce n'est rien de sérieux. Avez-vous progressé pour l'eau?

– Oui et non. Je pourrai vous donner mon avis lorsque Ksara vous aura expliqué la situation.

Plusieurs caravaniers avaient été affectés au nettoyage des écuries ou encore à dégager l'éboulis de la cour d'entraînement, aussi ils ne perdirent pas de temps à se regrouper devant les portes principales. Mon regard survola l'assemblée, et je n'eus aucune difficulté à repérer la signature d'énergie des membres de la famille de Lathar. La réaction de Janna avait été suffisante pour m'éclairer, et j'étais prêt à mettre ma main au feu que les caravaniers avaient presque tous des ancêtres sylphes.

L'arrivée du chariot me sortit de mes réflexions et j'observai l'agitation de loin. Les plus costauds transportèrent Moyra dans la grande salle et l'installèrent devant l'âtre. Janna y avait regroupé une chaudière d'eau propre, des linges, quelques bocaux et un coffre au bois patiné. Lathar chassa les spectateurs pour ne garder que les membres de sa famille et le second de la caravane eut tôt fait de prendre la tête des opérations. Sa voix nous parvint depuis la cour, tandis qu'il coordonnait la poursuite des travaux dans les écuries.

Maelora s'attarda un moment pour discuter à voix basse avec un de ses lieutenants avant de l'envoyer avec les autres. Elle allait le suivre lorsque Lathar lui fit un signe de la main pour lui demander de rester. Elle inclina la tête et se positionna à ses côtés pour ne pas nuire à la guérisseuse.

Je pris place sur un banc non loin, observant en silence, tandis que Ksara préparait des cataplasmes. Kehsi avait soulevé les épaules de sa fille pour l'aider à boire une tisane, mais Moyra peinait à garder sa tête droite. Le temps que les bandelettes absorbent la concoction, Ksara prit un petit bol où elle mélangea des herbes. Elle pointa l'âtre du menton et Nicor prit une paire de pinces pour lui apporter un tison.

Une odeur sucrée me chatouilla le nez alors qu'elle soufflait sur les herbes. Elle positionna ensuite le récipient devant le visage de Moyra et souffla doucement sur la fumée. Des frissons me remontèrent les bras et je changeai ma vue pour voir les énergies. Les mains de Ksara brillaient de violet et de lilas, l'énergie se communiquant au bol et à la fumée. Moyra toussa et râla avant de se détendre.

Lorsque Ksara eut appliqué les cataplasmes sur la poitrine de sa patiente, celle-ci était endormie. Ses mains et ses paupières tressautaient parfois et Kehsi ne la quittait pas des yeux. Je me levai et m'approchai de Ksara tandis qu'elle ramassait son matériel.

– De quoi souffre-t-elle?

Son regard croisa celui de Lathar avant de revenir vers moi.

– Son esprit s'empoisonne.

Je fronçai les sourcils et elle écarta une main pour m'inviter à regarder par moi-même. Je m'agenouillai aux côtés de Kehsi et tendis les doigts au-dessus du front de Moyra. Son énergie me picota les paumes et je fermai les yeux. Sa lumière naturelle jaune était étouffée, comme un arbre dont l'écorce disparaîtrait sous les lianes d'une plante grimpante.

Son énergie était encore là, mais elle peinait à obtenir ce dont elle avait besoin. Sa nature sylphe avait été coupée de sa terre natale trop longtemps. La partie humaine tentait de prendre le dessus pour la sauver, mais ça ne faisait qu'empirer le mal qui rongeait l'autre partie. Je rouvris les yeux et me tournai vers Ksara.

— J'ai déjà vu ce phénomène.

Lathar se redressa et fit un pas vers moi. Alarmée par son mouvement brusque, Maelora porta une main à son épée. Plus posée, Ksara s'essuya les mains et referma son coffre.

— Connais-tu le remède?

Mes yeux se baissèrent vers le visage pâle de Moyra qui, de ce que j'en avais vu, était d'un naturel joyeux et énergique. Je ne pouvais pas la laisser souffrir alors que j'avais la solution. Mais l'offrir était à double tranchant, car les caravaniers pourraient le percevoir comme une entrave à leur liberté. Je voulais les garder à mes côtés, mais pas en utilisant la ruse.

— Il y a deux possibilités. La première implique de trouver des Sylphes survivants et qu'ils acceptent de la soigner.

Je haussai un sourcil moqueur devant les expressions farouches.

— On peut laisser tomber le subterfuge et reconnaître que la plupart d'entre vous sont des métis.

Lathar pinça les lèvres, mais ne le nia pas. Le regard de Maelora fit le tour des visages assemblés et elle hocha la tête avant de pointer Ksara.

— Tu as tenté d'entrer en contact avec eux, par le biais de cairns et de rituels tout au long de la route. Ont-ils répondu?

Elle secoua la tête avec une mine sombre.

— Sans succès, jusqu'à maintenant.

– Mon père était un Sylphe qui s'était exilé au Sud, dit Lathar. Pour Ksara, c'est un peu plus compliqué. On pense que sa mère était une Sylphe et que son père était un métis, ce qui explique son aisance à manipuler les pouvoirs qui nous échappent.

Je hochai la tête, ses paroles confirmant mes observations. Lathar pointa sa sœur.

– Quelle est la deuxième possibilité?

– La magie des joyaux et celle des Sylphes sont très semblables, expliquai-je. En fait, je suis certain que c'est la réelle source du conflit qui a ravagé les rangs de vos ancêtres.

Devant leurs regards perplexes, je me sentis obligé de poursuivre.

– C'est plutôt rare d'en parler, mais ce n'est pas un secret : les joyaux peuvent influencer les gens à proximité, et avec plus de facilité au fil du temps. Les Hommes de sang y sont particulièrement sensibles. Mais comme le joyau redonne autant qu'il prend, ça n'a jamais posé de problème sérieux. Qui peut cracher sur les meilleures récoltes jamais vues? Ou sur les animaux les plus vigoureux du marché?

Je haussai les épaules et détournai les yeux pour éviter de voir l'expression de Maelora. Je savais que la précieuse bleue n'était pas très explicite avec ses gens et la dernière chose que je souhaitais était de voir l'horreur ou le dégoût dans les yeux de Maelora. Pourquoi sa réaction avait tant d'importance, je n'aurais pas pu le dire. Je m'éclaircis la gorge et parlai d'une voix enrouée.

– Les Sylphes sont connectés à la nature et à leur environnement. Leur énergie se lie facilement à celle des joyaux. Sauf qu'ils ne sont pas sensibles à notre influence. Pas comme les Hommes de sang.

Kehsi se pencha vers moi.

– Tu veux dire qu'ils ne se plient pas aveuglément à la volonté du joyau. Où est le mal?

J'agitai une main pour dissiper son animosité.

– Dans mon cas, ça ne m'a jamais dérangé. Mais je sais que d'autres précieux ont fait face à des conflits bien plus complexes, notamment aux château Bleu et Nacré. À mon avis, c'est une des réelles causes de la Guerre des Sylphes : ils ne pouvaient pas concevoir que les Hommes de sang se soumettent volontiers à l'influence des joyaux et ils pensaient leur rendre service en les obligeant de s'en éloigner. Contrairement à d'autres précieux, j'ai la main plus légère et je n'ai jamais été inflexible avec mes seigneurs.

Mes lèvres se tordirent en un sourire amer au souvenir du déclin de mon château. J'écartai les mains.

– Si je l'avais été, peut-être que je ne serai pas seul aujourd'hui. Après tout, le château Nacré est le plus prospère du continent et sa précieuse est la plus intransigeante parmi nous.

Maelora secoua la tête.

– Chaque joyau et chaque précieux sont différents. C'est une force, pas une faiblesse.

Lathar hocha la tête.

– Avoir des convictions ne signifie pas être inflexible. Donc ta magie est semblable à celle des Sylphes. Qu'est-ce que ça signifie pour nous?

– Je pourrais imiter l'effet de la magie sylphe et déclencher le processus nécessaire à la guérison.

La main de Kehsi attrapa la mienne.

– Je suis prête à beaucoup de sacrifices pour que mes enfants vivent une longue vie épanouie. Que demandes-tu en échange?

Je secouai la tête avec tristesse.

– Je le ferais si je le pouvais. Comme je l'ai dit, c'est une magie différente avec un effet similaire. Il me faudra bien plus longtemps pour arriver au même résultat.

Mon regard fit le tour des gens attroupés et je déglutis devant l'intensité des émotions que j'y voyais.

– On parle de semaines, voire de mois. Dans l'immédiat, je pourrais creuser le puits au-dessus de la source que Ksara a trouvée, mais l'effort me coûtera une bonne part de mes ressources. Vous auriez accès à de l'eau dès ce soir.

– Mais tu n'aurais pas l'énergie pour entamer la guérison de Moyra, termina Lathar.

J'acquiesçai. Maelora croisa les bras avec un regard songeur.

– Creuser un puits représente plusieurs jours de travail dans les meilleures conditions. Avant même de considérer l'idée de notre départ, un canal devra être construit pour acheminer de l'eau au joyau, ce qui pourrait prendre plusieurs semaines. Dans tous les scénarios possibles, nous serions ici au moins un mois.

Lathar se tourna vers Ksara et pointa sa sœur du menton. La guérisseuse se frotta les mains avec une expression pensive puis son regard alterna entre Moyra et moi.

– Elle réagit bien aux traitements. Je ne suis donc pas inquiète pour les prochains jours. Le manque d'eau est un problème pour tout le monde.

– Qu'il en soit ainsi, dit Lathar en se tournant vers moi. Je te confie la tâche de creuser ce puits dès maintenant. Lorsque tu t'en sentiras la force, je te serais reconnaissant d'aider ma sœur.

J'inclinai la tête sur le côté.

– Nicor et toi aussi aurez besoin de la même intervention.

Kehsi porta une main à sa bouche et cligna des yeux pour chasser les larmes qui y étaient apparues. Les deux frères échangèrent des regards lourds de sens avant d'acquiescer. Maelora leva une main pour attirer mon attention.

— Je sais que certaines occasions permettent aux joyaux de se nourrir avec plus de facilité. Pouvons-nous faire quelque chose pour t'aider à récupérer plus vite?

Je lui fis un sourire reconnaissant. Elle m'avait semblé brusque de prime abord, mais sa sollicitude était une agréable surprise.

— Plus vous passerez de temps au château et plus j'en bénéficierai. Les repas partagés, les soirées animées; continuez comme vous le faites déjà. Plus vous serez actifs, plus les racines du joyau s'étendront.

Le regard de Maelora se glissa vers Lathar, puis sur le bas ventre de Ksara. Elle allait ouvrir la bouche pour ajouter quelque chose, sûrement au sujet de mon besoin de nommer un nouveau seigneur, mais je secouai la tête avec discrétion. Elle pinça les lèvres, les poings serrés à ses côtés.

— Il ne reste que quelques heures avant le coucher du soleil, dit Lathar. Le ciel est dégagé, ce qui diminue les risques d'attaque de gargouilles, mais je ne suis pas prêt à miser là-dessus.

J'acquiesçai et me relevai après un sourire rassurant pour Kehsi. Elle attrapa ma main et la serra.

— Je te confie la vie de ma famille.

— Et j'honorerai ta confiance.

Elle me relâcha pour reporter son attention sur sa fille. Je réalisai avec surprise que j'avais endossé le manteau de cette responsabilité sans crainte. L'espoir prit de l'expansion dans ma poitrine et j'inspirai profondément. Peut-être que je serais en mesure de repeupler mon château pour que mon joyau s'épanouisse à nouveau. Je ne pouvais pas manquer à mes engagements.

CHAPITRE 10
Maelora

Les mots me brûlaient la langue tandis que Lathar nous précédait pour traverser la cour intérieure. Caysen était à mes côtés, mais sa posture était rigide et son regard était fixé vers l'avant. J'étouffai un soupir et fis signe à mes lieutenants de nous rejoindre. Kallas arriva la première, jetant un coup d'œil inquiet vers la grande salle.

– Comment va Moyra?

– Elle est entre de bonnes mains.

Sa bouche se pinça, mais elle reconnut la finalité dans mon ton. Caysen sourcilla à mes côtés et je cherchai les mots pour adoucir ma réponse.

– Ksara soigne ses symptômes et Caysen a proposé une solution plus permanente. Tu pourras aller à son chevet dès que nous aurons déterminé l'emplacement du puits.

Ilyon et Segast se joignirent à nous, leurs vêtements maculés de paille et de traces noires.

– Comment avancent les travaux de l'écurie?

– Bien, dit Segast. Nous pourrons y mettre des animaux dès que Caysen sera en mesure d'étendre sa protection.

Je lançai un rapide coup d'œil au principal intéressé, mais il avait conservé une expression neutre.

– Ce ne sera pas pour ce soir. Regroupez les caravaniers sur les remparts et envoyez-moi les plus costauds avec des pelles et les matériaux qu'il faut pour construire un puits temporaire.

Ilyon hocha la tête et donna une tape sur l'épaule de Segast.

– Je m'occupe du recrutement. Segast ne s'est pas fait beaucoup d'amis récemment.

Ce dernier se contenta de grogner et de bifurquer vers les outils encore éparpillés près des écuries. Kallas secoua la tête à l'intention d'Ilyon.

– Un de ces jours, il va te faire bouffer tes dents. Je vais regrouper les autres sur les remparts.

Satisfaite, je poursuivis jusqu'aux portes principales. Lathar discutait avec son second un peu plus loin, mais il mit fin à leur échange en nous voyant arriver et se tourna vers Caysen.

– As-tu besoin de Ksara pour retrouver la source? demanda-t-il.

Ce dernier secoua la tête.

– Je n'aurais pas pu la localiser seul, mais maintenant que je sais où elle est, je suis en mesure de la sentir.

Il franchit les portes principales et coupa à travers les herbes hautes jusqu'à un endroit dégagé. Plusieurs paires de pieds avaient piétiné la zone et Caysen s'arrêta au milieu. Je relevai les yeux et vis que Kallas avait fait sa part à la dizaine de têtes qui pointaient entre les créneaux. Nicor et Cynrad arrivèrent en compagnie de quelques hommes de la caravane et des mercenaires, suivis par Segast et Kallas. Mes lieutenants se postèrent derrière moi sans poser de question, mais Lathar dut demander aux autres de se taire et de garder leur distance.

Caysen tourna sur lui-même, nous faisant face. Il écarta les bras et pencha la tête vers l'arrière. Un frisson agita le sol sous nos pieds, puis l'air crépita. La vibration s'intensifia, jusqu'à ce que je sois obligée de plier les genoux pour conserver mon équilibre.

La peau de Caysen se mit à luire d'une aura carmin et un vent invisible fouetta ses cheveux autour de son visage.

Ses yeux s'ouvrirent et leur couleur noisette devint luminescente. Il replia les bras et la terre répondit à son appel. La surface du sol se contorsionna pour suivre le mouvement de ses mains et bientôt une fosse se creusa devant lui. Des monticules de terre se formèrent en vagues concentriques pour dégager la zone.

Lorsque la vibration cessa, je ressentis une sensation de dérive. Mon regard croisa celui de Caysen et j'y vis le triomphe. Son sourire illuminait ses traits et j'eus le souffle coupé.

C'était un homme en pleine possession de ses moyens qui se tenait devant nous. Il ne restait aucune trace de la créature brisée que j'avais découverte à notre arrivée. C'était peut-être une apparence trompeuse, mais en cet instant, je me serais agenouillée pour lui jurer mon allégeance.

Les cris des caravaniers me sortirent de mes pensées et j'avançai à la suite de Lathar pour observer le fond du trou qui se transformait déjà en boue. Je tendis une main vers Segast et il me donna la pelle qu'il avait apportée à mon intention. Je sautai dans la fosse et commençai à aplanir une des parois, imitée par les autres.

Kallas coordonna les efforts pour descendre des planches de bois et la structure fut assemblée en un rien de temps. Caysen contribua à nouveau en déplaçant les petites pierres et le sable pour couvrir les compartiments de filtration. Enfin, Segast nous fournit des tuyaux trouvés dans les décombres, et notre première chaudière se remplit d'eau limpide.

Des exclamations victorieuses retentirent et je relevai la tête pour réaliser que tous les caravaniers nous avaient rejoints. Les gens étaient si contents qu'ils en avaient oublié leur réserve initiale à l'égard de Caysen et ce dernier reçut plus d'une accolade enthousiaste. Je souris à voir le rouge lui monter aux joues alors qu'il acceptait leurs effusions avec grâce.

Nicor organisa en hâte une chaîne de ravitaillement. Sa suggestion d'un bain chaud en motiva plus d'un à participer à la corvée. Je levai le nez vers le ciel, la nuit s'annonçait claire, avec la lune déjà au-dessus de l'horizon. Alors que tout le monde prenait la direction des cuisines pour réchauffer l'eau et trouver des étuves encore en état, Ilyon s'arrêta à mes côtés.

— Je n'ai pas vécu auprès d'une précieuse aussi longtemps que d'autres, mais il me semble que c'était une démonstration impressionnante.

J'acquiesçai. Ilyon avait débuté sa vie de manière difficile avec des parents négligents. Il s'était retrouvé seul dans les rues de son faubourg où il volait et mendiait pour survivre. Le sénéchal avait mis du temps avant de réussir à lui mettre la main dessus, une preuve de l'excellent instinct d'Ilyon, même à cet âge. Le magistrat avait tout de même reconnu le potentiel de l'enfant et l'avait amené au château plutôt que de le juger et le condamner pour ses crimes.

— J'ai déjà vu des exploits de plus grandes envergures, comme l'excavation des douves au château Bleu, mais jamais avec cette rapidité.

— Il n'a pourtant pas le profil d'un crâneur.

Je secouai la tête, mon regard rivé sur le dos de Caysen. Ce dernier franchissait les portes principales en compagnie de Lathar.

— Passe le mot aux autres; nous allons veiller sur lui. Il faut qu'il mange et qu'il dorme.

Il retroussa le nez.

— Caysen est tellement farouche, mieux vaut éviter que Segast lui parle. Par contre, j'ai remarqué que vous avez une bonne chimie tous les deux.

Je m'assurai de conserver une expression sereine pour croiser le regard de mon lieutenant.

– Comme il se doit d'un bon capitaine.

Ilyon eut une grimace ironique devant ma réponse obtuse.

– Bien sûr. Je vais aller sécuriser la grande salle pour la nuit.

Je regardai mon lieutenant s'éloigner, consciente de la tempête qui faisait rage dans ma poitrine. Caysen avait le potentiel d'être un précieux formidable. Il ne lui manquait qu'un seigneur bien intentionné et un maître d'armes conciliant.

CHAPITRE 11

Caysen

Le soleil était à son zénith lorsque je sentis la présence de nouveaux venus. La curiosité m'avait poussé à faire un tour à l'extérieur des fortifications pour évaluer l'avancement des travaux du puits. À ma vue, Maelora grimpa hors de la tranchée pour me donner un compte-rendu succinct, mais honnête.

Depuis la première attaque des gargouilles, elle avait fait de son mieux pour assurer les échanges d'informations et je m'étais efforcé de lui rendre la pareille. Elle me parlait du sol et de la présence de roc lorsque je me tournai vers les montagnes.

La ligne des arbres dans cette direction était à plusieurs lieues, car la sagesse avait dicté de garder la zone dégagée pour faciliter les défenses du château. Vu l'absence d'entretien au cours des dernières années, des arbustes et des aulnes avaient poussé de-ci et de-là. Avec la présence des caravaniers cette dernière semaine, les racines du joyau avaient repris du terrain, mais le pied des montagnes était encore hors de ma portée.

Devant mon évidente distraction, Maelora s'était tue. Je la vis faire un signe de la main à ses deux lieutenants présents et ces derniers récupérèrent leurs armes non loin avant de se positionner en éventail, prêts à réagir. Je relâchai mon souffle, fermai les yeux et poussai ma conscience aussi loin que possible, confiant que Maelora et ses gens me garderaient en sécurité.

La surprise me fit rouvrir les yeux et je lui souris.

– Des moutons!

Elle scruta l'horizon du regard avant de s'adresser à Segast. Ce dernier partit en courant pour grimper sur les remparts, probablement pour rejoindre le caravanier chargé de monter la garde. Ces bergers étaient-ils d'anciens habitants du château? L'inquiétude et la joie bataillèrent pour avoir le dessus et je frottai mes mains pour en chasser la nervosité. Maelora se tourna vers moi.

– D'où arrivent-ils?

Je pointai l'endroit où la tête de file allait sortir du bois.

– Il y a cinq bergers pour environ cent têtes de bétail.

Ilyon fit tournoyer son épée courte avec un sourire en coin.

– Je ne serai pas contre un bon gigot d'agneau.

Maelora retourna vers le trou où Lathar s'était arrêté de creuser à mes paroles.

– Je suggère qu'on envoie un comité d'accueil, dit-elle. Des préférences?

Il utilisa sa manche pour éponger la sueur sur son front.

– Je ne suis pas très présentable. Ni toi d'ailleurs, dit-il avec un geste vers leurs vêtements boueux. Dépêche Ksara avec un de tes lieutenants. Les bergers feront plus confiance à un Nordien.

Comme Segast était sur les remparts et qu'Ilyon était aussi sale que les autres, il ne restait que Kallas, qui tenait compagnie à Moyra dans la grande salle. J'envoyai une pulsation dans le sol et le joyau répondit avec fluidité pour signaler mon intention à la lieutenant. Je me tournai vers Maelora.

– J'ai demandé à Kallas de nous rejoindre dehors.

Lathar fronça les sourcils, son regard alternant entre nous et le château. Maelora eut un sourire ravi.

– Excellent. Je suis contente de voir que tu te sens mieux.

Je sentis le rouge me monter aux joues, mais acquiesçai tout de même.

– Le travail de la terre a toujours eu le don d'accélérer la formation des liens.

Elle hocha la tête et se tourna vers les portes principales d'où Kallas arrivait avec un cheval, suivie par Ksara et sa monture. Les deux femmes s'arrêtèrent à notre hauteur pour resserrer leur sangle avant de mettre le pied à l'étrier.

– J'ai bien reçu l'appel, mais je crains que la destination ne m'ait échappé, dit Kallas avec un sourire d'excuse.

Je grimaçai.

– Je suis un peu rouillé, c'est ma faute.

Maelora s'avança et leur donna des indications pour aborder les bergers. Le regard ambré de Ksara se posa sur moi.

– Aurons-nous affaire à des Hommes de sang?

Je pris une bonne inspiration et laissai l'énergie du joyau imprégner le sol.

– Je le pense. Il y a de l'énergie sylphe dans les environs, mais il y en a toujours eu, alors je ne sais pas si c'est parce que certains d'entre eux sont tout près ou si ce sont des vestiges de leur présence.

Kallas échangea un regard avec Maelora avant de lui faire un salut martial. Elle fit signe à Ksara et elles partirent de concert au petit trot dans les sentiers tracés par le passage répété des caravaniers autour du château. Leurs silhouettes disparurent entre les fourrés pour réapparaître sporadiquement.

Un frisson me remonta le dos à l'idée qu'il arrive malheur à Ksara. Sa grossesse semblait ne lui occasionner aucune gêne jusqu'à maintenant et elle n'était pas assez près du terme pour que monter à cheval lui soit néfaste. Mais une chute était si vite arrivée. J'envoyai une vague carmin pour guider les pas de leurs montures, qu'elles aient le pied sûr et qu'elles gardent la tête froide. Maelora s'éclaircit la gorge et je me tournai vers elle.

— On sera bientôt prêt à creuser depuis les catacombes pour raccorder les deux tunnels. Peux-tu nous indiquer le bon emplacement pour commencer les travaux?

J'avais fait ce que je pouvais et je devais m'en remettre aux humains autour de moi. Je souris à Maelora et lui fis signe de m'accompagner.

L'après-midi était bien avancée lorsque je ressortis des souterrains. Des bêlements étaient audibles et je me dépêchai de traverser la cour intérieure jusqu'aux portes principales où un homme plus âgé discutait avec Lathar. Il portait les habits traditionnels des bergers, une tunique et des pantalons en toile épaisse avec une capeline cirée pour le protéger des intempéries. Deux jeunes gens se tenaient derrière, probablement ses enfants, vu leur ressemblance.

Ils penchèrent la tête l'un vers l'autre pour échanger et une image s'imposa à moi, celle de deux bambins, toujours à grimper partout. Mon seigneur n'avait eu de cesse de demander à l'institutrice de les discipliner. Leurs parents avaient été parmi les premiers à quitter le château. Je m'arrêtai aux côtés de Lathar et les deux hommes pivotèrent pour m'inclure dans leur discussion.

— Jareth?

Le berger ouvrit de grands yeux avant que son visage ne se fende d'un sourire.

— Je suis surpris que tu te souviennes de moi. Voilà bien vingt ans que je ne suis pas venu au château.

Il tendit la main et j'attrapai son avant-bras pour lui rendre son salut. Je pointai ses compagnons.

– Est-ce que ce sont les jumeaux?

Jareth hocha la tête, ravi, et se tourna pour leur faire signe de nous rejoindre. Quelques moutons les suivirent et l'un d'eux vint jusqu'à renifler ma main à la recherche de nourriture avant d'émettre un bêlement déçu. Je lui grattai la nuque et l'animal se contorsionna pour me faciliter l'accès, satisfait par cet échange.

– Karyk et Fleya ont terrorisé les domestiques du château pendant quelques années avant que ma femme nous oblige à changer d'occupation. Le passage de palefrenier à berger a été difficile, mais je suis bien content de l'avoir fait. Surtout considérant...

Son regard croisa le mien puis il détourna la tête. Mon cœur se serra dans ma poitrine. Les jeunes gens échangèrent un regard tandis que leur père agitait une main pour balayer ses propos. Lathar vint à notre secours.

– Je comprends que le château et son seigneur ont connu de mauvaises années, ce qui a mené Caysen à tomber en sommeil.

Jareth s'éclaircit la gorge et acquiesça.

– Le château Carmin a essuyé plusieurs revers. On pensait bien que les autres châteaux enverraient des troupes, mais quand les renforts ont tardé à venir...

Il me lança un regard embarrassé et retira son chapeau pour le secouer avant de le remettre.

– On avait peur que la maladie revienne. Et puis après il y avait le problème de l'eau. Alors on s'est installé de façon plus permanente dans les pâturages en hauteur, au bord d'une source. Avec les derniers réfugiés du château, on est une vingtaine.

Lathar lui tapota l'épaule.

– La survie de votre groupe et des bêtes était votre priorité et personne ne vous le reprochera.

J'avalai péniblement au souvenir de mon impuissance et m'efforçai de sourire.

– Si votre communauté souhaite revenir au château, ils sont les bienvenus.

Le regard de Jareth parcourut la cour intérieure, occupée par les chariots et animée par les caravaniers qui s'activaient à remettre l'endroit en état.

– Nous serions bien contents d'échanger. L'automne arrive et on pourrait abattre quelques bêtes et partager la viande.

Lathar lui sourit de toutes ses dents.

– Nous pourrions organiser un souper commun. Nous avons attrapé un peu de gibier, mais un mouton sur la broche ferait le bonheur de tous. Notre ménestrel sera ravi de jouer pour un nouveau public.

Un sourire étira mes lèvres. Le musicien était semblable au joyau sur ce point : plus l'assistance était nombreuse, mieux il se portait. Jareth agita la main vers les montagnes.

– Nous allons annoncer la bonne nouvelle aux autres et leur offrir de se joindre à nous. J'en connais quelques-uns qui seront ravis.

Fleya s'avança et parla tout bas à son père.

– Et pour les monstres?

Lathar plissa les yeux.

– Les gargouilles ont-elles attaqué votre communauté?

Les trois bergers échangèrent des coups d'œil avant que Jareth prenne parole.

– C'est comme ça que vous les appelez? Elles volent au-dessus des montagnes depuis quelques années. C'est une de raisons qui nous ont poussés à rester à couvert.

On a remarqué qu'elles ont commencé à venir dans la vallée depuis quelques semaines, ce qui doit coïncider avec votre arrivée.

Lathar acquiesça.

– Caysen nous protège des attaques, mais il faudra riposter.

Je levai le nez vers le ciel qui s'était obscurci de nuages lourds de pluie.

– Vous auriez intérêt à passer la nuit avec nous et de repartir au lever du soleil.

Jareth frotta sa nuque d'une main et hocha la tête.

– Ma femme me le fera regretter, mais entre elle et les gargouilles, je sais laquelle me fait moins peur. Et puis ça nous donnera le temps de faire boucherie. Avez-vous un cuisinier?

Quelques minutes plus tard, Nicor fut présenté aux bergers. Les jumeaux firent entrer leur troupeau dans la cour intérieure et le chaos ambiant m'incita à m'éloigner. Je les regardai discuter et rire avec un pincement de regret. Mon seigneur avait fait fuir des gens qui avaient été utiles au bon fonctionnement du château.

Mon regard s'attarda sur Lathar, sur l'assurance de ses mouvements et sa posture fière. Sa famille le traitait avec respect et s'en remettait à ses décisions. Il en allait de même pour l'ensemble des caravaniers. J'avais cru comprendre que certains étaient des mercenaires embauchés, mais même eux faisaient preuve de respect.

Un chef de caravane pouvait-il devenir seigneur d'un château?

Les premiers Hommes de sang qui étaient venus s'installer au Nord avaient été des chefs de tribus nomades. Et tous les châteaux prospéraient encore aujourd'hui, quatre siècles plus tard. Je n'avais pas grand-chose à perdre à lui donner sa chance. Il fallait seulement qu'il soit prêt à me rendre la pareille.

CHAPITRE 12
Caysen

Trois jours s'écoulèrent encore avant qu'une vague de fraîcheur me submerge.

Maelora et Lathar avaient enfin accompli l'exploit de connecter la source et le joyau. Je soupirai d'aise tandis que ce dernier pulsait d'exaltation. Son énergie s'éparpilla quelque peu avant qu'il ne se ravise. La présence des caravaniers, doublée de celle des bergers, avait grandement contribué à remplir ses réserves. La guérison de Moyra était quant à elle une taxe constante, quoique légère.

Kallas était si soulagée que la jeune femme se sente mieux mieux qu'elle passait son temps à m'offrir son aide. J'avais plutôt résolu d'éviter sa compagnie dès que je le pouvais. Moyra avait semblé amusée par nos échanges et la ferveur de sa compagne. Le soir suivant, j'avais trouvé une petite sculpture de bois à l'effigie de la tour principale du château Carmin, posée sur mon oreiller dans mes quartiers, et Kallas avait cessé de me persécuter avec ses remerciements.

Avec le retour de l'eau dans le château, Lathar décida d'organiser un banquet. Tout le monde fut mis à contribution et les cuisines résonnèrent du bruit des casseroles. La grande salle fut dégagée et on sortit des tables des réserves pour le repas. Kehsi me confia la mission de débusquer les linges de table survivants et la vaisselle des grandes occasions.

Les plats commençaient à arriver des cuisines et le brouhaha des conversations étaient assourdissants. J'avais enfin pu me sauver et je m'étais posté en périphérie de la salle pour observer l'agitation. Lathar ouvrit un baril de vin et les bergers les plus âgés ne se firent pas prier pour déguster une coupe, bien amusés par les grimaces des plus jeunes qui découvraient cette saveur.

– Te voilà!

Je me tournai pour voir Ksara. Elle portait une robe différente de son style habituel et la haute ceinture laissait deviner le léger renflement de son ventre. Le tissu noir de la poitrine chatoyait sous la lumière, mis en valeur par la jupe pourpre qui s'évasait en vaguelette. Elle me tendit la main et un courant me parcourut dès que nos doigts se touchèrent. Ses lèvres s'étirèrent en un sourire complice avant qu'elle ne m'entraîne vers l'autre côté de la salle.

– Je crois que j'ai trouvé quelqu'un avec qui tu aurais intérêt à discuter.

Un frisson d'inconfort me remonta le dos, mais je m'efforçai de répondre sur le même ton léger.

– La soirée est aux réjouissances, pas aux discussions.

Elle m'envoya un regard pointu, loin d'être dupe.

– Dit celui qui rôde dans les alcôves au lieu de se joindre aux festivités.

Je ne pus contenir une grimace, mais elle tapota ma main, plus amusée que vexée. Elle s'arrêta devant un petit groupe de bergers. Maelora et Lathar discutaient avec Jareth et un autre homme plus âgé. Le haut de son crâne était complètement dégarni et la couronne de cheveux qui lui ornait la tête était d'un blanc soyeux. Ses yeux s'animèrent à ma vue et je reconnus enfin son visage.

– Maître Pethran.

Maelora plissa les yeux avant de les agrandir en signe de compréhension. Elle se pencha à l'oreille de Lathar pour lui chuchoter quelque chose. Le vieil homme tendit les mains vers moi et je les saisis aussitôt. Sa peau était rugueuse et ses articulations noueuses, bien plus que dans mon souvenir.

– Je suis content de te voir sur pied, dit-il. Ton sommeil était si profond. Nous sommes venus de temps à autre au fils des ans, mais tu ne réagissais pas.

J'avalai péniblement, bien conscient des regards sur moi.

– Je suis désolé, je n'ai jamais voulu vous abandonner.

Le guérisseur secoua la tête.

– Non, bien sûr que non. Si tu as dormi, c'est que le joyau considérait que tu avais besoin de repos.

Il haussa un sourcil broussailleux.

– La guérison n'est pas toujours une affaire rapide ni simple. L'important, c'est que tu sois remis.

Devant le regard curieux de Lathar, je m'éclaircis la gorge et écartai un bras.

– Je vous présente le maître guérisseur du château Carmin, maître Pethran.

Le vieil homme s'esclaffa en agitant une main, mais Jareth l'interrompit.

– Il ne cesse de répéter à tout le monde d'oublier ce titre, mais personne ne l'écoute, dit-il avec un sourire en coin. Les moutons n'en produisent pas moins de la laine parce que le berger n'est pas dans les parages.

Ksara hocha la tête et sourit à maître Pethran.

– La vocation de soigner n'est pas une chose qui s'étiole avec le temps, et je la sens très forte en vous.

Il se pencha vers elle et étudia son visage.

– Tu ressembles un peu aux Sylphes. Une métisse, peut-être?

L'attention de Lathar se fixa sur le vieil homme.

– Et si c'était le cas?

Ce dernier haussa les épaules.

– Ce sont des créatures bienveillantes. C'est en
partie grâce à elles que notre communauté a pu survivre si
longtemps.

– Vraiment? demanda Lathar d'un air neutre.

Maître Pethran échangea un regard avec Jareth et ce
dernier reprit.

– Ils occupent une bonne partie de la forêt au nord
du château. Leur circuit de cueillette les amène parfois dans
notre secteur et nous avons pris l'habitude de troquer de la
laine avec eux.

Ksara joignit les mains devant elle.

– Vous auriez toute ma reconnaissance si vous
pouviez me permettre de les rencontrer.

Jareth se frotta la nuque pensivement.

– Ils sont venus le mois passé, avant la première
gelée. On ne s'attend pas à leur retour avant le printemps.
Mais on peut toujours essayer d'aller aux dolmens.

J'inclinai la tête sur le côté au souvenir du cercle de
pierres.

– Mon précédent seigneur ne l'a-t-il pas détruit?
Maître Pethran grimaça.

– Il a essayé, mais il faudrait plus qu'un vulgaire
marteau pour briser les stèles. Par dépit, il a planté des
ronces tout autour. Les Sylphes ont réussi à nettoyer une
partie du site, mais il en reste encore. Impossible de s'en
approcher avec les animaux. Un des plus jeunes pourrait
vous y amener en excursion.

Nicor lança l'appel pour le souper et le groupe prit
la direction des tables. J'entendis des bribes de discussion
visant à planifier une sortie le lendemain. Je croisai les
mains et mes yeux se baissèrent d'eux-mêmes vers mes
pieds. Les bruits de la salle s'estompèrent quelque peu et ma
respiration se calma. J'étais déchiré entre le contentement et
la fatigue.

Une main se posa sur mon coude et je relevai la tête. Maître Pethran m'offrit un sourire compatissant et je réalisai que nous étions seuls.

– Nous savons tous les deux que sans un seigneur, tu retourneras inévitablement vers le sommeil, dit-il. Je suis vieux et las. Me permettrais-tu de terminer mes jours avec toi? Même si ce n'est que pour nous endormir ensemble...

Ma gorge se serra et mes mains trouvèrent les siennes.

– Ta compagnie sera la bienvenue. En revanche, j'aurais un service à te demander, qui pourrait bien repousser tes limites. Je ne sais pas si je peux t'en exiger autant.

Le guérisseur fronça les sourcils et je pointai Ksara du menton.

– Elle attend un enfant et avec l'arrivée de l'hiver, elle risque fort d'être au château pour donner naissance.

Ses mains se crispèrent sur les miennes et il redressa les épaules, son regard alerte.

– Une naissance, entre tes murs. Savent-ils?

Je secouai la tête et il sourit.

– Cette visite s'est avérée bien plus intéressante que je ne le pensais, dit-il. Bien. Je t'accorde ta demande. Qu'est-ce qu'une année de plus après tout?

Le soulagement se rependit dans ma poitrine comme une vague de chaleur. Le vieil homme tapota mon bras avant de se diriger vers la table. Il fit une courbette à Moyra et elle l'invita à prendre la place vide à ses côtés.

L'odeur qui se dégageait des plats finit par avoir raison de mes réserves et je me dirigeai vers la table. Kehsi y était avec une cuillère de service et son sourire s'élargit à ma vue. Elle attrapa une assiette avant que je n'aie le temps de le faire, qu'elle remplit en me décrivant les différents mets.

– Nicor voudra savoir lesquels tu as préférés, dit-elle avec un clin d'œil.

Je la remerciai, trop surpris pour protester. Alors que je pivotais sur moi-même à la recherche d'un coin tranquille, je vis Maelora me faire signe. À ses côtés, Segast était plongé dans un épais volume relié en cuir. Entre sa barbe noire et l'angle de son visage, impossible de deviner ses pensées. Ça semblait la table la plus paisible de la salle, alors j'acceptai son invitation et pris place en face d'elle. Elle me sourit et reporta son attention sur son assiette. Je l'imitai et goûtai aux différents mets, surpris par les saveurs et les textures. Maelora remarqua mon expression et pointa sa fourchette vers le mijoté de lapin.

– Kallas a donné la recette de sa mère à Nicor, mais il n'a pas pu s'empêcher de l'adapter avec des épices sudistes.

Je souris.

– La combinaison des deux traditions est intéressante.

Maelora prit quelques bouchées de plus avant de reprendre la parole.

– Penses-tu contacter les autres joyaux maintenant que l'eau est revenue?

J'acquiesçai et avalai avant de parler.

– Peut-être demain, l'eau autour des catacombes aura décanté.

– Bien, j'aurais un message à faire parvenir à Sabaya, si tu n'y vois pas d'inconvénient.

Un éclair de jalousie me traversa, me prenant par surprise. Était-elle si impatiente de retourner auprès de l'autre précieuse? Son aura avait pourtant revêtis une teinte de plus en plus proche du carmin depuis le début de son séjour. Elle inclina la tête avec un regard interrogateur et je m'obligeai à inspirer à plusieurs reprises. Le seigneur du château Violet avait mandaté Maelora et il était normal qu'elle lui rende des comptes.

– Je te ferai signe le moment venu.

Son expression se fit compatissante.

– C'est naturel que tu sois encore en colère, mais l'expérience m'a appris qu'il vaut mieux aérer nos doléances avant qu'elles ne nous pourrissent la vie.

Je secouai la tête devant son interprétation erronée de mon hésitation.

– Non, j'ai hâte de lui parler et d'avoir de ses nouvelles. Les dernières semaines ont été une excellente distraction des années passées, mais une conversation avec Sabaya risque de faire remonter plusieurs souvenirs désagréables.

Elle tendit la main et la posa sur mon avant-bras.

– Je suis meilleure avec une lame qu'avec les mots, mais je serais honorée d'être à tes côtés, si tu le souhaites.

La chaleur de sa paume se répandit jusque dans ma poitrine et je lui souris.

– Merci.

Ilyon arriva au bout de la table et déposa entre nous un boîtier en bois avec un sourire triomphal.

– J'ai trouvé un jeu de la Bataille des rois. Qui veut faire une partie?

Maelora se tourna vers moi.

– Sais-tu jouer?

Je hochai la tête prudemment, bien conscient que ma dernière partie datait de plusieurs décennies. Ilyon se pencha vers moi et ses yeux bridés brillèrent de défi.

– Joue contre moi et le gagnant affrontera Maelora.

Je fis face à cette dernière avec un regard inquisiteur.

– Es-tu une adversaire si redoutable?

La réponse me semblait évidente, mais je ne pouvais pas résister à l'idée de la taquiner un peu. Elle haussa les épaules, mais Ilyon tapota la boîte du jeu.

– Elle n'a pas perdu une partie depuis l'âge de seize ans.

– Principalement parce que mes adversaires sont tous médiocres.

Segast releva la tête de son livre et lui envoya un regard calculateur.

– Ton père est loin d'être un débutant. Dis plutôt que tu es une joueuse exceptionnelle. C'est un honneur de perdre contre elle, ajouta-t-il à mon intention.

Je sourcillai et me tournai vers Ilyon.

– D'accord, alors je vaincrai l'élève avant d'affronter le maître.

Il me sourit de toutes ses dents.

– Sûr de lui, j'approuve.

Les assiettes furent mises de côté en hâte et le plateau de jeu installé. Maelora se décala d'une chaise pour qu'Ilyon soit en face de moi. Il me laissa débuter; sa première erreur. Je déplaçais mes pièces d'une manière qui eut pu sembler hasardeuse. Mon adversaire prit en assurance et tenta une stratégie des plus directes.

Des spectateurs s'étaient regroupés entre temps et chuchotaient autour de nous. Certains devinaient ma tactique tandis que d'autres secouaient la tête avec des airs dépassés. Ilyon leur servit quelques sourires, mais je gardai mon attention sur le plateau, et sur Maelora dont le regard ne me quittait pas.

J'eus tôt fait de coincer les pièces les plus importantes d'Ilyon et son sourire se fana. Il ne lui resta bientôt plus que son roi pour danser autour de mes chevaliers. Le coin des lèvres de Maelora frémit lorsque ma victoire devint évidente. Ilyon se leva de sa chaise, fit le tour de celle-ci avant de se pencher vers le plateau.

– Comment? demanda-t-il en me tendant la main. Cette humiliation en vaudra bien la peine pour te regarder affronter Maelora.

– Tu as été présomptueux. Je suis sûr que tu ne me laisseras pas gagner aussi facilement la prochaine fois.

Il envoya un coup d'oeil à Maelora.

– Non, ma capitaine serait bien capable de m'assigner aux latrines jusqu'à ce que j'apprenne la leçon.

Cette dernière sourit et lui tapota l'épaule.

– Il n'y a pas de honte à perdre face à un adversaire honorable. C'est une autre histoire que de tomber à cause de sa propre bêtise.

Ilyon recula et lui céda sa chaise avec une révérence fleurie. Maelora prit place et repositionna les pièces sur le plateau de jeu. D'un geste de la main, elle m'invita à faire le premier mouvement. Je commençai par un déplacement inoffensif et la regardai faire de même. Je plissai les yeux et elle me retourna un regard bleu, à la fois concentré et limpide. Je ne pouvais y voir aucun subterfuge, seulement une grande assurance en ses compétences, et je ne pouvais que l'admirer.

Je reportai mon attention sur le plateau et engageai une stratégie un peu plus complexe que la précédente. Elle joua coup pour coup, comme si elle savait où je voulais en venir. À quelques mouvements du coup de grâce, elle changea de tactique, me prit à revers et balaya le plateau comme un blizzard d'hiver. Mes yeux s'agrandirent de stupéfaction, tandis que j'observais la décimation de mes pièces. J'avais joué dans son jeu. À la perfection.

Je tendis la main au-dessus du plateau, sous les cris et les applaudissements de notre public. Tout le monde se mit à parler en même temps, une partie des spectateurs furieux de ma défaite alors que les autres louaient les habiletés de Maelora. Elle serra ma main avec une expression tout aussi sérieuse et je ne pus réprimer mon sourire.

– Que disais-tu? Un adversaire honorable? Je suis enchanté d'avoir perdu devant autant de génie.

Elle pinça les lèvres et ses joues rosirent sous la lumière des torches. Près de l'âtre, le ménestrel prit la parole avec un geste théâtral.

– Assez d'activités intellectuelles. Qui veut danser?

Les bergers s'exclamèrent et devant leur enthousiasme, des couples ne tardèrent pas à se former. Luan s'installa avec son instrument à cordes et se lança dans une des ritournelles les plus connues du Nord. Les couples se mirent à tournoyer autour de la salle, avec des éclats de rire lorsque certains faisaient un faux pas. L'irrésistible envie de me joindre à eux bouillonna en moi. Je me penchai vers Maelora.

– Danses-tu?

Elle retroussa le nez.

– Je connais les pas, mais je dois avouer n'y avoir jamais éprouvé beaucoup de plaisir. Je suis meilleure à la danse des épées.

Je levai un doigt pour lui demander de patienter et tournai talons en direction du ménestrel. Je contournai les danseurs et m'arrêtai à ses côtés. Il se pencha vers moi avec un regard interrogateur, sans jamais perdre le rythme de la chanson. Je lui fis ma requête, à laquelle il sourcilla. Quand son regard trouva Maelora qui nous fixait, un sourire étira ses lèvres et il hocha la tête.

Je retournai auprès de ma cavalière récalcitrante en faisant de mon mieux pour garder une expression neutre. La musique changea comme j'arrivais devant elle. Je lui tendis mes deux mains et elle les prit avec un regard méfiant. Mon visage se fendit d'un sourire et elle plissa les yeux.

– Tu n'as qu'à suivre. Je suis sûre que tu en es capable.

– Bien sûr, répondit-elle avec orgueil.

J'amorçai les premiers pas et exerçai une légère pression sur ses mains pour l'inviter à me suivre. L'enchaînement ressemblait aux jeux de pieds qu'on enseignait aux combattants débutants et la danse avait été à l'origine un outil d'apprentissage ludique. Luan avait démarré la cadence un temps plus lent que d'ordinaire, me permettant de bien lui montrer la chorégraphie.

– C'est comme la danse des épées, mais en tandem.

Après quelques répétitions, elle prit en assurance. Luan devait nous surveiller, car il accéléra le rythme. Autour de nous, quelques couples nous imitaient, principalement des bergers, mais aussi quelques caravaniers. Plusieurs avaient choisi des partenaires du même sexe pour être de la même hauteur, car un partenaire plus grand ou plus petit rendait la chorégraphie plus difficile.

Lorsque Maelora pensa maîtriser la séquence, je sentis ses mains se raffermir et tenter de mener. Je secouai la tête et l'envoyai virevolter sur une des figures alternatives. Ses épaules se raidirent, mais je la rattrapai et ne lui laissai pas le temps de réfléchir. Je nous engageai dans une autre figure plus complexe. Son regard croisa le mien et j'y vis de l'amusement. Je sentis enfin ses muscles se détendre et je nous entraînai dans un tour de salle.

Les autres couples nous emboîtèrent le pas pour créer un carrousel improvisé. Luan accéléra encore une fois, donnant un rythme effréné à notre course. Alors que je reprenais position au milieu de la salle pour le dernier jeu de pieds, mon regard plongea dans celui de Maelora. Mon corps connaissait bien la séquence, par chance, car tout disparut autour de nous.

Elle était splendide.

Sa beauté n'était pas de celles qui inspirent des contes aux ménestrels, mais je voyais un équilibre et une grâce à ses traits. L'exercice avait coloré ses joues et des bouclettes blondes auréolaient sa tête et j'eus le désir brûlant d'y glisser mes doigts. La musique cessa, rompant le charme. Nos pieds s'arrêtèrent, mais ses mains restèrent dans les miennes. Je fis un pas vers elle et le tissu de nos tuniques se frôla.

Sa bouche était si près de la mienne que je pouvais sentir son souffle sur mes lèvres. Un frisson la traversa et elle ferma les yeux. J'hésitais entre lui demander de les rouvrir ou l'envie de l'embrasser. Luan amorça une chanson sudiste au rythme enlevant. Nicor arriva à nos côtés et m'agrippa par le coude. Maelora rouvrit les yeux, articulations pliées, prête à se battre. Lorsqu'elle vit la farandole, elle se détendit et son regard amusé croisa le mien. Je laissai Nicor m'emporter, mais tirai sur sa main l'obligeant à nous suivre. Alors que le cercle se refermait et que nous étions épaules contre épaules, j'en profitai pour me pencher vers elle.

– Je veux une revanche.

Elle arqua un sourcil tandis que le cercle s'agrandissait à nouveau et que nous étions trop loin pour discuter. Il y eut quelques changements de direction avant que la chorégraphie nous ramène enfin à proximité.

– Pour la Bataille des rois, pour la danse ou...?

Les danseurs s'alignèrent en deux lignes pour échanger de position. Je tournai la tête pour maintenir le contact visuel avec elle le plus longtemps possible et je laissai mes yeux parler pour moi. Elle pinça les lèvres et le rouge de ses joues se répandit jusqu'à sa gorge. J'étouffai un rire satisfait et me tournai vers mes nouveaux voisins pour leur prendre la main et reformer le cercle.

La dernière soirée dont j'avais réellement profité remontait à très loin. J'avais cru que ce genre de réjouissances ne me seraient plus accessibles, que mon cœur ne saurait retrouver cette légèreté qui vous donne envie de passer la nuit sur vos pieds, à courir après les notes de musique.

Du coin de l'œil, je pouvais voir les reflets dorés de la chevelure de Maelora et mes lèvres refusaient de cesser de sourire. Qui eût pensé qu'une paire d'yeux du bleu des glaciers saurait faire fondre la glace autour de mon cœur?

CHAPITRE 13
Maelora

Je m'agenouillai devant la fontaine et m'éclaboussai le visage d'eau glaciale. D'ici quelques jours, il faudrait prévoir un marteau pour casser la glace qui se formerait à la surface. Je m'ébrouai et mon regard se porta sur le ciel exempt de nuage. Vu la nuit que nous avions passée, et le peu de sommeil dont nous avions bénéficié, c'était aussi bien que les conditions météo soient de notre côté.

Selon toute logique, les gargouilles s'étaient tapies quelque part et n'attendaient que la lune noire pour nous prendre à revers, mais d'ici là, tout le monde semblait décidé à profiter de la vie de château. Les bergers arrivaient chaque jour plus nombreux et certains n'étaient pas repartis. Des abris et des clôtures avaient été installés pour gérer les troupeaux, mais nous aurions un problème logistique en cas d'attaque. Non pour la première fois, je me demandai comment l'intendant avait géré le bétail. J'aurais pu poser la question à Caysen, mais juste à penser à son nom, je sentis une bouffée de chaleur me remonter la poitrine.

La sagesse dictait de laisser les ardeurs s'éteindre d'elles-mêmes.

La lumière du jour avait parfois cet effet, mais Caysen était un précieux et je doutais qu'une chose aussi banale qu'un nouveau jour déraille ses idées. Je l'avais vu en compagnie de Moyra, comme c'était devenu son habitude depuis qu'il lui avait offert son aide. La jeune caravanière se reposait encore beaucoup, mais elle avait repris le travail du bois. Si j'évitais la grande salle pour la prochaine heure, j'étais assurée de ne pas le croiser.

Je me tournai pour trouver Segast avec deux pommes en main. Il m'en tendit une avec un haussement de sourcil entendu. Je pris le fruit et le lançai d'une paume à l'autre, cherchant la réponse que j'avais envie de donner à sa question silencieuse. Mon temps de réflexion fut trop long et il parla avant moi.

– Tu utilises généralement l'eau froide comme punition. À ma connaissance, une soirée bien arrosée n'est pas proscrite.

J'avais croqué dans la pomme et manquai m'étouffer à la vue de la lueur amusée dans ses yeux. Je m'essuyai le coin de la bouche et lui répondis finalement.

– Je ne bois pas, et tu le sais.

Il frotta sa pomme sur sa veste avec un regard songeur.

– Alors c'est ton partenaire de danse qui te met dans cet état?

Sa question n'en était pas vraiment une. Je soufflai par le nez pour évacuer ma frustration, quand même contrainte par l'honnêteté à y répondre.

– Caysen a vécu beaucoup de chambardements. S'il jette son dévolu sur un autre maître d'armes et que je pars...

Segast compléta ma phrase d'un grognement inintelligible. Je redressai les épaules, bien décidée à chasser le précieux de mes pensées et à m'occuper de nos problèmes les plus pressants.

– Tu as sûrement localisé les archives. J'aimerais aller consulter les notes de l'intendant. Nous avons plus de moutons que d'espace disponible.

Mon lieutenant acquiesça et partit en direction de la deuxième tour. C'était une de ses principales qualités : savoir quand lâcher le morceau. Mais il allait assurément revenir à la charge quand je ne m'y attendrais pas, ce qui faisait de lui un redoutable combattant. Il ne me restait plus qu'à espérer que je me sentirais moins vulnérable à ce moment.

Segast poussa le battant avec aisance et je le soupçonnai d'être venu à plusieurs reprises. Le premier étage se résumait à une grande pièce aux volets fermés. La pénombre laissait deviner bon nombre d'outils et d'équipements. Des draps recouvraient certains appareils, tandis que d'autres gisaient en morceaux. De petits grattements furtifs me signalèrent la présence de rongeurs et je regardai vers l'étage avec appréhension. Si la vermine s'en était prise aux archives, j'avais bien peur de ne trouver que des lambeaux inutiles.

Des meurtrières éclairaient l'escalier en colimaçon et la lueur du jour mettait en évidence le coup de balai passé en hâte. Je suivis Segast jusqu'en haut des marches où il poussa un autre battant. Le temps avait déplacé les dalles et le bois gratta le sol bruyamment. Je reniflai avec circonspection, mais l'air était frais. Mon lieutenant me décocha un sourire en coin.

– J'ai tout aéré depuis quelques jours.

Il me fit signe de le précéder puis alla découvrir les braseros tandis que je longeais la tête des rayons. Les premières rangées avaient été méticuleusement identifiées et les volumes étaient tous à leur place. Les étagères où auraient dû être les recueils de l'année courante étaient un contraste choquant. Les livres gisaient empilés, sans souci pour leurs voisins, et nombre d'entre eux jonchaient le sol.

– J'ai commencé à les remettre en ordre, mais ce n'est pas évident. Certains ont été abîmés par le temps et les mauvaises conditions.

Il désigna un chariot sur lequel reposait une dizaine d'ouvrages aux pages gondolées par l'humidité. Je le remerciai d'un hochement de tête et me penchai pour étudier le titre de ceux sur la table de travail. Il n'y avait qu'un seul pupitre, celui du maître. Je fouillai des yeux, mais ne trouvai pas ceux qu'auraient dû occuper les scribes. Segast agita une main.

– Le journal du maître y est encore. Tu peux y jeter un coup d'œil pendant que je cherche le registre de l'intendant. Il me semble bien l'avoir vu hier.

J'ouvris un volet pour laisser entrer la lumière du jour, puis me rendit au brasero pour allumer le chandelier principal. Je pris place sur la chaise tandis que le bruit des pas de Segast s'éloignait. Sachant que le carnet devant moi avait plus de quinze ans, j'aurais été tentée d'utiliser des gants, mais une recherche rapide dans les tiroirs ne me fournit que des araignées et de la poussière.

Le signet était en place, aussi, je l'ouvris à la dernière entrée. Je m'attendais presque à des divagations délirantes, mais le maître archiviste avait plutôt consigné avec une rigueur militaire les catastrophes des jours précédents. Le nombre de morts, bêtes et hommes (un troupeau complet avait été abattu ce matin-là et une dizaine d'âmes avait succombé à la maladie), le nombre de déserteurs (une estimation grossière, considérant que le seigneur refusait de faire l'appel), le nombre de visiteurs au château et la nature de leurs plaintes (les mauvaises récoltes, la dîme outrageuse vu les circonstances, des demandes d'aide).

Il y était aussi noté que le seigneur n'était pas sorti de ses quartiers, même si le maître archiviste confirmait qu'il était en vie, laissant le doute planer sur son état de santé. Le précieux quant à lui avait été vu au petit matin à errer sur les remparts.

C'était la dernière entrée. Aucune explication quant à la fin qu'avait bien pu connaître le maître archiviste.

Je tournai quelques pages, pour consulter les semaines précédentes où il se contentait de relater la chute inexorable du château. Pourtant, en sa qualité de maître, il aurait dû apporter conseil, offrir la sagesse des archives à son seigneur, faire appel aux autres maîtres pour prendre le dessus sur la crise. Rien.

Caysen avait été abandonné de toutes les personnes qui auraient dû l'épauler dans son rôle de précieux. Le joyau était une créature magique et puissante, mais dépendante des humains qui vivaient dans son rayon d'action. Un picotement suspect me chatouilla les yeux et j'épongeai mes paupières avec ma manche. Un raclement de pieds me fit lever la tête et je vis Segast qui me tendait un épais volume.

– As-tu lu le journal? demandai-je.

Il plissa les yeux avant d'acquiescer. Comme je ne prenais pas le livre, il le déposa avec un soupir.

– Son récit semble s'arrêter de façon abrupte. Soit la maladie a été si fulgurante qu'elle l'a empêché de tenir ses chroniques, soit il s'est sauvé avec les autres. Dur à dire.

Je sautai des pages pour remonter quelques mois plus tôt, où Caysen était décrit comme passif devant les cris et les injures de son seigneur. Mais à notre arrivée, la colère dont il avait fait preuve avait été si vive que je doutais qu'il n'eut jamais donné la réplique à son seigneur.

Mes souvenirs de jeunesse étaient parsemés de soupers tendus où notre seigneur et notre précieuse avaient été aux antipodes sur la gestion du château. Mais ces différends se réglaient souvent par un compromis, et la vie reprenait son cours.

Le portrait dressé par les archives du château Carmin dépeignait une tout autre réalité. Puis une pensée horrifiante me traversa l'esprit. Il y avait de ces gens qui conservaient leur calme en tout temps, pour un jour exploser, comme ces fameux volcans dans les terres inconquises du Sud. Je relevai la tête vers Segast qui feuilletait le registre. Il le tourna vers moi et pointa une page.

– La plupart des troupeaux étaient gardés près du village côtier, de l'autre côté de la forêt. Ce n'est pas viable, vu notre manque d'effectifs face à la menace des gargouilles.

Ses paroles me glissèrent sur les épaules comme l'eau sur les remparts. J'étais incapable de penser à autre chose qu'à cette terrible révélation que je venais d'avoir.

– Et si Caysen avait tué son seigneur? Dans un accès de rage. Il aurait pu perdre le contrôle. On sait qu'il était instable à notre arrivée.

Segast soupira et lissa sa barbe d'une main.

– Si les archives sont justes, j'aurais fait la même chose à sa place.

Je me reculai dans mon siège et le considérai. Devant mon air perplexe, Segast haussa les épaules.

– Admettons qu'il l'ait tué, qu'est-ce que ça change?

– J'ai promis à Lathar que ses gens étaient en sécurité ici.

Il acquiesça calmement.

– Nous assurons notre propre sécurité, dit-il.

Je secouai la tête, mais il se pencha vers moi et reprit.

– Le rôle du précieux est de veiller aux intérêts du joyau. Il aurait dû se débarrasser de son seigneur bien avant d'en arriver à l'extinction de ses ressources. S'il est responsable de la mort de son seigneur, il n'a fait que son devoir.

Mon regard baissa vers le journal devant moi. Qu'aurais-je fait à sa place? La ligne était mince entre le meurtre et la légitime défense. Mais cette distinction existait bel et bien pour les Hommes de sang. Il devait en aller de même pour les précieux. Je relâchai mon souffle et portai mes mains à mon front pour en chasser la tension.

– Je te concède le point, mais soyons vigilants. Demande aux autres de rester attentifs. Caysen a peut-être mis des années avant de passer aux actes, mais il pourrait être plus prompt à réagir cette fois.

Segast hocha la tête et reprit la lecture du volume dans ses mains. Une horrible sensation de brûlure se répandit dans ma poitrine. La culpabilité. Comment pouvais-je reprocher à Caysen d'avoir commis l'irréparable? Ou devait-on blâmer son inaction, qui l'avait ensuite obligé à prendre des mesures draconiennes?

Pourtant, je savais que les autres châteaux regardaient la rigueur de Biljana avec une aversion révérencieuse. C'était aussi bien une qualité qu'un défaut, car certains habitants du château Bleu ne parvenaient jamais à s'y faire et nous avions toujours eu beaucoup de demandes de transfert. La précieuse n'avait jamais commenté la situation en ma présence, mais je me doutais qu'elle en était agacée malgré tout. Caysen était beaucoup plus souple dans son fonctionnement. Je me refusais à le voir comme une faiblesse.

Depuis notre arrivée, il avait été avenant et coopératif. L'homme avec qui j'avais passé la soirée de la veille était posé. Je devais me rattacher à l'idée qu'il avait agi dans l'intérêt du joyau et qu'il continuerait à le faire, sans laisser les erreurs du passé le hanter.

CHAPITRE 14
Caysen

Le soleil était haut dans le ciel et j'avais le jardin à moi seul. Tout le monde était regroupé dans la grande salle pour le repas du midi et c'était le moment de passer à l'acte. J'inspirai et pris place sur le bord de la fontaine, une main dans l'eau.

L'énergie du joyau tourbillonna autour de moi avant de prendre la direction demandée. Ma conscience suivit l'éclair carmin pour remonter la source jusqu'à l'extérieur des murs. Je frissonnai en sentant la distance, mais poussai plus loin, pour atteindre un autre cours d'eau, puis descendre vers le sud, le long de la chaîne de montagnes.

Je retrouvai enfin l'écho bien connu du joyau violet. Il pulsa à mon arrivée, me transmettant une onde de chaleur en guise de bienvenue. Ma conscience s'enroula autour de cette présence réconfortante. Il y avait si longtemps que je n'avais pas contacté mes semblables. La douceur de ces retrouvailles se nuançait de l'amertume de la solitude passée.

Le joyau violet envoya un tourbillon et je sentis Sabaya toucher la fontaine de son jardin. Je rouvris les yeux pour reprendre contact avec mon corps, au château Carmin. L'eau devant moi s'était transformée en une surface miroitante et lisse d'où le visage de Sabaya me souriait. Elle renifla et porta une main à ses yeux pour en essuyer les larmes.

– Oh, Caysen, je suis soulagée de te voir.

Je baissai la tête, incapable de lui retourner la pareille.

– Je suis désolée, reprit-elle. Tellement désolée.

— Moi aussi.

Elle soupira et je relevai les yeux. Mon cœur se serra d'avoir fait disparaître son sourire. Sabaya avait toujours été la plus radieuse d'entre nous et c'était de loin celle avec laquelle j'aimais le plus passer du temps par-delà les sources souterraines.

— Mon seigneur a envoyé des missives à tous les autres châteaux, au sujet de mon nouveau maître d'armes, dit-elle. Il en a aussi profité pour demander d'établir des canaux de communication plus stables.

Je fronçai les sourcils.

— Les châteaux sont souverains et indépendants.

— Oui, mais cet orgueil mal placé a permis que tu tombes en sommeil sans que personne n'intervienne. Nous aurions été dans une bien mauvaise position si des nomades ou des pirates avaient pris le contrôle de la région. Ça en fait l'affaire de tous.

— J'imagine que tu as raison.

Elle agita sa main libre pour balayer ses propos.

— Parle-moi plutôt de ton château et de toi. Comment s'est passée l'arrivée de Maelora?

Mes lèvres s'étirèrent en un sourire en coin.

— Je ne peux que louer la sagesse de ton seigneur dans le choix de sa délégaîon. Elle ne se laisse pas marcher sur les pieds, mais elle est aussi capable de s'ajuster.

Sabaya prit un air embarrassé et je sourcillai.

— Tu n'es pas d'accord?

Elle s'éclaircit la gorge et son regard fit le tour du jardin avant de revenir sur moi.

— Maelora était la candidate pour le poste de maître d'armes au château Violet.

Une pointe de jalousie me transperça la poitrine et je fis de mon mieux pour masquer ma réaction. Visiblement, la situation avait connu un dénouement différent puisqu'elle était ici et que Sabaya parlait au passé. Elle reprit avec une grimace comique.

— Nos premiers contacts ont été maladroits et la connexion entre nous ne venait pas naturellement. Mais ce qui a surtout compliqué les choses, c'est que le joyau avait commencé à se lier à un des mercenaires qui accompagnaient la caravane.

Mes sourcils grimpèrent tout en haut de mon front. Lord Baygund était assez traditionaliste, si ma mémoire était bonne. Je le voyais mal accepter de bon cœur un mercenaire comme maître d'armes. Je repensai aux premiers jours après l'arrivée des caravaniers et souris.

— Il a fallu instaurer une communication à deux sens, mais Maelora s'adapte rapidement.

Sabaya ouvrit de grands yeux amusés.

— Tu sembles avoir une excellente relation avec elle. C'est formidable que tu puisses trouver sans délai une candidate fiable pour le poste de maître d'armes.

Je fronçai les sourcils.

— Étant donné que ses projets étaient tout autre jusqu'à récemment, je ne suis pas sûr que ce soit une bonne idée.

Elle secoua la tête.

— Maelora et moi n'étions pas un bon jumelage et c'était une évidence pour toutes les parties impliquées. Il n'en reste pas moins qu'elle excelle à ce qu'elle fait. Si votre collaboration se passe bien, c'est le principal.

Je retroussai le nez devant son optimisme inébranlable.

— Je ne peux pas choisir de maître d'armes avant de m'être lié à un nouveau seigneur.

Son regard devint songeur et elle tapota ses lèvres d'un doigt.

– Je ne crois pas que l'un de nous ai jamais perdu sa lignée entière. Est-ce que ton sommeil change quelque chose à ton aptitude à forger de nouveaux liens?

– Ce n'est pas mon premier long sommeil. Tu oublies que j'ai quelques centaines d'années de plus que toi.

Son expression s'éclaira et elle se pencha plus près de la surface de l'eau, assez pour que j'eusse peur un instant qu'elle y tombe.

– Oui, c'est vrai, tu as passé beaucoup de temps avec les Sylphes. Qu'as-tu pensé de Ksara?

– C'est une jeune femme exceptionnelle, dis-je prudemment.

– Et elle attend un enfant, termina Sabaya.

Je détournai le regard et m'éclaircis la gorge. Je fus épargné de répondre lorsqu'elle se redressa. Elle fit un signe à quelqu'un que je ne voyais pas, jusqu'à ce que le nouveau venu pose la main sur son épaule. Un homme à la forte carrure et aux traits sudistes apparut à ses côtés. Ses cheveux et ses yeux étaient complètement noirs, lui donnant un air austère, mais un sourire éclaira ses traits. Notre contact par le biais de l'eau me confirma qu'il s'agissait de son maître d'armes.

– Je te présente Jonas Keranshir, mon maître d'armes.

Le suffixe de son nom de famille corroborait ses origines sudistes. Il inclina la tête à mon intention.

– Je suis honoré de faire ta connaissance, Caysen.

Sabaya lui envoya un coup de coude dans les côtes.

– Dis plutôt que tu es soulagé que j'arrête enfin de m'inquiéter à son sujet.

Une lueur amusée traversa ses yeux et il déposa un baiser sur le front de la précieuse. Celle-ci ferma les yeux avec un sourire béat. Mon regard alterna entre les deux, incertain de la situation. Étaient-ils amants, ou Sabaya espérait-elle qu'ils le deviennent? Jonas s'excusa et nous invita à reprendre la conversation qu'il avait interrompue. Sabaya reporta son attention sur moi et haussa les sourcils.

– Pose la question qui te brûle les lèvres.

Les interrogations se bousculèrent dans ma tête, mais aucun mot ne sortit. L'aimait-il? Était-ce réciproque? Un visage au nez droit, au regard bleu ciel et aux cheveux frisés et blonds s'imposa à moi. J'entendis Sabaya glousser et clignai des yeux pour chasser l'image de Maelora.

– Il me rend heureuse et c'est mutuel, dit-elle.

Mes lèvres étaient engourdies et ma tête tournait, mais je m'efforçai de lui répondre.

– Je suis content pour toi.

Son regard se fit intense et elle inclina la tête sur le côté.

– Tu pourrais avoir la même chose.

Je secouai la tête.

– Je dois penser à la pérennité de mon château.

Elle plissa les yeux.

– Bien, fais à ta tête. Mais tu risques de laisser le bonheur te passer sous le nez.

Je haussai un sourcil moqueur.

– Est-ce avec ces mots que Jonas t'a conquise?

Son visage se fendit d'un sourire.

– Non, il a été bien plus charmant. Mais je ne crois pas que ce soit le genre de Maelora, ce qui est aussi bien puisque ce n'est pas ce dont tu as besoin.

Elle tourna la tête vers le jardin avant de revenir vers moi.

– On me demande. Je te recontacterai bientôt; lord Baygund voudra faire une mise au point. As-tu parlé à Dariane? Elle serait contente d'avoir de tes nouvelles.

J'acquiesçai en silence, conscient que je ne contacterais pas la précieuse du château Nacré de sitôt. Elle n'aurait de cesse de me questionner sur la reconstruction des racines de mon joyau et je n'étais pas d'humeur. Sabaya retroussa le nez, comme si elle avait lu dans mes pensées.

– Tu es en bonne compagnie, c'est l'important, conclut-elle.

Elle me salua et rompit la communication. Je restai un long moment à fixer les vaguelettes à la surface de l'eau. J'avais envie de me permettre de considérer un futur où je serais entouré d'un seigneur digne de confiance, avec un maître d'armes compétent, pour veiller sur un château vivant et animé. Mais cet espoir douloureux menaçait de m'ouvrir la poitrine en deux.

Des bruits dans la cour intérieure attirèrent mon attention. Je me relevai, époussetai mon pantalon et pris la direction des arches. Une chose à la fois.

CHAPITRE 15
Caysen

À mon arrivée dans la cour intérieure, Jareth me fit signe de le rejoindre. Un rassemblement s'était formé autour de lui et mes pieds refusaient d'avancer. Quelques personnes ne constituaient pas une menace, pas entre mes murs, alors que j'étais près du joyau. Je pris une profonde inspiration et redressai les épaules. Je souris à Jareth et saluai Kallas à ses côtés d'un hochement de tête. Cette dernière prit la parole.

— Les bergers disent qu'il y a des sources d'eau aux propriétés curatives à proximité.

Je fronçai les sourcils, et le joyau m'envoya la mémoire de l'eau.

— C'est vrai. Il y a des cénotes en direction des côtes. Ils sont alimentés par des sources volcaniques, alors l'eau reste chaude même à cette période de l'année.

Devant l'expression enchantée de Kallas, je me sentis obligée de la mettre en garde.

— Ils ne sont pas magiques. C'est simplement de l'eau douce qui se mélange à de l'eau salée, mais il y a des courants intéressants et c'est parfait pour la détente.

— Ça pourrait faire du bien à Moyra, dit-elle.

Je pinçai les lèvres pour éviter lui retirer ses espoirs. À la place, je haussai les épaules.

— Tout le monde en profiterait. Et puis avec le retour de l'eau sous les fondations, je serais en mesure de vous accompagner.

Le visage de Jareth s'éclaira.

— C'est vrai, je me souviens que tu sois déjà venu quand j'étais petit. On devrait faire une excursion collective.

— Je vais en parler à Lathar et Maelora, dit Kallas. On a bien mérité une journée de repos après toutes ces corvées.

Elle partit en courant vers la grande salle. Les bergers n'attendirent pas son retour pour commencer à planifier des provisions à emporter, et le mot circula parmi les caravaniers. Quatre chevaux étaient déjà attelés lorsque Lathar sortit dans la cour.

Ilyon avait suggéré de prendre des carrioles trouvées dans les entrepôts. Les berlines permettraient d'asseoir six passagers chacune, et comme certains préféraient marcher, c'était suffisant pour transporter tout le monde.

Le regard de Maelora croisa le mien par-dessus les têtes assemblées et je lui souris, amusé par cette effervescence. J'avais oublié à quel point les cénotes avaient été populaires auprès des habitants du château. Je traversai la cour et me rendis aux côtés de Lathar.

— Je vous rejoindrai là-bas. Ce sera plus facile pour moi de passer par les sources souterraines.

Il fronça les sourcils, son regard alternant entre moi et la porte qui menait aux catacombes.

— Comment...

La voix de Maelora le coupa.

— Ça fait partie de la magie des joyaux. Ne te pose pas trop de questions, ou tu vas y passer la journée.

À nos côtés, Segast inclina la tête.

— Attends de le voir passer au travers d'un mur. Si tu te poses des questions maintenant, tu t'en poseras encore plus après ça.

Je haussai les sourcils avec un air faussement offensé. J'appelai la magie du joyau à moi et l'infusai dans les pavés de la cour.

— On se retrouve là-bas.

Une fois la résonnance des pierres alignée avec la mienne, je laissai les pavés m'engloutir. Je m'enfonçai dans les fondations sous les cris de surprise des caravaniers et les rires des bergers. Les pierres s'écartèrent tel un rideau soyeux et je ressortis dans la salle du joyau.

Loin des regards, je laissai mon sourire s'agrandir au souvenir de la tête de Lathar. Je ne voyais pas l'intérêt d'épater la galerie, mais Segast m'avait rappelé que les caravaniers n'avaient pas grandi en étant témoin des excentricités des précieux.

Je décidai de prendre un peu d'avance et de me rendre aux cénotes immédiatement. Les éclats carmin du joyau tournoyèrent dans la pièce tandis qu'il m'injectait sa magie pour me permettre de voyager physiquement par la source. L'expédition puiserait dans ses réserves, mais comme mes actuels habitants m'accompagneraient, l'apport viendrait équilibrer les choses.

L'eau m'accueillit avec plaisir et s'enroula autour de moi. L'énergie du joyau me propulsa sous la terre et je sentis la vibration des roues des attelages, le martèlement des sabots, la foulée saccadée des enfants qui courraient devant pour arriver les premiers.

Le courant déboucha enfin sur le cénote principal et je fus projeté au milieu du bassin dans une effervescence de bulles. Je me retrouvai dans un univers complètement bleu et m'orientai avec les rayons du soleil pour atteindre la surface. Je pris une inspiration et me laissai flotter sur dos, ballotté par les légers remous.

La végétation au-dessus du puits recouvrait une partie de l'ouverture et diminuait l'apport de lumière, mais pas assez pour assombrir la grotte. On pouvait encore voir la majeure partie du fond du bassin, sauf là où s'ouvrait le tunnel qui menait vers l'océan. La couleur de l'eau était aussi vive que dans mes souvenirs, semblable à celle des iris de Maelora.

Après un moment, je pivotai pour étudier la caverne. Les marches sculptées dans la paroi paraissaient encore en bon état. Je nageai jusqu'à la plateforme en bois et fus soulagé de la trouver solide. Des lianes enchevêtrées recouvraient une partie de la structure, mais le bois était sain. Les piliers en pierre avaient résisté au passage du temps et à l'humidité.

Je sortis de l'eau et retirai ma chemise avant de grimper les marches jusqu'au palier. L'air était tiède comme par une belle journée d'été. Une terrasse avait été aménagée des générations plus tôt, et rien n'avait changé depuis ma dernière visite. Le petit jardin avait continué de prospérer, quoique de façon un peu plus anarchique.

Des échos me firent tourner vers l'entrée des galeries. Les grottes étaient le principal accès au puits depuis la surface, à moins de vouloir faire un plongeon de plusieurs étages. Ma crainte avait été qu'un effondrement les empêche de passer, mais visiblement, je m'étais inquiété en vain.

Ilyon sortit en courant du tunnel le premier. Il stoppa net en me voyant puis son regard se porta sur la caverne derrière moi. Son sourire s'élargit et il se débarrassa de son manteau sur un des crochets, avant de prendre les escaliers deux à deux bientôt suivi par les autres. Maelora arriva à un rythme plus posé, en compagnie de Kallas, Ksara et Moyra.

Les quatre femmes sourcillèrent à ma vue, et je réalisai avec un peu de retard que ma chemise était restée en bas. Je sentis le rouge me monter aux joues, mais je n'y pouvais pas grand-chose. Mon regard croisa celui de Maelora et je la vis pincer les lèvres d'amusement. J'écartai un bras et pointai vers le puits pour les distraire.

– Bienvenue dans le Ciel-Sous-Terre.

Moyra ouvrit de grands yeux et s'avança jusqu'au bord de la terrasse. En bas, des bruits d'éclaboussure, des cris de joie et des appels résonnaient dans la caverne. Lathar était sur le ponton, son regard levé vers nous. Il agita la main pour nous inviter à descendre et j'offris mon bras à Moyra après qu'elle eut retiré sa veste.

Kallas s'éclaircit la gorge et me fit de gros yeux. Je lui cédai ma place avec une courbette fleurie, suscitant un gloussement amusé de la caravanière. Je me tournai vers Maelora et haussai un sourcil en lui tendant mon bras.

– C'est ça, les amoureux, lança Ksara par-dessus son épaule. Faites-vous des yeux doux. La femme enceinte se débrouillera bien toute seule.

Maelora plissa les yeux, mais la guérisseuse avait déjà entamé sa descente. Son regard descendit vers mon coude, toujours offert. Je vis l'indécision sur son visage, alors qu'elle se mordait les lèvres. À la manière d'un dompteur de faucon qui tente d'amadouer un oiseau sauvage, je restai immobile et patient. Ses épaules se détendirent enfin et elle glissa sa main avec circonspection sur mon avant-bras, ses doigts à peine en appui.

Nos pas se réglèrent sans effort sur la même cadence et j'eus l'impression de flotter jusqu'au bas des marches. Arrivé sur la plateforme, je m'écartai pour lui faire face et pris sa main dans la mienne. Je me penchai pour y déposer un baiser.

– Merci, dis-je.

– C'est plutôt à moi de te remercier, non? demanda-t-elle avec un haussement de sourcil ironique.

– Tu m'as accordé ta confiance, répondis-je avec un clin d'œil.

Son regard glissa vers mon épaule et elle tendit une main vers moi. Ses doigts restèrent suspendus entre nous et je dus faire un effort pour ne pas franchir la distance qui nous séparait. Comme je me doutais de ce qui avait attiré son attention, je lui tournai le dos pour lui montrer le reste.

– Ce sont les Sylphes qui m'ont appris leur technique traditionnelle de tatouage.

– C'est incroyable, dit-elle. Et ce sont tous des dessins individuels. Qui te les a faits?

Son souffle caressa ma peau alors qu'elle se penchait pour observer les tatouages, et je fermai les yeux pour rester concentré.

– J'arrive en règle générale à trouver un apprenti à chaque génération.

Elle se déplaça pour étudier ceux de mes épaules puis de mon torse. Je pivotai pour lui faciliter la tâche, mais elle recula, la tête inclinée, comme si elle essayait de repérer un motif plus grand. Je lui épargnai cette recherche futile.

– Chaque dessin représente quelqu'un; des personnes spéciales ou différentes, des gens dont je voulais me souvenir.

– Il doit y en avoir des centaines.

J'acquiesçai avec un sourire nostalgique.

– J'ai eu la chance de croiser beaucoup d'individus extraordinaires.

Comme je sentais la tristesse monter dans ma poitrine, je me tournai vers l'eau. Les bras tendus, je fermai les yeux et me remémorai ces énormes poissons aux écailles chatoyantes qu'un marchand avait un jour apportés.

J'amassai l'énergie tout autour de nous et la façonnai pour recréer les mouvements d'un banc. Des exclamations ravies ne tardèrent pas à se faire entendre et je rouvris les yeux avec un sourire. J'ondulai mes mains de droite à gauche et les manifestations de lumière suivirent.

Au centre de l'eau, une dizaine de silhouettes carmin tournoyaient autour des baigneurs. Une partie de jeu du loup se mit en branle, tandis que les enfants pourchassaient les lumières. Je m'assurai de les garder près du bord pour éviter que les petits ne s'éloignent vers les zones plus profondes. Satisfait, je m'assis à l'extrémité du ponton, les pieds dans l'eau.

Un mouvement attira mon attention et je relevai la tête pour voir Maelora prendre place à mes côtés. Elle roula le bord de son pantalon et imita ma position. Son énergie était si forte et claire qu'elle me réchauffait le bras. Un soupir d'aise m'échappa avant que je puisse me raviser. Elle ne sembla pas remarquer et pointa les poissons fantomatiques.

– Tu es très doué pour ce genre de chose.

Je haussai les épaules.

– J'aime bien jouer avec les couleurs.

– Non, je parle de faire plaisir aux gens, surtout aux enfants.

Je fixai l'eau un moment, soudain assailli par le doute. Comme elle ne semblait pas pressée d'aller ailleurs ou de parler, je repris la parole à voix basse.

– Je ne sais pas si je peux les rendre heureux.

Son regard survola les baigneurs, devinant de qui je voulais parler, puis elle inclina la tête.

– Pourquoi dis-tu ça?

Comme les enfants commençaient à s'essouffler, j'estompai la forme des poissons pour n'en faire que des jeux de lumière semblables à des aurores. Je repensai à toutes les fois où j'étais venu ici avec mes gens au fil des ans. Il y avait eu quelques périodes difficiles depuis la fondation du château Carmin, mais les bons moments avaient été nombreux.

Sauf vers la fin, avant mon sommeil.

– J'ignore ce que j'ai fait qui a provoqué le déclin de mon château. Je suis conscient de l'enchaînement des événements, mais je n'arrive pas à identifier l'élément déclencheur.

Elle eut un grognement pensif, tandis que son regard allait vers l'eau, où elle fit des cercles avec ses pieds. Les vaguelettes vinrent éclabousser mes jambes et j'en profitai pour créer un trio de cyclones miniatures. Je les envoyai tournoyer autour de ses chevilles et elle ouvrit la bouche de ravissement. Alors que je relâchais mon emprise sur l'eau, pour éviter de perturber le courant ailleurs, elle releva la tête.

— Au château Bleu, il a toujours été très clair que notre précieuse se souciait plus de notre bien-être que de notre bonheur. Ce qui n'est pas un mal en soi. Mon séjour au château Violet m'a fait réaliser qu'il y avait un potentiel bien plus grand dans les relations entre le seigneur, le maître d'armes et la précieuse. Sabaya n'a pas beaucoup de points communs avec Biljana. Pourtant, les deux châteaux sont épanouis. Puis j'ai eu la chance de t'observer au cours des dernières semaines.

Elle leva les yeux vers l'ouverture du puits et les rayons du soleil qui s'y glissaient.

— Tu as chamboulé bien des idées que je croyais immuables. J'ai été maladroite avec Sabaya, et en arrivant ici, je ne voulais pas répéter ce faux pas. Je l'ai quand même fait. J'avais la conviction que mes compétences martiales me rendaient la personne la plus qualifiée pour veiller à la sécurité de notre délégation, mais c'était faux. Il y a plus d'une façon de prendre soin des autres.

Son regard bleu croisa le mien et mon souffle resta coincé dans ma gorge.

— Je te présente mes excuses. Excuse-moi d'avoir négligé ta force et tes compétences. Elles sont distinctes des miennes, mais ça ne signifie pas que tu n'es pas à la hauteur de la tâche. Ton approche est différente, mais elle atteint tout aussi bien son but.

– Merci, dis-je avec difficulté.

Elle inclina la tête avec un sourire puis elle écarta la main pour désigner les baigneurs.

– Tu n'es pas responsable de leur bonheur, car ça leur revient. Tu peux simplement leur offrir les conditions idéales pour qu'ils décident d'en profiter et de faire fructifier tes efforts.

Mes doigts pianotèrent sur le bois du ponton tandis que je réfléchissais à ses paroles. Ça semblait si simple. Et c'était ce que j'avais essayé de faire depuis leur arrivée : rendre le château le plus accueillant et propice à leur installation permanente. Un nœud dans ma poitrine se relâcha. Comme si elle l'avait senti, Maelora me sourit.

– J'espère que tu accepteras mon aide pour accomplir cette tâche.

J'hésitais à lui donner une réponse neutre ou honnête lorsqu'Ilyon creva la surface de l'eau, projetant des gouttelettes de toute part.

– Viens voir, Segast a trouvé une deuxième grotte qui est accessible par un tunnel submergé. Elle devrait être plongée dans la noirceur, mais les parois ressemblent à un ciel étoilé.

– Oui, répondis-je avec un sourire. C'est la mousse qui brille ainsi.

Je me tournai vers Maelora

– Si tu n'en as jamais vu, ça vaut le coup d'œil, au moins une fois.

Elle acquiesça avec un sourire et se laissa glisser dans l'eau pour nager à la suite d'Ilyon. J'allais suivre, lorsqu'un courant d'énergie me remonta les pieds. Je fronçai les sourcils devant ce chatouillement différent et à la fois familier. Je modifiai ma vue pour observer les énergies et remarquai un éclat violet près de la plage.

Ksara avait attendu que les plus jeunes se calment pour entrer dans l'eau, et elle flottait maintenant sur le dos. Son énergie naturelle avait masqué l'éclat du joyau violet, mais l'eau avait toujours été un amplificateur, que ce soit pour les joyaux ou leurs fragments.

Le pendentif était visible à son cou, son énergie violette difficile à manquer. Je me poussai au bas du ponton et glissai dans l'eau jusqu'à elle. Vu la stabilité de l'éclat, je n'avais aucun doute qu'il avait été offert de bonne foi par Sabaya. J'étais quand même curieux de savoir si elle l'avait reçu en main propre.

Elle tourna la tête à mon approche et sourit tandis que ses mains allaient et venaient paresseusement dans l'eau pour la stabiliser. Entre son aura personnelle, celle du bébé à naître, le fragment violet et le reflet de mes poissons évanescents, elle ressemblait à un vitrail baigné des derniers rayons du soleil.

— Demi-Sylphe, demi-Femme de sang, amie des joyaux et porteuse d'un éclat. J'ai l'impression que tu es le signe annonciateur d'une nouvelle ère.

Elle baissa les yeux vers le pendentif avec un sourire en coin.

— Je n'étais pas sûre si tu étais en mesure de le sentir. Sabaya me l'a offert pour apaiser mes nausées.

— Et ça fonctionne?

Elle acquiesça en se redressant.

— Selon mon expérience, les Sylphes trouvent que les éclats de joyaux interfèrent avec leur magie naturelle, dis-je.

Elle plissa les lèvres et secoua la tête.

— Non, je n'ai rien remarqué de la sorte.

Je repensai à la raison qui l'avait poussé à venir au Nord.

– Les dolmens ne sont pas très loin d'ici. Tu devrais demander à Jareth de t'y conduire sur le chemin du retour. Après avoir baigné dans les eaux du Ciel-Sous-Terre, ton aura sera encore plus brillante qu'à l'habitude. Si les Sylphes sont dans les parages, ils remarqueront à coup sûr tout message que tu y laisseras.

Elle me sourit, les deux mains posées sur son ventre.

– J'ai passé beaucoup de temps sur la trace de mes ancêtres, et les événements du passé m'ont apporté peu de réconfort. Puisse cette nouvelle ère dont tu parles être synonyme d'espoir.

Je hochai la tête, la gorge trop serrée par l'émotion pour parler. Qu'est-ce que Maelora avait dit? Je ne pouvais que leur offrir les meilleures conditions pour trouver leur bonheur. Je devais me raccrocher à la certitude que ce serait suffisant.

CHAPITRE 16
Maelora

Le cheval renâcla et baissa la tête à la recherche de quelque chose à manger, mais il n'y avait que des ronces autour de nous. Je tendis les rênes au jeune berger et imitai Lathar qui faisait le tour des buissons pour trouver un accès.

Les autres carrioles avaient poursuivi leur chemin pour rentrer au château, mais un petit groupe avait bifurqué pour aller aux dolmens. La curiosité l'avait emporté et j'avais suivi. Aussi parce que Kallas avait choisi d'accompagner Moyra et que le soleil descendait inexorablement dans le ciel. Quelques nuages avaient fait leur apparition à l'horizon et mieux valait être prêt à tout. Caysen pourrait défendre le château sans problème, mais nous étions loin de sa zone d'influence.

Lathar et Jareth revinrent en secouant la tête, leurs vêtements parsemés d'épines brunâtres. Le berger agita son chapeau avec une grimace.

– On a eu un printemps précoce, avec beaucoup de pluie. Ça a été une bonne saison pour les petits fruits. Et pour les ronces aussi, visiblement.

– À mon tour, dit Ksara.

Elle nous fit signe de reculer derrière elle, puis elle dégaina une courte lame. J'envoyai un regard perplexe à Lathar, mais ce dernier ne broncha pas, alors je reportai mon attention sur Ksara. D'un geste rapide, elle glissa la lame sur l'intérieur de son avant-bras. Le sang perla et elle agita la main pour accélérer le flot. Les bras tendus, elle envoya des gouttelettes sur les feuilles des buissons avant de s'agenouiller et enfoncer ses mains dans la terre meuble.

Rien ne se produisit.

Au bout d'un moment, Moyra demanda à Kallas de l'aider à s'asseoir au sol. Je mis la main sur le pommeau de mon épée, incertaine, tandis que les bergers s'éloignaient pour attacher le cheval à un arbre. Jareth s'étendit, son chapeau sur les yeux. Lathar était le seul à ne pas avoir bougé de sa position derrière Ksara.

Une bouffée d'air chaud remonta le long de mon corps et je secouai ma chemise pour en chasser l'humidité. Puis je me figeai.

La température s'était rafraîchie depuis que nous étions partis des cénotes. L'après-midi était bien entamé et avec la progression de l'automne, cette chaleur n'était pas normale. J'ouvris la bouche pour en faire part à Lathar et réalisai que Ksara avait fait des progrès.

Les branches des ronces s'étiraient lentement, comme un serpent qui se réveille après le dégel. Les feuilles frissonnaient sous le mouvement des buissons qui s'écartaient de chaque côté de Ksara. Un chemin se dessinait doucement alors que les ronces se repositionnaient paresseusement. La terre frémissait de remous, telle la surface d'un lac en présence d'un gros poisson. Un passage assez large pour un adulte se forma puis le calme revint. Ksara soupira et épousseta ses paumes avant que Lathar ne l'aide à se relever en douceur.

— Je doute que les Sylphes soient venus ici récemment, mais la terre était quand même contente de répondre à mon appel.

Je haussai les sourcils devant ses paroles, incrédule, et elle sourit.

— Tu as grandi aux côtés d'une pierre magique. Ne me dis pas que tu peines à croire en un pouvoir différent.

Touché. Je lui fis une courbette solennelle et pointai les dolmens maintenant bien visibles.

– Bien joué, ma dame. Me laisserez-vous les honneurs de sécuriser les lieux?

– Je ne suis pas une dame, dit-elle en secouant ses jupes parsemées de brindilles. Mais je te laisse volontiers passer en premier.

Je fis signe à Kallas et elle récupéra nos épées dans la carriole. À défaut d'un bouclier, je dégainai ma dague et avançai parmi les ronces. Quelques feuilles se tendirent vers nous, même si le vent était tombé, et je retins un frisson. Genoux fléchis, je franchis la barrière végétale pour me retrouver dans une large zone dégagée. Les arbres tout autour étaient matures et leurs frondaisons se rejoignaient presque au centre, laissant filtrer la lumière du soleil couchant, un peu comme dans le puits du cénote.

Le sol était recouvert de feuilles mortes, pourtant les arbres les plus proches étaient encore bien garnis. Les ronces étaient restées à distance du périmètre des dolmens et nous pouvions aisément faire le tour des pierres. Je pointai l'autre côté du menton et Kallas acquiesça avant d'obtempérer à mon ordre silencieux.

Les stèles avaient été positionnées en un cercle grossier, avec un motif triangulaire plus petit au centre. Trois pierres étaient tombées, l'une complètement fendue en son milieu. La plupart des dolmens étaient recouverts de mousse du côté nord, mais l'herbe nous arrivait à peine aux chevilles, même à l'endroit où les rayons du soleil devaient plomber au plus fort de la journée.

Le tour du site fut vite fait et hormis quelques rongeurs, nous étions les seuls êtres vivants à proximité. Les buissons étaient trop denses pour laisser passer un prédateur plus gros, ou même un petit cervidé, et certainement pas des humains.

Rassurée, je retournai vers l'ouverture et fis signe à Lathar et Ksara de nous rejoindre. Les bergers suivirent quelques pas derrière, un peu plus hésitants malgré nos assurances. Ksara posa la main sur chaque stèle avant de revenir vers l'une d'elles pour y apposer les deux paumes. Après un moment, elle demanda à Lathar et Moyra de se joindre à elle.

Des veines de lumière apparurent sur la pierre, tel un labyrinthe sinueux, brillant d'un bleu vert intense. Les lignes se répandirent jusqu'à recouvrir toute la surface. Un vrombissement me fit pivoter, et je réalisai que le son venait de chacune des stèles.

J'avais levé ma garde, et j'aurais été bien incapable de la redescendre. Je me tournai vers les autres; Kallas aussi bien que les bergers avaient les yeux rivés sur Ksara et avec raison. Au travers de sa chemise, on pouvait voir son pendentif luire d'un éclat violet. En contraste, ses yeux luisaient d'une lueur carmin, semblable à celle de Caysen. Derrière elle, Lathar et Moyra étaient aussi baignés d'une aura rouge et mes pensées se tournèrent vers le précieux. Avait-il pu influencer leur énergie naturelle? Ou la couleur était-elle le résultat d'une exposition prolongée?

Ksara baissa les mains et les effets de lumière se dissipèrent jusqu'à disparaître complètement. C'était stupéfiant et je ne pouvais pas m'empêcher de spéculer sur l'étendue de ses réels pouvoirs. Jareth se racla la gorge.

— Ça va attirer leur attention, à n'en pas douter.

Kallas m'envoya un regard inquiet, auquel je ne fus pas insensible. Mon malaise s'accentua en repensant à la grossesse de Ksara, aux motifs ultérieurs de Caysen et à la présence de ces deux magies, à la fois semblables et différentes. Je fis un pas vers les caravaniers.

— C'est une démonstration impressionnante, mais comme tu l'as souligné, Ksara, ce n'est pas la même magie que celle des joyaux. Il y a certaines choses qu'il serait bon que vous sachiez. Caysen vous a-t-il parlé des implications qu'il y a à donner naissance dans un château vide?

Lathar et Ksara échangèrent un regard, mais Moyra répondit en premier, sourcils froncés.

– Le château n'est pas vide. Et votre maître guérisseur semble confiant.

Je secouai la tête.

– Caysen a perdu sa lignée, celle de son seigneur. Tant qu'il n'aura pas forgé de lien avec une nouvelle lignée, il risque de replonger en sommeil à tout moment. Vous avez vu les séquelles de son dernier sommeil. Il pourrait bien ne pas se réveiller la prochaine fois.

Lathar acquiesça.

– Tes lieutenants ont soulevé la même inquiétude. Quel est le lien avec notre enfant à naître?

À mes côtés, Kallas inspira brusquement alors qu'elle comprenait où je voulais en venir.

– Est-ce bien ce qu'il veut? chuchota-t-elle.

Je levai une main pour l'arrêter et gardai mon attention sur Ksara.

– Les moments charnières sont emplis d'énergie et de potentiel. Tu es bien placée pour le savoir.

Elle hocha la tête, les yeux plissés. Je pris une grande inspiration et poursuivis, car ils avaient le droit de savoir.

– Lors de la naissance de votre enfant, Caysen pourrait se lier à vous. Vous deviendriez le seigneur et la dame du château Carmin. Vos enfants, et les leurs après eux, régneront sur ces terres.

Un éclair de compréhension illumina les yeux de Lathar, et je sus que cette idée lui plaisait.

– Est-ce la raison pour laquelle il a réaménagé autant de salles à l'image de nos préférences? Pour que nous acceptions de nous lier à lui?

J'acquiesçai.

— Si tu complètes ce lien, tu seras sans conteste le seigneur du château. Personne ne pourra te retirer ce titre. Mais vous ne pourrez pas non plus partir, Ksara, l'enfant et toi. Votre départ signerait votre déclin, et celui de Caysen.

Lathar baissa les yeux vers sa compagne et ils échangèrent un regard lourd de sens.

— Il y a quelques mois, j'aurais dit que mes gens ne seraient jamais prêts à se poser, dit-il. Mais ils ont trouvé une paix qu'ils n'avaient pas avant.

— Cette terre est le seul endroit où nous ayons eu la confirmation de la présence des Sylphes, dit Ksara. Je ne pense pas que nous en partions un jour.

Elle envoya un sourire triste à Moyra.

— Même si ta santé revenait entièrement, tu seras toujours liée aux Terres du Nord.

Cette dernière acquiesça, les yeux brillants de larmes, tandis que sa main trouvait celle de Kallas. Mon lieutenant avait été du genre à tester toutes les marchandises et j'avais été surprise par son dévouement pour la caravanière. Cette stabilité émotionnelle me semblait quand même de loin souhaitable, quoique notre éventuelle séparation me serait douloureuse. Lathar fit le tour de quelques dolmens avant de nous refaire face.

— Si nous acceptons de nous lier au joyau, quelles seront les autres conséquences? Qu'en sera-t-il de notre libre arbitre?

Je lui offris un sourire crispé.

— Comme meneur, je suis sûre que tu es bien au fait des restrictions qui viennent avec la régence. Le lien magique entre le joyau, ses terres et ses gens ne change pas la nature de ces fonctions. Tu devras veiller au bien de tes sujets, pourvoir à leurs besoins, administrer les ressources et dispenser la justice. Si tu fais bien ton travail, le joyau permettra aux récoltes d'être abondantes. Les naissances seront plus nombreuses et tu vivras de longues années.

Il hocha la tête et j'écartai les bras.

— J'ai grandi dans un château où mon père était le maître d'armes. À mon avis, devenir le seigneur du château Carmin est une opportunité inestimable que tu serais fou de laisser filer. Mais comme Luan l'a si bien fait remarquer, j'ai passé toute ma vie sous l'influence des joyaux et ma santé semble en dépendre.

Ksara caressa son ventre avec un regard pensif.

— Le joyau influence ses gens, mais pas à leur détriment. Nous l'avons vu au château Violet, avec le dissident qui a tenté d'usurper la place de maître d'armes. Cette influence n'est pas omnipotente au point de subjuguer les pulsions profondes des gens. Peut-on reprocher au joyau d'améliorer ses chances avec un peu de manipulation mentale, en sachant que les rouages de la vie de château ne s'en portent que mieux?

Moyra eut un rire sans joie.

— On le sait de première main; la cohabitation ne se passe pas toujours sans heurt. Je ne serais pas contre un petit coup de pouce magique.

Le cheval se mit à renâcler de l'autre côté des ronces et les bergers échangèrent des appels. Kallas s'écarta de Moyra, le regard rivé sur l'horizon.

— Peu importe votre décision, nous allons devoir regagner le château en vitesse.

Je me tournai dans la même direction et vis la progression des nuages. La lune ne serait qu'un fin croissant ce soir et sa lumière ne serait pas de taille à tenir les gargouilles à distance. Mon regard croisa celui de Lathar et j'y vis une résolution nouvelle. Il inclina la tête avec un sourire en coin avant de faire signe à Ksara de le précéder dans le tunnel végétal.

Mes compagnons prirent place dans la carriole et je m'installai sur le marchepied à l'arrière, le regard tourné vers les montagnes. Jareth et Lathar échangèrent quelques paroles et le cheval se mit au pas. Le berger le fit bientôt passer à une cadence plus soutenue. Les roues cahotèrent sur la route mal entretenue et je serrai les dents en espérant que les essieux tiennent le coup.

Des points noirs apparurent au loin alors que nous étions toujours à bonne distance des murs du château. Un frisson d'anticipation me remonta le dos et mon cœur se mit à battre à toute vitesse. Les créatures volaient assez vite pour nous rattraper avant que nous franchissions les portes. Avec leurs griffes et leurs dents acérées, elles auraient tôt fait d'étriper notre cheval. À pied, nos chances seraient encore pires. Je me penchai vers Kallas.

— As-tu autre chose que ton épée?

Elle secoua la tête.

— Je sais que le berger a une fronde, mais ça ne suffira jamais à abattre une gargouille.

Je me redressai et inspirai profondément. La sécurité de notre groupe m'incombait, peu importe les probabilités. Si je déclarais forfait avant même de faire face à la menace, ce serait la mort assurée pour les autres. Une vague de calme me traversa et mon pouls se calma. Toute ma vie, j'avais développé mon habileté au combat. Kallas aussi était une excellente combattante. Comme si elle avait lu dans mes pensées, elle me tendit la main et je saisis son avant-bras. Ses paroles suivantes prouvèrent à quel point elle me connaissait bien.

— Ce sera un honneur de mourir à tes côtés, dit-elle.

— Pour le château, répondis-je.

Lathar se tourna depuis sa position sur le banc du conducteur aux côtés de Jareth.

– Vous ne songez tout de même pas affronter seules les créatures.

Son expression incrédule trouvait écho sur les visages de Ksara et de Moyra. Le dos rigide, je vérifiai ma ceinture et le fourreau de mon épée avant de lui répondre.

– Vous aurez de meilleures chances d'atteindre les murs si nous les distrayons. Rendez-vous directement dans la grande salle. Ne prenez pas le temps de dételer le cheval.

Moyra ouvrit de grands yeux et tenta de retenir Kallas. Ma lieutenant détourna la tête en retirant sa main de la sienne. Ksara fronça les sourcils.

– Je refuse de vous laisser courir à votre mort. Nous franchirons les portes ensemble ou pas du tout.

Je me penchai vers elle avec un regard sévère.

– Je ne suis peut-être pas la maître d'armes du château Carmin, mais je ferai tout ce qui est en mon pouvoir pour assurer la pérennité du joyau, et celle de la potentielle lignée de son seigneur. Rendez-moi service, et survivez à cette soirée.

Ksara pinça les lèvres, mais ne répliqua pas. Satisfaite, je levai les yeux vers le ciel. Les gargouilles étaient visibles, des silhouettes noires contre les nuages, et j'en comptai une dizaine. Au moment où le nouveau puits fut en vue, je fis signe à Kallas et sautai en bas de la carriole. Je laissai mon poids m'emporter et roulai au sol, épaule la première, et une main sur mon fourreau pour qu'il suive le mouvement. Je me relevai en même temps que Kallas et cherchai des roches parfaites pour lancer.

Les gargouilles échangèrent des appels à la vue de notre carriole et amorcèrent leur descente. Je carrai les épaules et plantai mes pieds, mon centre d'équilibre bas. Des dizaines d'inquiétudes bourdonnaient dans mon esprit, mais je les chassai comme mon père me l'avait appris.

Je reculai le bras et visai haut dans le ciel, imitée par Kallas. Les bêtes avaient perdu en altitude, leur attention fixée sur le chariot, et elles ne semblaient pas avoir remarqué notre présence à Kallas et moi. Ma pierre frôla la voilure de la créature de tête. Des cris percèrent la nuit, accompagnés de bruissement d'ailes frénétiques. Un éclair de satisfaction me traversa. Elles apprendraient à leurs dépens que les Hommes de sang n'étaient pas des proies si faciles. Je lançai des roches en succession rapide pour définitivement intercepter leur course.

Kallas réussit à en toucher une au visage et la bête feula de colère. La formation piqua dans notre direction et j'abandonnai mes projectiles pour dégainer mon épée et ma dague. Une vague de chaleur se répandit dans mes membres, familière et exaltante : la fièvre du combat. Kallas se positionna dans mon dos tandis que les créatures nous survolaient en cercles concentriques, tels des charognards.

Mon objectif principal était atteint, ayant détourné l'attention des gargouilles avec succès. Il ne me restait qu'à espérer que Jareth ait suivi mes instructions. Je lançai un rapide coup d'œil vers les remparts, et je vis les portes grandes ouvertes sous la lumière des torches. Je fronçai les sourcils, surprise par le nombre de gens sur les parapets. Ils auraient tous dû chercher refuge à l'intérieur.

Un claquement de voilure m'obligea à reporter mon attention sur nos assaillantes alors que la première gargouille plongeait pour nous attaquer. Ses ailes déployées devaient bien mesurer quatre mètres. Mes mains se crispèrent sur mon arme et je dus faire un effort pour conserver ma position. Les énormes serres claquèrent tout près de mon visage et je parai d'un coup d'épée.

Quelques puissants coups d'aile soulevèrent mes cheveux tandis que la bête reprenait de l'altitude pour éviter ma lame. Elle plongea de nouveau, feinta pour esquiver ma réponse et lacéra mon bras. Un éclair de douleur me galvanisa et j'enchaînai une série de coups qui tailladèrent le cuir de ses pattes. Dans mon dos, Kallas fit une succession de moulinets, entaillant son adversaire au passage.

Les créatures s'éparpillèrent pour reprendre leurs circonvolutions et j'en profitai pour contrôler ma respiration. Le combat ne faisait que commencer. Je pivotai pour les observer. Malgré leur apparence bestiale, on aurait dit qu'elles communiquaient. Un frisson glacé me descendit le dos jusqu'aux reins à cette idée.

Une gargouille plus entreprenante se posa au sol à quelques distances de nous. Ses épaules roulaient alors qu'elle avançait prudemment, tel un grand félin. Sa gueule béante dévoilait une armée de crocs acérés. À cette distance, je distinguais sans peine la pupille verticale dans ses yeux rougeoyants. Je raffermis ma prise sur mon épée, bien décidée à ne pas me laisser impressionner. Sauf que je ne pouvais pas m'empêcher de calculer nos chances de survie. Et le scénario le plus probable n'était pas celui où nous survivions à cet affrontement.

Mon principal regret était de ne pas avoir pu prouver mes compétences à Lathar.

Parmi ses gens, plusieurs étaient doués au combat, mais les meneurs, comme Cynrad son second ou Nicor son frère, manifestaient des aptitudes à la gestion plutôt que des habiletés guerrières. J'eus une pensée pour Caysen et lui souhaitai de parvenir à se lier à l'enfant à naître. Il méritait de retrouver une existence épanouie.

Devant moi, la gargouille s'était ramassée sur ses pattes arrière, prête à bondir. Je levai ma garde, genoux fléchis. Si je la laissais charger, elle me tuerait en quelques secondes. Je lançai mon poids vers le côté et mon épée décrivit un arc de cercle, pour attaquer son flanc. La pointe de la lame laissa une fine trace sur l'épaisse cuirasse de la bête. Le sang perla et son grondement emplit l'air entre nous.

Je fis quelques pas de côtés et elle me suivit, son attention rivée sur moi. Plus rapide qu'un serpent, elle tendit une patte pour m'assener une claque, mais j'avais prévu le coup. J'envoyai tout mon poids vers l'arrière avant de virevolter pour revenir lui infliger une entaille sur la cuisse.

Après quelques échanges de la sorte, une exclamation de Kallas me fit pivoter pour évaluer sa position, mais à force de parer d'un côté et de l'autre, nous avions perdu du terrain. Mon adversaire prit son envol et fut aussitôt remplacé par une bête en pleine forme. Un coup sur le museau l'obligea à s'éloigner, mais elle arpenta le périmètre de long en large, comme pour trouver une faille.

Mon souffle brûlait ma gorge à chaque inspiration et je craignais de ne pas tenir bien longtemps. Je lançai un rapide coup d'œil sur les remparts. Les torches y étaient encore nombreuses, et j'en vis certaines aller et venir d'un côté à l'autre.

C'était le signal de retraite.

Je fronçai les sourcils et enchaînai plusieurs parades pour aider Kallas à souffler un peu. Les remparts auraient dû être vides. Pourquoi n'étaient-ils toujours pas dans la grande salle? Les muscles de mes bras tremblèrent sous l'effort nécessaire pour parer les assauts des gargouilles, mais je refusais de ralentir.

D'un coup de pied au sol, Kallas fit lever un nuage de gravats qui aveugla momentanément son adversaire. La gargouille bondit d'un côté et de l'autre et frotta avec frénésie son museau. Comme les bêtes avaient reculé un peu, j'en profitai pour me replacer dos à Kallas. La sueur me coulait librement des tempes à la gorge et les gouttes enflammaient la myriade d'entailles sur leur passage.

– Le château veut qu'on batte en retraite, dis-je entre deux souffles.

Elle lança un coup d'œil vers les fortifications, sa respiration aussi saccadée que la mienne.

– On a bien quelques archers... capables de tirer... à cette distance, répondit-elle.

Les bêtes revinrent à la charge et je bloquai plusieurs attaques en succession rapide. Leurs ailes battaient l'air autour de nous et j'avais de la difficulté à évaluer notre position. Nos coups en blessèrent plusieurs, mais leur nombre ne cessait d'augmenter. L'épuisement aurait raison de nous avant de toutes les terrasser. Ma tunique était trempée et je sentais la fatigue alourdir mes membres. À l'accalmie suivante, je pointai le puits.

– On prend couvert. Elles ne pourront plus nous tenailler.

Kallas hocha la tête et partit en courant. Je la suivis, même si mes jambes protestaient contre cet effort supplémentaire. Ma poitrine me faisait l'effet d'être en feu. Je m'adossai aux planches qui encadraient la structure du puits, choquée par le contraste douloureux de sa fraîcheur. Je ne m'accordai qu'une respiration avant de me remettre en garde.

Pour voir une explosion de lumière carmin juste au-dessus de nous.

Les gargouilles qui nous avaient prises en chasse feulèrent avant de reculer. Des dizaines de points lumineux traversèrent le ciel depuis les remparts, pour détonner et s'éparpiller en milliers de tisons flamboyants.

Au milieu des torches sur le parapet, je devinais Caysen, les bras tendus. Le barrage de lumière était constant et tant qu'il continuerait, les gargouilles ne se risqueraient pas à nous attaquer. Le soulagement manqua me faire échapper mon épée, mais des années d'entraînement resserrèrent mes doigts. Une des portes principales s'ouvrit et quelqu'un y décrivit des signaux avec une torche — sans doute Segast.

Je ne mourrais peut-être pas aujourd'hui.

L'euphorie fut vite remplacée par l'inquiétude, car Kallas était assise au sol, la tête entre ses genoux relevés. Du sang ruisselait de sa cuisse jusqu'à sa cheville. La quantité n'était pas encore alarmante, mais ça ne saurait tarder. Je m'agenouillai et l'aidai à rengainer sa lame avant de passer l'épaule sous son bras. Elle grogna de douleur, mais son expression était déterminée sous la pâleur de son teint. Je resserrai ma prise sur sa taille et commençai à avancer vers le château. L'effort me fit trembler de la tête aux pieds, et je crispai les mâchoires. À la vue du château, Kallas parvint à augmenter la cadence.

Une silhouette se détacha de l'obscurité et je reconnus Ilyon. Son regard alternait entre la plaine et les jeux de lumière de Caysen tandis qu'il courait dans notre direction. Arrivé à notre hauteur, il attrapa Kallas de l'autre côté pour nous permettre d'accélérer. C'était aussi bien, car des points noirs commençaient à danser devant mes yeux.

Dès que notre groupe traversa la grande porte, des cris retentirent de toute part. Des gens affluèrent vers nous et on m'écarta de Kallas. Je me retrouvai à être celle qu'on portait. La voix de Lathar appela Caysen, mais j'avais de la difficulté à tourner la tête. Les portes de la grande salle se refermèrent dans un claquement métallique et on m'assit sur une chaise près de l'âtre, avec un plaid sur les épaules.

Nicor me tendit un bol de bouillon, m'encourageant à le boire, mais je cherchais Kallas au milieu l'agitation. Avec un grondement exaspéré, il demanda à quelqu'un de l'aider et ma chaise se retrouva à côté de la table où Kallas avait été étendue. Ksara était penchée au-dessus de sa jambe, secondée par Moyra dont l'expression était calme.

Seules les traces de larmes jumelles sur ses joues trahissaient ses émotions. Je pris la main de Kallas dans la mienne et la serrai. Elle tourna la tête vers moi avec un faible sourire.

— Nous nous sommes bien battues, cousine, dit-elle.

J'acquiesçai, la gorge serrée.

— Tu devras raconter cette histoire à mon père. Moi, il ne me croira pas.

Elle retroussa le nez.

— Tu ne racontes jamais d'histoire. Si ça vient de toi, ça sera plus impressionnant.

— Prépare-toi, ça va faire mal, interrompit Ksara.

Ma lieutenant grimaça avant de rouler des yeux. Elle finit par perdre connaissance alors que la guérisseuse était encore en pleine besogne. Je regardai les bols d'eau rosâtre et les linges souillés qui passaient entre les mains des gens autour de la table. Je ne m'imaginais pas du tout raconter un de mes combats les plus impressionnants à mon père, pour terminer le récit par la mort de ma cousine.

Une vague de chaleur dans mon dos me fit tourner et je vis Caysen qui arrivait. Son regard me balaya de la tête aux pieds et son expression s'assombrit. Il posa une main sur mon épaule et je fermai les yeux alors que cette chaleur venait me réchauffer jusqu'au cœur.

— Est-ce que je peux joindre mes efforts aux tiens? demanda-t-il.

Je rouvris les yeux, incertaine de comprendre le sens de sa question, pour réaliser qu'il s'adressait à Ksara. Elle le considéra d'un œil critique.

— Je crois que tu peux atténuer la douleur, n'est-ce pas? Et s'il te reste assez d'énergie, peut-être lui en prêter un peu? Elle est faible, mais je sens bien qu'elle veut vivre.

Caysen acquiesça et se positionna à la tête de Kallas. Aussitôt, je regrettai la perte de son contact, mais je vivrais un autre jour pour retrouver cette sensation. Kallas avait besoin de toutes les chances de son côté. Il plaça ses mains de part et d'autre du visage de ma lieutenant et il ferma les yeux. Elle soupira et ses traits se détendirent. Je me penchai avec appréhension, mais sa main se crispa contre la mienne et je la serrai en retour. Ksara hocha la tête, satisfaite, puis son regard alterna entre Moyra et moi.

— Continuez de l'encourager et de lui parler. Même si elle ne réagit pas, elle vous entend. Donnez-lui quelque chose à quoi se raccrocher.

Elle se remit au travail à nettoyer et coudre les nombreuses entailles. Je resserrai la couverture autour de mes épaules avec des mains tremblantes. Le bouillon avait fait du bien, mais mon corps était encore convaincu d'être en danger. Au bout d'un moment, Kehsi s'agenouilla devant moi et épongea mes bras ainsi que mon visage. Alors que j'allais protester, elle me servit un froncement de sourcils sévère et pointa la main de Kallas que je tenais.

— Fais ta part, je ferai la mienne.

Je la laissai tourner autour de moi et poursuivre ses soins. L'eau de sa bassine ne tarda pas à virer au rouge et je détournai le regard. Mes paupières se firent lourdes et j'appuyai mon front sur le bord de la table.

— Voilà.

Je me redressai en sursaut, pour voir Ksara qui avait reculé pour évaluer son travail. Mes yeux parcoururent Kallas, qui avait déjà bien meilleure mine. Je fronçai les sourcils. Elle aurait dû avoir le teint crayeux, vu la quantité de sang qu'elle avait perdu. La guérisseuse chancela et Lathar l'attrapa sous les aisselles.

— Tu as besoin de repos avant de faire quoi que ce soit d'autre.

Ksara posa son regard sur moi avec une grimace d'excuse.

– Je crains bien avoir tout dépensé pour ta cousine.

J'agitai ma main libre.

– Je vais bien.

Elle ouvrit la bouche pour me contredire, mais Lathar l'entraînait déjà vers l'autre extrémité de la salle. Des cadres avaient été tendus derrière nous, d'où pendaient des draps et des peaux, autant pour cacher le spectacle aux enfants que pour couper la lumière.

Toutes les chandelles disponibles semblaient avoir été regroupées autour de nous. Je frictionnai mon visage avant de me lever pour en souffler quelques-unes. Mieux valait être économe lorsqu'on ne savait pas ce que l'avenir nous réservait. Segast apparut de nulle part et se mit à éteindre des chandelles à mes côtés. Lorsque je chancelai, sa main se glissa sous mon coude sans que je le voie bouger.

– Allons retrouver ta paillasse.

Je secouai la tête, mais il me guida vers l'autre côté des draps. Mon regard se porta sur la table où reposait Kallas. Un oreiller et des couvertures avaient été ajoutés pour son confort. Autour, Ilyon remettait de l'ordre dans les bols et les linges, tandis que Luan installait Moyra sur une paillasse au sol non loin. Je soupirai en me frottant les yeux.

La fatigue venait de me rattraper et je ne serais pas utile encore bien longtemps. Je laissai Segast me raccompagner, mais plutôt que de me conduire à mon coin habituel, il me guida vers l'âtre principal. Lathar y était assis, juste à côté de la forme étendue de Ksara. De l'autre côté, Caysen était profondément endormi. Je sourcillai, surprise de le voir parmi nous, considérant qu'il disparaissait toujours la nuit venue, pour dormir on ne sait où.

Segast m'aida à m'allonger et je grimaçai sous le tiraillement des muscles endoloris et des coupures laissées par les gargouilles. Une fois roulée sur le côté, le visage vers les flammes qui dansaient dans l'âtre, je parvins à retrouver une respiration normale. J'étirai le cou un peu et regardai le torse de Caysen se soulever et s'abaisser avec régularité. Le calme commença à revenir devant la preuve que le précieux et le joyau se portaient bien.

Je clignai des yeux, mais malgré la fatigue, le sommeil ne voulait pas venir. Je portai mon attention sur mon autre voisine. Lathar était toujours assis aux côtés de Ksara et caressait ses cheveux. Comme s'il avait senti mon regard sur lui, il releva la tête et m'offrit un sourire las.

— Merci. Tu as mis ta vie en danger pour la nôtre.

Je secouai la tête, mais trop de muscles protestèrent, alors j'arrêtai le mouvement, les lèvres pincées. Il haussa un sourcil devant mon refus.

— Préfères-tu que je te dise que c'était imprudent et inutile, vu la facilité avec laquelle Caysen est parvenu à les tenir à distance?

Je grondai et tentai de trouver une position plus confortable.

— C'est mon devoir et mon honneur de protéger le château et ses gens.

Son regard se fit pensif et il se tourna vers le précieux endormi.

— Non, ce ne le sera pas tant qu'il ne t'aura pas choisi comme maître d'armes. N'est-ce pas?

Mes mâchoires se crispèrent et il hocha la tête avec un sourire ironique. Il baissa les yeux vers Ksara, sa main toujours dans ses cheveux.

— Les caravaniers mènent des vies en marge de la société, souvent en parias. Voleurs et criminels. Le devoir et l'honneur n'ont pas beaucoup de place dans nos vies. J'ai quand même toujours essayé de respecter mes gens et insister pour qu'ils soient loyaux les uns envers les autres.

Les bûches dans l'âtre s'effondrèrent sur le côté et la lumière diminua. Je sursautai lorsque Nicor sortit de nulle part et remit quelques morceaux. Je le regardai replacer la pile tandis que les flammes reprenaient en vigueur et que la chaleur me léchait le visage. Le cuisinier se retourna et s'appuya contre le manteau de la cheminée, ses traits à contre-jour.

– Je suis sûr que Ksara aurait pu trouver d'autres métis pour l'accompagner dans sa quête vers le Nord, dit-il. Mais c'est à nous qu'elle l'a offert, parce qu'on est les plus fiables de la racaille.

Les lèvres de Lathar se tordirent et il acquiesça en silence. La lumière des flammes faisait miroiter sa peau dorée par le soleil. Et mettait en relief de nombreuses cicatrices argentées, sur ses jointures, mais aussi ses avant-bras, témoignant d'une vie passée à se battre avec pour seule arme son corps.

– De mémoire, je ne crois pas que personne, à l'exception d'un membre de ma famille, ne m'ait protégé de la sorte, dit-il.

Son regard croisa le mien et le soutint. Je restai stoïque.

– Je ne suis pas candide au point de te penser complètement désintéressée. Mais si tu étais une caravanière, je m'assurerais de te recruter. Car ce qui te motive est puissant, et tu ne reculeras devant rien pour atteindre ton but.

Les larmes me montèrent aux yeux et je pris une profonde inspiration pour conserver mon calme.

– Sais-tu comment ils appellent les enfants comme moi?

Lathar fronça les sourcils et échangea un regard perplexe avec Nicor. J'eus un demi-rire, vite étouffé en raison de la douleur dans mes côtes.

— Non, bien sûr, dis-je en reprenant mon souffle. Mon père est un maître d'armes, et il est donc touché par la magie du joyau. Les seigneurs aussi bénéficient de quelques avantages au niveau de leur santé et de leur longévité, mais pas dans la même mesure que les maîtres d'armes. La plupart de ces derniers n'auront jamais d'enfants. Ceux qui en ont... On appelle ces enfants des Perles; elles n'ont pas l'éclat des pierres précieuses, mais elles ont sans l'ombre d'un doute de la valeur.

Les larmes coulèrent sur mes joues sans que je puisse les retenir. Toute mon enfance s'était passée à écouter les habitants du château louer les compétences de mon père. Chaque regard posé sur moi avait été lourd d'attentes. Après tout, avec un aussi bon lignage, il tombait sous le sens que je sois un atout pour le château. Les deux hommes m'observaient en silence, mais c'était de la curiosité plutôt que de la pitié, alors je poursuivis.

— On attend de grandes choses des Perles. Elles deviennent souvent des maîtres archivistes ou encore les institutrices des enfants du seigneur. Mais j'étais incapable de suivre une profession érudite. Je voulais me battre, mais surtout, je voulais être meilleure que mes frères.

Nicor haussa les épaules.

— Il n'y a pas de mal là.

Lathar eut un reniflement dédaigneux qui fit sourire son cadet. Je secouai la tête.

— Vous ne comprenez pas. La seule façon pour moi de devenir le maître d'armes du château Bleu était d'attendre la mort de mon père. Mais les Perles ont une longévité semblable aux autres habitants des châteaux. Je ne succéderai pas à mon père, à moins qu'une tragédie l'emporte prématurément.

Le silence accueillit ma déclaration, seulement interrompu par le crépitement du feu. Et tant que mon père serait vivant, sa réputation ferait de l'ombre à mes exploits. Car les pensées des gens se tourneraient toujours vers lui pour expliquer mes compétences. Ce doute s'était d'ailleurs logé au plus profond de mon cœur : et si je n'accomplissais rien une fois loin de son influence? Et si les gens avaient raison?

Mes yeux se posèrent sur le profil de Caysen. Ma confiance en moi avait été mise à rude épreuve au cours des derniers mois. Peut-être qu'il méritait un maître d'armes plus qualifié que moi. Mais j'étais assez égoïste pour militer pour ma candidature malgré tout. Lathar soupira et frictionna son visage.

– C'est quand on n'y croit plus que les deuxièmes chances s'offrent à nous. Demain sera bien assez tôt pour se saisir de cette opportunité.

Je fronçai les sourcils, peu certaine de comprendre le sens de ses paroles, mais il s'allongea aux côtés de sa compagne et Nicor positionna le pare-étincelles pour tamiser la lumière. Mes paupières se firent lourdes et je sombrai dans le sommeil.

CHAPITRE 17
Maelora

Nous terminions la corvée de flèches, lorsque des cris retentirent sur les remparts. Je relevai la tête pour voir un adolescent descendre les marches en courant. Au bas de l'escalier, il hésita quelques secondes, déchiré entre l'envie d'avertir le chef de la caravane, mais bien conscient que la consigne était de m'informer en premier.

Son regard croisa le mien et il sprinta dans ma direction. Je relâchai mon souffle discrètement. Les caravaniers s'étaient tous bien adaptés aux réalités de la vie de château, à quelques petites exceptions près. Les tours de garde et les rondes avaient été difficiles à instaurer. Même les bergers rechignaient face à la discipline requise, eux qui étaient pourtant habitués à se relayer pour surveiller les troupeaux. L'adolescent arriva devant moi et prit une grande inspiration pour réussir à parler.

— Des bateaux, au large. Ceux-là, c'est sûr qu'ils s'arrêtent cette fois.

Je m'essuyai les mains le temps de réfléchir. Les derniers bateaux marchands nous avaient passés sous le nez sans que nous puissions les contacter. Mais avec l'activité autour du château, il était inévitable que nous attirions l'attention.

— Demande à Cynrad qu'on attelle deux chariots doubles. Je veux toutes les lames en état dans la cour.

Je me tournai vers les gens qui avaient participé à la corvée de flèches.

— Je vous ai expliqué comment ravitailler les remparts. C'est le temps de mettre en pratique vos connaissances fraîchement acquises.

Des murmures excités parcourent le groupe, mais tout le monde termina sa tâche dans le calme avant de récupérer les paniers. J'enfilai l'escalier et montai jusqu'au chemin de ronde. Segast et Kallas y étaient postés, s'échangeant une longue-vue. Je sourcillai à la présence de ma lieutenant.

— Est-ce que Moyra sait que tu es ici?

Ses joues prirent une teinte rosée, mais elle pinça les lèvres avec un air mutin. Elle avait passé une semaine complète alitée et n'avait retrouvé sa mobilité que depuis quelques jours. Moyra avait trouvé de longues branches qu'elle avait façonnées en béquilles, ce qui permettait à Kallas d'aller et venir, mais elle avait tendance à surestimer ses forces. À deux reprises, je l'avais trouvée assise au sol, hors d'haleine et en nage. J'agitai une main vers ses béquilles.

— Je sais que tu t'ennuies, mais tu ne me seras d'aucune utilité si tu te blesses dans les marches.

— C'est Caysen qui m'a aidée à monter.

Je tournai la tête de droite à gauche à la recherche du précieux, mais ne le vis nulle part. Il avait été étrangement discret au cours de la dernière dizaine. Peut-être que son intervention lors de l'attaque des gargouilles avait siphonné une bonne part de ses ressources, mais tous les autres ne cessaient de me parler de lui et de ses interventions dans la vie quotidienne du château.

Plus le temps passait, et plus je le soupçonnais de m'éviter.

Je masquai mon agacement en détournant la tête vers le large. Le ciel était dégagé et clair. Certains arbres revêtaient encore les couleurs de l'automne, alors que d'autres apparaissaient dénudés. Le contraste permettait de mieux discerner les reliefs du paysage. Les voiles des bateaux ressemblaient à des petites boules blanches sur la mer. Les premiers porteurs de panier arrivèrent sur le chemin de ronde. Je me tournai vers Kallas avec un air sévère.

– Puisque tu es là, rends-toi utile et organise le ravitaillement.

Elle pinça les lèvres, mais cette fois pour éviter de rire, avant de me faire un salut martial. Je fis face à Segast.

– Je vais t'envoyer nos meilleurs archers. Ilyon et les autres m'accompagneront vers le rivage.

Il me salua à son tour et je redescendis vers la cour intérieure. Ksara sortait de la grande salle et me fit signe de l'attendre. Son ventre semblait avoir doublé de volume au cours des deux dernières semaines, et sa démarche ressemblait à celle d'un canard.

– Nicor veut savoir s'il doit organiser un banquet.

Je grimaçai et mis une main sur la garde de mon épée pour me rassurer.

– Si ce sont des marchands, oui. Ils seront à coup sûr intéressés par le bois que Lathar et Cynrad ont préparé. Si on a affaire à des pirates, mieux vaut prévoir un siège.

La voix de Caysen me fit tourner vers les arches du jardin.

– Si près de l'hiver, je serais surpris que ce soit des pirates.

Il se tenait là, comme si de rien n'était. Je plissai les yeux et il détourna la tête, comme si les murs recelaient un quelconque secret.

– Soit, un banquet, répondis-je. Nous avons besoin de provisions pour les prochains mois et tout ce qu'ils auront à nous offrir sera le bienvenu.

Je lui fis une courbette cérémonieuse et me dirigeai vers les écuries. Derrière moi, Ksara eut une exclamation surprise et Caysen lui répondit. Je marchai plus vite pour ne pas les entendre. Je n'étais peut-être pas son maître d'armes, mais d'ici à ce qu'il en nomme un, je veillerai aux intérêts du château. Lathar me rejoignit à côté d'une des carrioles avec un sourire. À côté, Ilyon tenait les rênes de mon cheval et du sien.

– On fait la course?

– On part en éclaireur, ce n'est pas la même chose, le réprimandai-je.

Lathar eut un grognement amusé et les yeux bridés d'Ilyon pétillèrent de malice.

– Bien sûr, capitaine.

Lathar sauta sur le banc du conducteur tandis que Luan prenait place à ses côtés. Je fronçai les sourcils à la vue du ménestrel, mais il avait une épée courte à sa ceinture, aussi je gardai mon opinion pour moi. Les trois mercenaires Jabal, Terys et Edon se répartirent entre les deux chariots. La délégation était complétée par Cynrad aux rênes de l'autre attelage, avec Jareth et Karyk, les bergers les plus habiles au bâton de combat.

Sur les remparts, Segast nous salua, en compagnie de Janna, Fleya et Barion. J'aurais préféré voir des dizaines de têtes pour assurer nos défenses, mais ce n'était pas notre réalité. Au milieu de la cour, Caysen se tenait aux côtés de Ksara qui agitait la main. Le regard du précieux semblait fixé sur moi, mais je lui tournai résolument le dos.

De la neige s'était accumulée pendant la nuit et le soleil n'avait pas encore tout fait fondre. L'herbe craquait sous les sabots des chevaux tandis que les conducteurs négociaient les ornières gelées pour éviter de briser les roues. Ma monture se mit à sautiller, frustrée par la vitesse prudente que je lui imposais. Je souris, amusée par sa joie d'être hors des murs du château par cette température claire et fraîche.

Notre groupe contourna la forêt pour revenir sur une route que le temps n'avait pas réussi à abîmer. Les toits de quelques maisons apparurent entre les vallons; les vestiges du village côtier. Les trois bateaux étaient bien visibles, avec leurs hauts mâts et leurs voiles blanches sur une mer argentée.

Le vent portait les cris des marins tandis qu'ils mettaient pied à terre. Je fis signe à Ilyon et poussai mon cheval dans un galop modéré pour prendre les devants. Les nouveaux arrivants nous repérèrent et des exclamations de joie nous accueillirent.

Deux chaloupes avaient été mises à l'eau avec une dizaine d'individus. Alors qu'ils remontaient les embarcations sur la rive, un homme trapu se détacha du groupe. Sous son bonnet, des cheveux gris frisottaient autour de ses oreilles. Ses joues rougies par le grand air se plissaient sous la largeur de son sourire. Il attendit à distance respectueuse que je descende de ma monture, puis il me tendit la main.

— Diantre que je suis content de voir des visages ici. Je suis le capitaine Veric du Constance.

J'agrippai son avant-bras pour lui rendre son salut.

— Enchantée. Capitaine Maelora, du château Bleu.

Le marin sourcilla et échangea un regard perplexe avec un de ses compagnons qui l'avait rejoint. Le visage de ce dernier était parcheminé de rides et ses mains étaient noueuses, mais son regard était alerte. Il se présenta sous le nom de Gaden.

— Pas de Carmin pour vous, cap? dit-il.

Je secouai la tête.

— Nous occupons le château en compagnie du précieux.

— Eh ben, les temps changent, j'suppose.

Leurs regards se portèrent au-dessus de nos épaules où le bruit des roues signalait l'arrivée des deux carrioles. Lathar immobilisa son attelage et mit pied à terre pour se présenter.

– J'assume la régence par intérim du château Carmin, termina-t-il.

Les marins se détendirent et offrirent des nouvelles des autres arrêts sur leur route. Quelques villages avaient continué d'opérer plus au nord et ils revenaient avec une cargaison de peaux, de laine et de légumes racines. Les yeux du capitaine se mirent à briller lorsque Lathar lui mentionna le bois que nous avions abattu.

Les marins se concertèrent pour déléguer un quatuor qui nous suivrait jusqu'au château. Avant notre départ, Lathar remit les paniers de victuailles préparés par Kehsi à ceux qui restaient derrière. Lors d'une visite précédente, nous avions identifié les maisons encore en état, et je les leur désignai avant de repartir avec les carrioles.

Les marins pointèrent plusieurs différences dans le paysage sur notre route et je calquai la vitesse de mon cheval sur celle de l'attelage pour les écouter. Gaden nous parla des champs foisonnants de blés et des troupeaux à perte de vue d'une autre époque.

– C'était terrible, de voir l'aut' seigneur tout laisser mourir, dit le vieil homme.

– Que s'est-il passé, pour que les choses tournent aussi mal?

Il haussa les épaules, le regard sur l'horizon.

– Des mauvaises décisions? L'vieux était détestable.

Il se pencha vers Lathar et agita un doigt dans sa direction.

– Faut toujours écouter les conseils des aut'. Même si c'est pour mieux leur dire qu'ils ont tort.

Le caravanier acquiesça avec un sourire en coin. Lorsque notre groupe arriva en vue des remparts, je pris mon congé et lançai mon cheval au galop, suivie de près par Ilyon. Je levai une main à l'intention de Segast et les gonds des portes principales couinèrent. Tous ceux que nous avions laissés derrière nous attendaient avec impatience de l'autre côté, Nicor devant eux avec un rouleau à pâte pour les garder en rang. Je m'adressai à lui en premier.

— Nous avons ramené quatre marins.

Il marmonna dans sa barbe sans attendre la suite et retourna aux cuisines. Les autres firent pleuvoir des questions tous en même temps et Ilyon leur donna volontiers les détails de notre excursion. Sous une impulsion difficile à nommer, je me dirigeai vers le jardin.

Caysen se tenait debout devant la fontaine, les bras croisés. Il releva la tête à mon arrivée, mais son expression ne changea pas. Je pris mon courage à deux mains et avançai jusqu'à sa hauteur. Puis ma fougue me quitta. Je pivotai vers le bassin dont les bordures étaient décorées de glace pour observer les motifs du givre.

— Combien? demanda-t-il.

— Les équipages doivent bien compter une trentaine d'âmes, mais nous en avons ramené seulement quatre.

Caysen ferma les yeux et soupira. La tension quitta ses épaules et il porta une main à son front pour le frotter. Je fronçai les sourcils, inquiète.

— Tu t'es pourtant habitué à notre présence. Le château est animé à cœur de jour maintenant.

Il grimaça.

— Je crois que je ne suis pas encore prêt à faire face au monde.

Je posai une main sur son épaule pour le rassurer. La chaleur de son corps infusa tout mon bras.

— Lathar et moi pouvons gérer cet aspect. Les marins seront déçus si tu ne fais pas au moins une apparition durant le repas, mais tu n'es pas obligé de leur adresser la parole.

Ses yeux noisette plongèrent dans les miens, comme s'il y cherchait la véracité de mon offre. Il se détendit.

– Merci.

J'inclinai la tête pour prendre mon congé. Alors que je pivotais pour partir, sa main attrapa la mienne. Je me tournai vers lui avec un haussement de sourcil. Il pinça les lèvres, le rouge lui montant aux joues.

– Merci d'avoir affronté les gargouilles lors de la dernière attaque. Tu as mis la vie de Ksara avant celle de ton lieutenant et la tienne, et je t'en suis reconnaissant.

Je portai mon poing libre sur mon cœur, comme j'avais vu mon père le faire à de nombreuses reprises, comme je l'avais fait pendant toutes mes années de service dans mon château natal.

– Pour le château Carmin.

Les yeux de Caysen s'écarquillèrent devant le geste. Je n'attendis pas qu'il se resaisisse et je quittai le jardin.

CHAPITRE 18
Maelora

Le vent froid me fouetta le visage et je me dépêchai de refermer la porte de la tour. Je venais de quitter le bureau de Lathar où nous avions comptabilisé nos ressources en prévision de l'hiver. La nouvelle avait circulé et un deuxième convoi de bateaux marchand avait fait escale, nous permettant de faire l'acquisition d'outils et de produits exotiques.

Les affaires avaient été bonnes, mais nous avions dû reprendre l'abattage pour avoir assez de bois de chauffage pour les mois à venir. J'avais développé de nouvelles callosités à force de manier la hache et mes épaules étaient perpétuellement endolories. Heureusement, Segast avait déterré de vieilles archives qui venaient confirmer que nos réserves seraient suffisantes, vu notre utilisation minimale des différentes parties du château.

Je resserrai le col de ma capeline et contournai les congères de neige aux pieds des murs pour me diriger vers les cuisines. J'avais manqué le repas du midi, et même si le dîner était imminent, j'étais trop affamée pour attendre. Avec un peu de chance, Nicor aurait quelque chose pour me faire patienter.

Des cris dans la cour intérieure me firent lever le nez de mon foulard. Deux hommes se poussaient au milieu d'un attroupement. Je reconnus la stature imposante d'Edon qui bousculait Terys. Un cercle s'était formé, mais les spectateurs ne semblaient pas souhaiter se mêler à l'altercation. Jabal et Barion se tenaient en retrait, les bras croisés avec des mines sombres. Je pris leur direction, essayant de comprendre les injures que s'échangeaient les mercenaires. Jabal hocha la tête en guise de salutation lorsque je m'arrêtai à ses côtés.

– Qu'est-ce qui leur prend?

Il haussa les épaules avec une grimace dégoûtée.

– La même chose que depuis trois mois? Va savoir. Ils ne se tolèrent plus eux-mêmes.

Les deux hommes s'étaient empoignés par les épaules et se poussaient dans une direction puis dans l'autre. Si Terys était grand, il n'en restait pas moins qu'Edon possédait la force d'un cheval de trait. Après toutes ces semaines à fendre du bois, ils étaient plus en forme que jamais. Barion cracha une glaire au sol puis il se pencha vers moi avec une moue blasée.

– Je ne m'en mêlerais pas si j'étais toi.

S'il avait été un de mes soldats, il aurait fait un mois de corvée pour m'avoir parlé sur ce ton. Je détournai la tête pour éviter de lui faire ravaler son sourire.

Edon envoya un coup de genou vers la fourche de son adversaire, mais Terys le bloqua. Sauf qu'il trébucha sur un pavé inégal et Edon en profita pour l'attraper par sa veste. Il le catapulta au sol avec tant de force que les spectateurs émirent un « ouf » collectif. Alors qu'il marchait vers sa victime pour terminer le travail, je m'avançai et parlai d'une voix forte.

– Assez.

Edon se tourna brusquement et m'envoya un coup de poing au ventre avant même que je puisse réagir. Mon souffle se coupa et je reculai. La douleur oblitéra mes pensées et je dus lutter de toutes mes forces pour rester en pleine maîtrise de mon corps.

Alors que l'air emplissait mes poumons à nouveau, une colère froide remplaça la douleur. Le mercenaire s'était détourné et prenait son élan pour flanquer un coup de pied à Terys qui ne s'était toujours pas relevé. Je courus et envoyai un coup de poing dans les reins du costaud. Il grogna et balança une paluche à l'aveuglette, mais j'avais déjà sauté hors de portée.

Il ne m'aurait pas deux fois par surprise.

Je me mis en garde et feintai quelques attaques. Tel un bœuf enragé, il me chargea, prêt à m'attraper à bras-le-corps. J'esquivai et lui assenai un coup de pied sur le côté du genou. L'articulation craqua et il perdit l'équilibre. Je parlai les dents serrées, mais d'un ton sans appel.

– J'ai dit assez.

Il se releva avec un hurlement de colère et enchaîna une série de coups. J'évitai le premier, bloquai le deuxième, mais le dernier me toucha à la joue. Je parvins à encaisser la majeure partie de sa force, mais l'impact se réverbéra dans tout le côté de mon visage, promettant de laisser une ecchymose de taille.

Certaines leçons devaient être apprises à la dure et j'allais me faire une joie de lui enseigner. Je misai sur ma vitesse et pénétrai sous sa garde pour lui assener un coup au sternum, suivi de la tranche de mon autre main dans le cartilage de sa gorge. Il s'étouffa et tomba à genoux.

Je reculai d'un pas, satisfaite, et mis les mains sur mes hanches pour reprendre mon souffle. Des bruits de course résonnèrent derrière nous tandis que Segast arrivait en compagnie de Lathar. Mon lieutenant s'arrêta à mes côtés, prêt à sauter dans la mêlée. Lathar s'avança jusqu'au mercenaire et le poussa pour qu'il roule sur le dos, les mains toujours sur sa gorge meurtrie. Plus loin, Edon s'était relevé et tenait ses côtes. Lathar leur servit un regard noir.

– Je vous ai donné le choix de partir ou de rester. Maintenant l'hiver est trop proche pour vous renvoyer. La prochaine fois que vous causez du grabuge, je vous fais pendre haut et court.

Je passai les doigts sur ma joue en songeant qu'il me faudrait lui expliquer le danger d'exécuter des habitants dans le rayon d'influence du joyau. Mais ce n'était pas le moment de mentionner cette excentricité de la vie de château.

— Maintenant, allez vous occuper des animaux. Vous serez de corvée matin et soir pour la prochaine quinzaine.

Les deux mercenaires s'éloignèrent avec des grognements étouffés, plus de douleur que de protestation. Lathar pivota sur lui-même, son regard s'attardant sur chacun des spectateurs. La plupart d'entre eux reculèrent d'un pas et certains firent mine de reprendre leur chemin. Il revint devant moi et étudia mon visage.

— Tu devrais aller voir s'il reste de la glace à la fontaine.

— Ce n'est rien de grave.

— Bien, répondit-il avant de se diriger vers la grande salle.

Segast se pencha vers mon oreille.

— Je vais les garder à l'œil.

Je pinçai les lèvres, songeant aux paroles de Lathar quelques semaines plus tôt. J'aurais dû les laisser s'entretuer pour qu'on en soit débarrassé une bonne fois pour toutes. Je suivis le conseil de Lathar et trouvai un peu de glace que j'enroulai dans un linge.

Ce ne fut toutefois pas suffisant pour m'épargner le pire, comme le confirmèrent les commentaires compatissants à l'heure du repas. Mon assiette n'était qu'à moitié entamée, mais j'en avais assez de croiser des regards désapprobateurs. Que leur outrage soit dirigé contre les deux mercenaires plutôt que moi n'y changeait pas grand-chose.

J'avais trop souvent été la cible de tels regards durant mon enfance et la nausée montait de minute en minute. Je me levai et quittai la salle, laissant mon couvert derrière moi. Un de mes lieutenants serait obligé de les débarrasser, mais j'étais trop agitée pour m'en soucier.

Le jour avait cédé sa place à la nuit et la pleine lune éclairait un ciel exempt de nuage, nous garantissant une nuit paisible. Dans l'obscurité, la condensation du souffle du guet confirmait sa présence sur le chemin de ronde.

Je n'avais envie d'aucune compagnie alors je pris la direction de la tour de coin, que je savais inoccupée. Je traversai le premier étage où se trouvaient les baraquements et l'armurerie. Arrivée au bout, je montai les marches d'un pas lourd. Je grimaçai aux élancements dans ma joue, mais ne ralentis pas.

En haut, le corridor s'ouvrait sur une série de portes : des quartiers pour les familles et les domestiques. J'avançai sans me presser, mes pensées tournées vers les galeries de mon enfance. Mes parents ne s'étaient jamais opposés à mon choix de carrière, mais la précieuse avait souvent manifesté son désaccord, trouvant écho auprès de plusieurs conseillers du seigneur.

Mes pas me menèrent jusqu'à un balcon qui donnait sur le jardin. Des plantes grimpantes courraient le long de la rampe et le faîte des arbres fruitiers était visible. Leurs branches dégarnies étaient ornées d'une fine couche de neige que le vent n'avait pas encore délogée.

Un raclement me fit sursauter et relever ma garde, mais je baissai les mains en reconnaissant Caysen. Il était assis à même le sol avec un large calepin appuyé contre ses genoux relevés. Un brasero brûlait à ses côtés, illuminant la page. À ma vue, il referma le calepin et se remit sur pieds. Je n'eus qu'un bref aperçu du visage qu'il y dessinait, trop peu pour deviner à qui les traits pouvaient appartenir. Je levai une main, prête à retourner sur mes pas.

– Je ne voulais pas de déranger. Bonne soirée.

– Reste.

Je me figeai, indécise. Je n'avais jamais été du genre à m'imposer où je n'étais pas la bienvenue, et l'attitude des derniers jours de Caysen m'avait bel et bien fait douter. En toute honnêteté, c'était bien plus la raison de ma mauvaise humeur que le coup de poing d'Edon.

Caysen avança jusqu'à moi, son visage plongé dans l'ombre des colonnes. Il tendit une main vers ma joue et effleura l'ecchymose. Je fermai les yeux et pris une profonde inspiration pour chasser le frisson qui voulait me remonter le dos. Je sursautai lorsque ses doigts attrapèrent les miens. Il me tira avec lui vers le corridor.

– Laisse-moi regarder ça de plus près.

Je serrai les mâchoires, mais ne résistai pas, incapable de le rabrouer. Il s'arrêta devant une des portes que rien ne distinguait des autres. Il poussa le battant et je vis ce qui devait être ses quartiers. Des braises se mourraient dans l'âtre, éclairant un petit sofa. Une longue table était adossée au mur, recouverte de parchemins roulés, de pots d'encre et de pinceaux. Une toile à demi-terminée trônait sur un chevalet, le croquis laissant deviner une silhouette à cheval dans un champ de bruyère mauve.

Caysen relâcha ma main et retira un drap qui protégeait deux fauteuils. Il en tira un devant l'âtre et me fit signe de m'y asseoir avant de déposer son matériel de dessin sur une table d'appoint. J'hésitais à faire mes excuses et partir, mais quelque chose dans son regard me retint. Je pris place et attendis sagement tandis qu'il ravivait les flammes pour allumer les mèches des lampes voisines.

Un paravent coupait la vue sur le reste de la chambre, mais je devinais une banquette pleine de livres sous la fenêtre et un lit en désordre. Je reportai mon attention sur Caysen lorsqu'il s'agenouilla devant moi. Il tendit les mains vers mon visage avec un haussement de sourcils interrogateur. Je carrai les épaules et acquiesçai.

Le contact de ses paumes répandit cette chaleur si familière et mes yeux se fermèrent d'eux-mêmes. Derrière mes paupières, une lueur carmin emplit mon champ de vision, si semblable aux jeux de lumière que Caysen affectionnait. La tuméfaction se relâcha et l'enflure se résorba.

Le soulagement me fit soupirer et je me détendis. Il posa son front contre le mien et je sentis son souffle sur mes lèvres. Un éclair de désir me chatouilla le creux des reins et mon nez effleura sa joue. Ses mains passèrent de mon visage à mes épaules et la vague de chaleur déferla sur le reste de mon corps. Ma poitrine se souleva d'elle-même pour s'appuyer contre son torse.

Et il n'était plus là.

Je rouvris les yeux, désorientée, pour le voir debout à quelques mètres. Il agita les mains devant lui.

– Je suis désolé, je ne voulais pas prendre avantage.

Le rouge me monta aux joues et je m'éclaircis la gorge.

– Non, c'est moi qui te présente mes excuses. Je me suis laissée emporter.

Son visage se fendit d'un sourire et ses épaules se détendirent.

– Tu es la personne la plus déterminée que j'aie rencontrée. Je ne pense pas que quoi que ce soit puisse t'emporter contre ton gré.

Je baissai les yeux vers mes mains vides. Aussi vide que mon cœur en cet instant. Je me relevai, bien décidée à partir, mais le changement de position me fit chanceler. Caysen bondit pour mettre une main sous mon coude avant que je ne m'étale au sol. Je lui offris une grimace d'excuse, mais il secoua la tête.

– C'est à cause de la magie que j'ai utilisée pour te guérir. Ta joue n'était pas ta seule blessure. Ça devrait passer d'ici un moment.

J'acquiesçai, immobile de crainte qu'il retire sa main à nouveau.

Je ne savais pas quoi dire pour me valoir une place à ses côtés.

Je ne savais pas comment agir pour être digne de sa confiance.

Mon regard refusait de croiser le sien, mais il était si proche que je ne pouvais pas détourner la tête. Sa chemise était entrouverte et je pouvais deviner les lignes de ses tatouages. Sous la lumière tamisée, sa peau semblait satinée et invitait à la caresser. Je fermai les yeux pour reprendre le contrôle de mes pensées. Mais ses paroles me revinrent en tête et mes yeux se posèrent sur son torse.

– Si je suis la personne la plus déterminée que tu aies rencontrée, est-ce que ça me vaudra un souvenir indélébile sur ta peau?

À peine la question posée, je regrettai ma curiosité. Sa réponse avait peu de chance de me plaire. Je fis un mouvement de recul pour me dégager, mais sa prise se resserra sur mon bras avant qu'il me relâche. Nos regards se croisèrent et mon souffle se coinça dans ma gorge.

C'était le même regard que certains combattants ont parfois avant de se jeter dans la bataille. De l'anticipation, à l'idée de se lancer corps et âme dans un affrontement, et peu importe l'issu, savourer la gloire de tout donner. Il avança jusqu'à ce que nos tuniques se frôlent, et je sentis la chair de poule courir sur mes bras.

– Oui.

Je secouai la tête, incapable de comprendre à quoi il faisait référence.

– Je ne sais pas encore ce que je dessinerai sur ma peau, mais je sais que ce sera ici.

Sa main prit la mienne et il la posa sur son cœur. Mes doigts se crispèrent de réflexe et je sentis la peau ferme de son pectoral. Mon anxiété des derniers jours se liquéfia pour fondre à mes pieds et je bougeai avant d'analyser la sagesse de mon intention.

Mes lèvres entrèrent en contact avec les siennes, chaudes et souples.

Il gémit comme si je venais de lui envoyer un coup de poing au ventre, mais avant que je puisse reculer, ses bras passèrent autour de ma taille pour me plaquer contre lui. Mes paumes glissèrent sous sa chemise pour parcourir la peau que je savais recouverte de souvenirs.

Nos lèvres dansèrent ensemble tandis que nos mains exploraient l'autre. Il recula et m'entraîna avec lui vers la partie plus sombre de ses quartiers. Je soulevai sa chemise et la fis passer par-dessus sa tête en même temps. Il trébucha et je le rattrapai de justesse. Son visage enfoui dans mon cou, je sentis ses épaules sauter sous l'effet d'un fou rire. Le contact de ses lèvres et de son souffle m'incita à sourire à mon tour.

Puis il retira ma veste et l'envie de rire disparut, aussitôt remplacée par quelque chose de bien plus puissant. Ses mains s'attardèrent sur mes hanches, puis sur la cicatrice qui barrait mon abdomen sous les côtes, mauvais souvenir d'un combat contre des bandits venus du Grand Nord.

Dans la pénombre, il s'agenouilla et suivit la trace de ses doigts, puis du bout de son nez pour déposer un baiser sur la chair tendre de mon ventre. Il releva la tête vers moi tandis que je glissais mes mains dans ses cheveux.

– Une véritable guerrière, de corps et d'esprit, dit-il.

Mes doigts s'attardèrent sur sa nuque et je secouai la tête.

– Ce ne sont pas les cicatrices les plus apparentes qui font le plus mal.

Il se redressa, les mains sur mes hanches et sa tête penchée vers la mienne. Je devinais son sourire et ne pus résister à la tentation d'y déposer un baiser qu'il me rendit. Sa bouche parcourut ma pommette pour s'arrêter à mon oreille et chuchoter.

– Les miennes ne me torturent pas autant lorsque tu es là.

Un frisson me traversa et je me plaquai contre lui, pour découvrir son désir évident entre nous. Ses mains prirent la direction de ma taille pour détacher mon pantalon. Une fois le lacet défait, il hésita, et je poussai le vêtement au sol avant de m'attaquer au sien.

Il m'attira sur le lit et j'en profitai pour explorer chaque endroit où sa peau affichait le souvenir de mille vies. Il se tendit sous moi avant de grogner lorsque je repartis une fois de plus à l'assaut d'un autre recoin. Sa patience s'épuisa avant la mienne et il me fit rouler pour avoir le dessus et me rendre la pareille. La tête renversée vers l'arrière, je laissai le plaisir m'envahir, remodeler mes pensées et me réinventer.

Peut-être que la course vers mes rêves avait été vaine. Mais chemin faisant, j'aurais rencontré des individus extraordinaires; j'avais appris bien plus à leurs côtés qu'après une vie dans mon château natal. Peu importait l'issue de mon séjour au château Carmin, je chérirais ces souvenirs. Peut-être même que Caysen accepterait de les immortaliser sur ma peau.

Ses mains et sa langue chassèrent toutes pensées cohérentes de mon esprit alors qu'il revenait m'embrasser. Je positionnai mes cuisses de chaque côté de ses hanches et le guidai. Son front s'appuya sur le mien tandis que je le sentais me pénétrer. J'aurais été incapable de détourner mon regard du sien. Des larmes perlèrent aux coins de ses yeux et je refermai mes bras autour de son dos, déposant un baiser sur les gouttes d'eau salée.

Ses hanches ondulèrent contre les miennes et je m'arcboutai sous l'assaut. Son rythme prit en vitesse et je me perdis dans la communion de nos corps. Le plaisir monta et éclata telle une vague de tempête, emportant tout sur son passage. Les doutes et les frustrations n'avaient plus leur place face à cette union délicieuse. Caysen se cambra et lâcha un cri guttural alors qu'il me rejoignait.

Il roula sur le côté et m'entraîna avec lui. Je posai ma tête sur son bras et laissai mes mains parcourir ses côtes tandis que nos souffles reprenaient une cadence normale. Je le croyais presque endormi lorsqu'il prit la parole.

– Avant mon dernier sommeil, je pensais que la vie n'avait plus grand-chose à m'offrir. Aucune surprise, rien de nouveau; que de la douleur et des déceptions.

Je relevai les yeux pour croiser les siens. Son sourire fit battre mon cœur un peu plus fort.

– J'avais tort.

Mes paupières se fermèrent et mon nez se logea dans le creux de sa gorge. Je pris une profonde inspiration pour éviter de pleurer et son odeur remplaça tout le reste. Puis l'amusement prit le dessus et j'eus un hoquet de rire.

– Tu as été une surprise de taille.

Il haussa un sourcil et baissa les yeux vers nos corps en sueur.

– À ce point?

Je roulai sur le dos et éclatai de rire. Son sourire me confirma qu'il n'était pas offensé, et il en profita plutôt pour caresser ma poitrine ainsi offerte.

– À notre arrivée, rectifiai-je. Mais je tiens à spécifier que je n'ai aucune plainte à formuler quant à ce que tu caches sous tes braies.

Sa bouche se posa à l'endroit que ses doigts venaient de quitter et mes yeux se fermèrent d'eux-mêmes. Son souffle chatouilla la peau humide alors qu'il parlait à voix basse.

– Et je suis l'homme le plus chanceux de ce château, car j'ai mis à nu une gemme d'une splendeur inespérée.

Je sentis le rouge me monter aux joues, mais il ne me laissa pas réfléchir à son compliment avant de repartir à l'assaut de mon corps. Je savais que les précieux n'avaient pas besoin de beaucoup de sommeil et quelque chose me disait que j'allais profiter de cette particularité.

CHAPITRE 19

Caysen

J'inspirai et l'air froid me picota la gorge. Mon souffle forma un nuage blanc dans l'air matinal et je fis appel à une étincelle de magie pour façonner la buée en une spirale paresseuse. Un grognement amusé attira mon attention et je vis Segast en poste sur le chemin de ronde, un peu plus loin. Il me salua d'un signe de tête avant de reprendre sa patrouille.

J'étendis ma conscience autour du château et fus rassuré de sentir tous les habitants bien portants. Ksara était dans le jardin avec Lathar, Moyra et Nicor. La santé de ces derniers avait fait d'énormes progrès et ils avaient été capables de prendre contact avec la magie innée qui sommeillait en eux. Leur énergie me faisait l'effet d'une abeille parmi les fleurs, à butiner, mais aussi à polliniser. Les ondes carmin du joyau se prélassaient sous leurs pieds, comme un chat devant un bon feu.

Mon attention se tourna vers l'horizon. En poussant un peu, je pouvais sentir les racines du joyau s'étendre un peu plus loin. Malgré le froid et les chutes de neige, les champs autour du château avaient meilleure mine.

Pour la première fois depuis longtemps, j'avais hâte de voir ce que le printemps apporterait.

Au cours des dernières semaines, j'avais été en mesure de détecter l'approche des gargouilles pour que tous soient à l'abri en temps. Jusqu'à maintenant, mes défenses tenaient, mais j'avais conscience que ce n'était qu'une mesure temporaire. Il nous faudrait bientôt passer à l'attaque. Quelque chose d'autre arpentait la forêt, juste en dehors de mon rayon d'action. La frustration me fit retrousser le nez. J'allais devoir en parler à Lathar et Maelora et leur demander d'envoyer des éclaireurs.

Un chatouillement attira mon attention vers les fondations du château. Avant que je n'y repense à deux fois, la pierre céda sous mes pieds et je passai au travers des pavés. Les voix de la grande salle et de la cour intérieure résonnèrent dans mes oreilles alors que je voyageais dans les murs pour arriver aux catacombes. Je clignai des yeux pour ajuster ma vue à la pénombre et avançai sur le chemin de pierre.

Le joyau brillait plus fort que jamais, illuminant toute la caverne dans une aura carmin réconfortante. Une silhouette sombre se détachait, agenouillée sur la plate-forme, la tête courbée en signe de recueillement. L'éclat du joyau baignait son visage aux lignes franches et les ombres adoucissaient son expression sévère.

Même dans l'obscurité la plus complète, j'aurais pu reconnaître Maelora.

Je m'engageai sur la passerelle pour contourner l'eau qui avait repris ses droits tout autour. Au son de mes pas, elle releva la tête et un sourire étira ses lèvres, avant d'être remplacé par un froncement de sourcils. Arrivé à ses côtés, je tournai le dos au joyau et me laissai glisser au sol. Ma main se tendit d'elle-même et mon doigt effleura le pli à la racine de son nez. Elle ferma les yeux et son expression s'adoucit.

– Qu'est-ce qui te préoccupe ainsi?

Avec un soupir, elle reporta son attention sur le joyau alors que son regard le parcourait de haut en bas.

– Les grandes tempêtes d'hiver vont bientôt commencer. Et ça ne dissuadera pas les gargouilles. Je crains que nos nuits ne soient de plus en plus mouvementées.

Je haussai les épaules.

– Nous n'aurons qu'à dormir de jour.

Elle plissa les yeux, comme si elle essayait de déterminer le sérieux de ma déclaration. Je sourcillai en réprimant mon sourire. Elle se tourna de nouveau vers le joyau, trop plongée dans ses réflexions pour mordre à l'appât.

Si proche du joyau, son énergie m'était parfaitement visible, même sans faire d'effort. La teinte mauve du château Violet avait disparu, trop légère pour survivre au passage du temps. Une veine de bleu subsistait, mais le rouge était dorénavant la couleur dominante. Ma poitrine se gonfla de satisfaction avant que la réalité ne me transperce le cœur. Je fermai les yeux avant de parler, pour éviter de voir son expression.

– Il n'est pas trop tard pour reprendre la route. Vous avez encore quelques semaines devant vous, grâce au beau temps que nous avons eu récemment.

Ma déclaration fut accueillie par le silence et je rouvris les yeux. Elle avait la tête inclinée et son attention était entièrement sur moi, comme un chat qui se prépare à sauter.

– Quelles raisons nous pousseraient à partir?

Je me penchai vers l'arrière, jusqu'à ce que ma tête touche la surface du joyau. Mes mains se refermèrent l'une sur l'autre pour ne pas se tendre vers elle.

– Aller chercher des renforts; expliquer la situation aux autres châteaux.

Elle secoua la tête.

– Et te laisser retomber en sommeil avec les gargouilles à tes portes? Hors de question. Es-tu si pressé de te débarrasser de moi?

Elle haussa un sourcil impérieux et je ne pus réprimer mon sourire.

– Bien sûr que non.

– Alors je reste.

Une boule se forma dans ma gorge et je dus fournir un effort pour dire la suite.

– Si tu te lies à moi...

Le regard de Maelora se fit perçant et je détournai les yeux pour poursuivre.

– Mais que je ne parvins pas à établir une nouvelle lignée régente, le joyau se repliera sur lui-même. Je me fanerai et tu dépériras avec moi.

Elle changea de position et joua avec un caillou au sol. Une pointe d'agacement fit surface à l'idée qu'elle ne réalisait pas le sérieux de notre situation.

– Je ne peux pas accepter que tu subisses ce sort. Tu mérites mieux.

Elle me fit un sourire dérisoire et lança son caillou dans les airs avant de le rattraper.

– Même si on me donnait l'ordre de partir, je ne suis pas sûre que je serais capable d'obéir.

Elle se pencha et planta les mains au sol entre nous. Ses lèvres s'arrêtèrent à un cheveu des miennes et je la sentis aussi bien que je l'entendis chuchoter.

– Je reste.

Mes doigts trouvèrent sa nuque et nos bouches se scellèrent. Lorsqu'elle recula, son souffle était court, mais ses yeux pétillaient.

– Sur ce, je vais aller entraîner les recrues.

Elle se releva d'un mouvement souple et descendit de la plateforme. Je regardai sa silhouette disparaître sous l'arche qui menait au tunnel avant de me tourner vers le joyau.

– Ne me laisse pas lui faire faux bond.

Le joyau pulsa une vague d'énergie, mais le tourbillon d'émotions en moi m'empêcha de l'interpréter avec justesse.

CHAPITRE 20
Caysen

Un mois. C'est le temps qu'il fallut aux Sylphes pour se décider à nous aborder.

Nous avions essuyé plusieurs semaines de pluie verglaçante et de grêle. Même les gargouilles n'avaient pas osé braver ces conditions. Lathar trépignait d'impatience depuis plusieurs jours en attendant que la glace fonde pour que les chevaux puissent se rendre à la forêt récolter les arbres abîmés par les intempéries.

Ce matin-là, le ciel était clair et le soleil faisait miroiter les glaçons qui recouvraient toutes les surfaces. Le plic-ploc de leur fonte résonnait de part et d'autre du château. Nous étions regroupés sur les remparts pour évaluer l'état des routes lorsque mon attention fut attirée par la soudaine intrusion.

Maelora remarqua ma distraction la première et mit la main sur une longue-vue. Elle la passa à Lathar puis donna des ordres à ses lieutenants en vue de préparer un accueil prudent à nos visiteurs. Elle revint ensuite vers moi, son regard bleu parcourant mon visage.

– Quelle est ton impression?

Les voyageurs étaient à dos de cervin, ces créatures mi-chèvre mi-cheval qu'on trouvait à flanc de montagne plus au nord, aussi avaient-ils franchi beaucoup de terrain en peu de temps malgré les conditions. Cependant, ils s'étaient arrêtés quelques heures plus tôt, comme s'ils s'apprêtaient à bivouaquer.

– Ils sont six.

Maelora attendit patiemment que j'arrive à mettre des mots sur le reste.

– Je crois qu'ils viennent discuter.

Elle se tourna vers Lathar.

– Je propose qu'on prenne les devants. Nous ne sommes pas obligés de leur offrir le gîte, mais ce serait une preuve de bonne foi.

– Tu en sais plus long sur les Sylphes que moi, dit Lathar avec un sourire dérisoire. Je te fais confiance.

Maelora acquiesça et prit son congé. Les remparts se vidèrent progressivement alors que la nouvelle au sujet de nos visiteurs circulait. Lathar était encore devant le parapet, les bras croisés, le regard sur la ligne des arbres. L'énergie du joyau frétillait, à la fois curieuse et prudente face à ses nouveaux venus. Avant de redescendre, je m'arrêtai aux côtés de Lathar. J'hésitais à le tirer de ses réflexions, mais il parla de lui-même.

– Je suis à deux doigts d'obtenir ce que je cherche depuis des années, dit-il. Mais je ne suis plus sûr que ce soit ce dont j'ai besoin.

Je posai une main sur son épaule et nos regards se croisèrent.

– Cette rencontre va sans nul doute t'apporter de nouvelles connaissances; sur toi-même et sur tes racines. Il n'en reste pas moins que tu es le maître de ta destinée.

Il hocha la tête avec une expression pensive.

– Si tu te lies à l'enfant à naître de Ksara, nous deviendrons ton seigneur et ta dame.

Je me figeai à ses paroles. Je n'avais toujours pas trouvé le courage d'aborder le sujet, mais Maelora, ou peut-être le maître guérisseur, l'avait fait. Je choisis une réponse neutre, incertain quant à sa position.

– Le joyau a besoin de s'attacher à une lignée pour continuer à s'épanouir.

– Je ne serai pas comme ton précédent seigneur.

– Je l'espère de tout cœur.

Il éclata de rire et je me détendis. Ce fut son tour de me tapoter l'épaule.

– Allons voir ce que les Sylphes ont à nous dire.

Je le suivis au bas des marches, le cœur un peu plus léger. Ksara sortit de la grande salle et vint à notre rencontre, avec un sourcil inquisiteur.

– Qu'est-ce qui vous rend si fébriles?

Une fois que Lathar l'eut informé de l'arrivée des Sylphes, elle se tourna vers la porte principale, la curiosité évidente dans ses yeux. Lathar la retint d'un geste de la main.

– Je sais que tu rêves de ce moment depuis longtemps, mais nous ignorons la nature de leurs intentions.

Il pinça les lèvres et son regard descendit vers le bas-ventre de Ksara. Cette dernière porta les mains sur le renflement et soupira.

– Bien, allez-y sans moi, mais s'ils ne sont pas hostiles, vous ne me garderez pas à l'écart.

Lathar acquiesça avec un sourire entendu avant de déposer un baiser sur son front. Nous rejoignîmes Maelora et Cynrad qui nous avaient précédés dans la cour, en compagnie de Kallas et Ilyon un peu en retrait. Quatre chevaux avaient été préparés. Lathar protesta en apprenant qu'il resterait en sécurité derrière les remparts pendant que Maelora irait s'enquérir des intentions des Sylphes, mais lorsque son second souleva la possibilité d'un guet-apens, il se résigna à attendre à mes côtés.

Les Sylphes étaient hors de portée de voix, mais ils nous avaient sans doute remarqués. Sur les remparts, nos meilleurs archers étaient en poste, leurs arcs cachés, mais le regard alerte sous la direction de Segast. Depuis les portes grandes ouvertes, je regardai les quatre cavaliers s'éloigner sur la route principale. Ilyon avait trouvé un vieil étendard carmin exempt d'armoiries et le tissu claquait au-dessus de sa tête. Je n'étais pas sûr de la sagesse de cette initiative, mais nous saurions bien assez vite quelles étaient les dispositions des Sylphes.

Lathar se mit à marcher de long en large, agacé d'être tenu à l'écart de l'action. Je fermai les yeux et poussai ma conscience vers mes racines les plus éloignées. Dans mon esprit, les Sylphes ressemblaient à des rochers réchauffés par les rayons du soleil, dégageant une douce chaleur.

En l'absence de lien avec un seigneur et un maître d'armes, ma perception restait floue, mais je sentis le bourdonnement de leurs paroles jusqu'à ce que les Sylphes remontent en selle pour suivre notre délégation vers le château. Je rouvris les yeux et me plaçai au centre de la cour. Le regard de Lathar alterna entre la plaine enneigée et moi, puis il vint se positionner à mes côtés, son expression sereine, aux antipodes de l'agitation des minutes précédentes.

Les cervins adoptèrent une cadence rythmée, obligeant les chevaux à passer au galop pour rester à leur hauteur. Une récente chute de neige avait ajouté une couche duveteuse à la plaine et des tourbillons blancs accompagnaient le mouvement des animaux. Nos gens eurent tôt fait de franchir les portes et Lathar fit un signe de la main pour que les adolescents récupèrent les chevaux. Les Sylphes s'arrêtèrent à une certaine distance et terminèrent les derniers mètres à pied. Ils lâchèrent leurs montures et les laissèrent à l'extérieur des murs, peu nerveux à l'idée qu'elles s'éloignent. Je souris en reconnaissant quelques visages parmi la délégation. Lathar se pencha vers moi avec une expression perplexe.

– Ce sont bien tous des Sylphes? chuchota-t-il.

La disparité entre les individus était assez flagrante, mais ainsi était faite cette peuplade des forêts. La seule caractéristique commune était leurs yeux ambrés. La couleur était plus lumineuse que celle qu'on observait dans les iris de Ksara. Pour elle, on aurait dit de l'alcool fort vieilli en baril, tandis que pour eux, c'était comme du miel au soleil. À ma connaissance, c'était leur connexion avec la magie sauvage qui expliquait cette particularité.

Leurs cheveux avaient tous une prédominance de noir, mais avec des reflets surprenants. Pour certains, c'était comme de l'écume, entre le vert et le jaune. Pour les autres, les teintes variaient entre le gris du roc et le bleu noir d'une rivière. Leurs vêtements étaient ceux de voyageurs habitués aux intempéries et aux caprices des saisons. Les couches s'additionnaient, avec divers tissus et textures pour former un ensemble disparate, mais confortable.

— Leur apparence est souvent liée à leur affinité principale.

Je pointai le plus grand, tout élancé, avec de longs membres et une démarche chaloupée.

— Celui-ci est probablement un spécialiste des arbres. À sa droite, celle qui a un rongeur sur son épaule, c'est une chuchoteuse; elle parle aux animaux.

Il désigna celui qui avait la taille d'un enfant, mais le visage d'un vieil homme. Je haussai les épaules.

— Peut-être la terre et les récoltes.

Le groupe s'arrêta à une distance respectueuse. Maelora vint se placer de l'autre côté de Lathar, sa pose détendue, mais sa main sur le pommeau de son épée. Cynrad avait pris position près des portes, son regard survolant les Sylphes. Kallas et Ilyon s'étaient éloignés, mais je ne doutais pas qu'ils soient prêts à intervenir en cas de problème.

La femme au rongeur prit les devants et Lathar avança en miroir. Sur son épaule, la petite gerboise tendit le museau et ses moustaches frémirent en humant l'air. La femme inclina la tête, comme si elle écoutait l'animal, puis elle acquiesça.

– Je suis Syviis. Nous avons reçu le message laissé aux dolmens, ainsi que plusieurs autres dans les environs. Vous semblez avoir fait un long chemin pour nous trouver.

Ses mains dansaient devant elle tandis qu'elle parlait, chaque mouvement ajoutant de la nuance à ses paroles; la surprise de ce contact puis la curiosité qui avait suivi, avec une finalité de joie à l'idée de rencontrer des compatriotes. J'avais presque oublié cette particularité du langage sylphe à communiquer autrement que par les mots. Lathar se présenta en inclinant le torse.

– La nécessité pousse à la célérité, répondit-il. Notre route a été difficile, mais nous avons récolté bien plus que nos espoirs les plus fous.

Elle acquiesça d'un sourire et se tourna vers moi.

– Caysen, te voilà bien portant. Notre dernière rencontre remonte à fort longtemps.

Ses mains soulignèrent son soulagement, mais aussi ses réserves. Son regard scruta les gens autour de moi, puis les visages sur le chemin de ronde.

– Le château était vide ces douze dernières années, lui dis-je, devinant qui elle cherchait.

Elle haussa les sourcils et les autres Sylphes échangèrent quelques gestes. Le petit homme fit une série de mouvements avec ses mains, sa bouche articulant en silence. Syviis hocha la tête.

– Ton seigneur a mis tant d'efforts à nous éloigner que nous n'avons pas cherché à revenir plus tôt. Ta solitude passée nous désole.

Je m'inclinai et joignis mes mains en un remerciement silencieux. Lathar désigna le château d'un geste du bras.

– Nous avons passé les derniers mois en sa compagnie, à découvrir le Nord et à renouer avec la terre de nos ancêtres.

Le plus grand Sylphe avança et vint se poster aux côtés de Syviis, sa voix grave et profonde évoquant un nom à mon esprit.

– C'est un jeu dangereux auquel vous vous prêtez, métis. Les Sylphes ne sont pas faits pour la vie de château.

Je me raidis à ses mots et Syviis leva la tête pour lui envoyer un froncement de sourcils de réprimande. Mon regard croisa celui de Maelora et je trouvai le courage de prendre la parole.

– Tu me confonds avec une autre précieuse, Immeril.

Il tourna ses yeux ambrés vers moi et ses mains s'écartèrent de surprise.

– Tu te souviens de moi, Carmin.

J'acquiesçai avec un sourire pincé et il s'inclina en portant les paumes à ses cuisses en signe d'excuse.

– Nous avons remarqué que les bergers étaient avec vous, reprit Syviis. Ils se sont montré d'excellents voisins au fil des ans. C'est par respect pour eux que nous avons décidé de répondre favorablement à votre appel.

Lathar s'inclina à partir de la taille.

– Allons poursuivre notre discussion à l'intérieur. Ma compagne est impatiente de faire votre connaissance.

Syviis leva une main et les cervins relevèrent la tête pour venir se placer en file afin de passer les portes pour rejoindre leurs cavaliers. Kallas et Ilyon les suivirent à quelques distances, tandis qu'ils prenaient la direction des écuries. Maelora se pencha vers moi.

– C'était ma première rencontre avec des Sylphes, dit-elle.

Je haussai un sourcil.

– Impressionnée ou déçue?

Elle plissa les yeux et secoua la tête.

– Je ne sais pas. C'est difficile de croire que nous ayons été en guerre avec eux.

– La peur et la colère ont cette faculté de transformer les gens en quelque chose de méconnaissable.

Elle acquiesça en silence, son regard fixé sur la cour intérieure.

– Immeril; doit-on s'en méfier?

Je grimaçai.

– Il faisait partie de l'une des délégations qui se sont rendues voir Dariane, avant que la guerre n'éclate pour de bon. Il a raison d'être amer.

Elle fronça les sourcils.

– Ça lui ferait, quoi, près de 300 ans?

– Il n'était déjà pas une jeunesse à l'époque, dis-je avec un haussement d'épaules. Je sais que les Sylphes ont perdu beaucoup d'aînés dans les affrontements, alors il doit dorénavant être l'un des plus anciens. Son opinion risque d'influencer les autres.

– Je ne le laisserai pas mettre en danger ce que nous avons ici.

Mon regard croisa celui de Maelora et je ne pus réprimer un sourire.

– Entre Lathar et toi, je ne suis pas trop inquiet.

Je me dirigeai vers les portes principales et suivis le son des voix jusque dans la grande salle. Janna passait avec un plateau et elle me tendit une tasse de liquide fumant. Je la pris et murmurai un remerciement puis je longeai le mur pour trouver un coin tranquille.

Les Sylphes avaient boudé les tables pour étendre des peaux au sol. Lathar avait envoyé un adolescent chercher un coussin pour Ksara et l'aidait à s'installer confortablement. Maelora vint se positionner en retrait, assez près pour intervenir, mais pas pour s'immiscer dans la conversation.

Un des enfants avait échappé à ses parents et avait grimpé sur les genoux d'une Sylphe, Rowara. La petite faisait glisser ses doigts le long des tatouages qui ornaient le visage de la femme. Les autres Sylphes portaient aussi des marques semblables, mais les siennes étaient les plus ostentatoires.

Trois minces lignes verticales partaient sous son œil et disparaissaient vers la mâchoire. Une large bande partait de sa lèvre inférieure et descendait de son menton vers sa gorge. Le haut de son col laissait deviner des spirales, mais la mère de l'enfant vint la récupérer avant qu'elle ne déshabille Rowara pour assouvir sa curiosité. La Sylphe se contenta de rire et de tapoter la tête de la petite.

Une fois tout le monde installé avec un breuvage, Ksara entreprit de se présenter et de raconter ce qui l'avait poussé vers le Nord.

– Je suis une des métisses les plus chanceuses, car je suis capable de vivre avec cette magie qui m'habite. La plupart des autres en souffrent et s'empoisonnent de l'intérieur.

Elle écarta les mains vers les caravaniers assemblés à quelques distances.

– L'intervention de Caysen a permis à la plupart d'entre eux de retrouver un certain confort au quotidien. D'autres ont enfin pu commencer à explorer leur potentiel.

Syviis inclina la tête à mon intention et je levai ma coupe.

– Caysen a toujours été sympathique à notre cause, dit-elle. Nous pourrions vous offrir quelques conseils pour vous aider dans cette découverte.

Immeril secoua les mains, son désaccord facile à deviner.

— Nous avons peu de temps à perdre à dilapider nos connaissances auprès d'étrangers qui ne comprennent ni ne respectent nos mœurs.

Rowara mit une main sur les siennes pour le faire taire.

— Tu traques la mauvaise piste. Les Hommes de sang qui nous ont chassés de nos terres ne sont pas les ancêtres de ces métis.

Ksara acquiesça avec un sourire peiné.

— Mon père s'est battu à vos côtés avant de fuir vers le Sud. Le désert a eu raison de lui. Je sais qu'il s'est langui toutes ses années de sa terre natale. Peut-être que ce sont ses récits qui ont créé cette nostalgie en moi, mais je ne me suis jamais sentie à ma place au sud du détroit.

Les Sylphes échangèrent quelques regards entendus. Peut-être que le continent abritait plus de métis que les seigneurs ne le soupçonnaient. L'idée avait un certain mérite, surtout si les enfants expatriés des Sylphes ressentaient tous l'appel du Nord aussi fortement que Ksara et les siens. Syviis agita les mains entre elles.

— Qu'espères-tu trouver ici? Outre la guérison.

Ksara laissa son regard se promener sur les gens assemblés dans la grande salle.

— Un nouveau départ. Caysen nous a offert bien plus.

Les Sylphes communiquèrent en silence et un de leurs gestes me poussa à croire qu'ils avaient remarqué l'avancement de la grossesse de Ksara. Un pincement de nervosité me fit inspirer. Je ne tolérerais pas qu'ils se mettent entre une nouvelle lignée régnante et mon joyau. Ksara ne semblait pas alarmée outre mesure et reprit lorsque leur gestuelle se calma.

— J'ai cru comprendre que la magie des joyaux et celle des Sylphes sont compatibles, mais qu'il peut aussi y avoir des interférences. Comme métis, j'ai l'impression que nous avons le meilleur des deux mondes.

Elle leva les yeux vers moi et je hochai la tête pour confirmer son intuition. Jusqu'ici, nos énergies s'étaient côtoyées en parfaite harmonie. Elle reprit à l'intention des Sylphes.

– La légitimité d'un seigneur de château ne peut pas être contestée, car c'est son lien avec le joyau qui lui donne son titre. Si nous lions notre lignée au joyau carmin, les Hommes de sang n'auront d'autres choix que de nous traiter sur un pied d'égalité.

Un silence complet s'abattit sur la salle, alors que tous prenaient la mesure des paroles de Ksara. Le soulagement se propagea dans ma poitrine comme un bol de bouillon chaud. L'entendre confirmer leurs projets devant tous avait quelque chose de définitif. Lathar se pencha, sa tasse pointée vers les Sylphes.

– Nous aurions un château habité par des métis, où les Sylphes seraient ouvertement les bienvenus. Les terres environnantes seraient prêtes à accueillir ceux qui désirent revenir d'exil ou sortir de leur anonymat pour vivre avec leurs semblables.

Immeril releva la tête vers moi.

– Et toi, Carmin? Qu'y gagnes-tu?

Je m'écartai du mur pour que tous me voient.

– J'y gagne des gens passionnés par la vie et les possibilités qui s'offrent à eux; des gens emplis de compassion, tournés vers l'avenir. Je suis peut-être avare de changement vu les dernières années que j'ai subies avant mon sommeil, mais j'accueille cette initiative avec les bras ouverts.

Ma déclaration me valut des acclamations des caravaniers et plusieurs gestes appréciateurs des Sylphes. Je croisai le regard de Maelora et elle me sourit. Les discussions reprirent entre Lathar, Ksara et leurs invités, tandis qu'ils exploraient les possibilités offertes par une alliance entre un château de métis et une colonie officielle de Sylphes.

En fin de journée, les spectateurs durent s'éparpiller pour accomplir leurs corvées. Les animaux furent nourris sans attendre et Nicor eut un coup de main supplémentaire en cuisine pour que le repas impressionne nos visiteurs. Ces derniers ouvrirent leurs paniers et partagèrent ce qu'ils avaient apporté. Ils remirent plusieurs paquets de fruits et de noix à Nicor pour ensuite offrir des huiles et des herbes médicinales à Ksara et au maître soigneur.

L'espoir était comme une symphonie de bulles dans ma poitrine, mais je n'osais pas crier victoire trop tôt. Le plus dur restait à venir.

CHAPITRE 21
Maelora

Après le repas, Luan ne se fit pas prier pour jouer quelques airs. Deux Sylphes sortirent de leurs sacs de petites flûtes pour l'accompagner. L'humeur était festive, mais nous étions un soir de lune noire et je ne pouvais pas me permettre de l'oublier.

Mes lieutenants m'avaient rejointe pour me faire rapport sur l'avancement de leurs tâches respectives. Segast et Ilyon avaient été chargés de former les caravaniers au combat, et si quelques-uns d'entre eux étaient habiles au tir à l'arc, aucun n'avait fait de grands progrès avec une lame.

— Au moins, nous avons assez de torches pour illuminer le château tout l'hiver, dit Kallas.

Ilyon retroussa le nez.

— La lumière ne fait que leur nuire, elle ne les repousse pas entièrement.

— Des flèches enflammées? suggéra Segast. Avec la neige au sol, les risques de mettre le feu à la plaine sont faibles.

Je hochai la tête.

— On aura besoin de chaudières d'huile.

— J'en ai compté des dizaines dans les réserves, dit Kallas.

Depuis l'autre côté de la salle, je vis Caysen se frayer un chemin jusqu'à nous, la mine sombre. Ma main se porta à ma ceinture par réflexe et rencontra le vide, mon épée reposant sur un support mural non loin. Je croisai les doigts devant moi et me détendis. Lorsque Caysen s'arrêta à notre table, je l'invitai d'un geste à prendre place sur le banc à mes côtés et il obtempéra, toujours aussi sérieux.

– Que penses-tu de ce premier contact avec les Sylphes? demandai-je.

Il haussa les épaules.

– Qu'ils soient venus à vous est déjà un excellent départ. La suite repose entièrement sur notre bonne volonté.

– Je n'avais pas prévu être le porte-étendard de la nouvelle terre d'accueil des Sylphes et des métis, remarqua Ilyon. Mais ça devrait nous garantir une place dans les Chroniques, non?

Kallas roula des yeux et lui envoya un coup de poing sur l'épaule. Je secouai la tête, amusée malgré moi par la vanité de mon lieutenant. Caysen eut un bref sourire, bientôt remplacé par un froncement de sourcils.

– Qu'est-ce qui te préoccupe? demandai-je.

– Les gargouilles arrivent et elles sont plus nombreuses que jamais, dit-il.

– Les volets et les portes sont barrés, comme chaque soir, intervint Segast.

Caysen secoua la tête avec une grimace.

– Les racines du joyau ont pris beaucoup d'expansion au cours des dernières semaines. C'est plus difficile de garder toute mon énergie sur le château. J'ai peur qu'elles parviennent à traverser mes protections.

J'échangeai un regard résigné avec Segast avant de faire face à Caysen.

– On va organiser la défense des remparts. Combien de temps avons-nous?

– Le soleil vient de se coucher. Elles seront ici dans la prochaine heure.

Mes pensées se mirent à défiler à toute vitesse, révisant les plans cent fois retravaillés. Je me tournai vers mes lieutenants.

– Je vais aller parler à Lathar. Segast, organise les archers. Ilyon, demande aux non-combattants de t'aider avec les torches. Kallas, tu coordonnes la dernière ligne de défense dans la grande salle. Caysen, tu me diras quel est l'endroit le plus stratégique pour toi.

Mes lieutenants me saluèrent avant de s'éloigner. Dans la salle, les regards se tournèrent vers nous et la musique perdit en volume comme les Sylphes mettaient leurs flûtes de côté. Je rejoignis Lathar pour lui expliquer la situation. Avec toutes les oreilles indiscrètes autour de nous, la salle bourdonna bientôt d'activités. Syviis s'approcha de moi, les autres membres de son groupe derrière elle.

– Notre magie n'est pas offensive, mais nous pouvons vous être utiles.

J'acquiesçai et posai quelques questions sur leurs besoins et leurs capacités. Je ne réitérerais pas l'erreur commise à mon arrivée avec Caysen et j'utiliserais les atouts de chacun à leur plein potentiel. Comme ils souhaitaient se positionner à différents endroits du château, je les laissai étudier le sujet avec Ksara.

Je me rendis dans la suite que Caysen m'avait suggéré de prendre, quelques semaines plus tôt, et enfilai ma brigandine, mes brassards et mon fourreau. Mon épée avait été affûtée le matin même et mon arc se trouvait déjà sur le chemin de ronde avec les autres.

Les remparts grouillaient d'activités lorsque je rejoignis mes lieutenants. Les défenseurs chuchotaient entre eux, mais personne ne s'éloignait de son poste, à mon grand soulagement. Un Sylphe était visible au milieu de la cour et je devinais la silhouette d'un autre sur la plus haute tour, au milieu des torches.

Ces dernières avaient été allumées et disposées à intervalles réguliers, éclairant les remparts tel un serpent enflammé. La nuit était paisible, le murmure de la mer un écho lointain. Le silence tomba sur le chemin de ronde tandis que nous attendions notre ennemi.

Je passai de l'un à l'autre, vérifiant les équipements, distribuant les encouragements et quelques conseils de dernière minute. Un cri retentit et les têtes se tournèrent vers l'horizon. Je courus jusqu'à Segast qui avait sa longue-vue. Il me la tendit avec une mine sombre.

– J'en compte trois dizaines, peut-être plus.

Mes mains se figèrent. C'était beaucoup trop pour nos maigres ressources.

Les Sylphes se mirent à chanter, me sortant de ma surprise. Je regardai à travers la longue-vue et étudiai le front qui avançait dans notre direction. J'arrivai à la même conclusion que Segast. La masse grouillante serait au-dessus des murs. Les bêtes étaient si nombreuses qu'on distinguait avec difficulté le début d'une aile de la fin de sa voisine. Je redonnai la longue-vue à Segast et me dirigeai vers ma station.

Chaque flèche compterait ce soir.

Comme Segast avait été responsable de l'entraînement des archers, il lui incomberait de donner le signal pour la première volée. J'encochai une flèche, mon arc pointé vers le sol. L'attente était la partie la plus difficile.

Un voile carmin s'éleva dans la plaine, évanescent par endroit. Des frissons me remontèrent le dos lorsque les créatures passèrent au travers sans hésitation. Leurs grognements rappelaient le roulement du tonnerre et mes voisins s'agitèrent de nervosité. Les gargouilles arrivèrent enfin à portée de tir et Segast enchaîna les commandes pour bander les arcs et tirer. La plupart des créatures esquivèrent aisément, certains projectiles éraflant à peine leur cible. Segast nous fit aussitôt encocher une deuxième vague.

Le chant des Sylphes prit en force dans la cour intérieure et les remparts se mirent à miroiter de toutes les couleurs, un peu comme les flammes d'un brasier, passant du jaune à l'orange puis du vert au bleu. Les gargouilles reprirent en altitude avec des cris de rage. De plus en plus de créatures arrivaient et le bruissement du cuir de leurs ailes emplissait le ciel. Leur nombre dépassait de loin celui des attaques sur le château Violet.

Plusieurs créatures se détachèrent de la masse et piquèrent vers les remparts. Les flèches se mirent à pleuvoir, obligeant les gargouilles à esquiver, mais ce n'était pas suffisant pour les détourner de leur objectif. Leurs serres claquaient pour broyer les flèches en plein vol. Une gargouille prit la tête et plongea vers les remparts malgré les projectiles plantés dans sa cuirasse. Ilyon lança un appel aux armes et plusieurs épées chuintèrent en sortant de leur fourreau.

Derrière les créneaux, les archers s'empressèrent de reculer. Les défenseurs entraînés au corps à corps prirent place dans une fébrilité palpable. Quatre mercenaires de la caravane aux côtés d'Ilyon formèrent une ligne pour taillader les gargouilles prêtes à affronter la lumière des torches. Les bêtes bondissaient d'un créneau à l'autre pour esquiver les défenseurs et les prendre à revers avec leurs queues hérissées de pics.

Une créature plus entreprenante se planta au milieu du chemin de ronde et avança vers les combattants. Elle ne fit que quelques foulées avant d'être engloutie dans les pierres jusqu'aux ergots. Le précieux s'était joint à nos efforts. Les ailes de la gargouille claquèrent alors qu'elle se débattait et ses cris hargneux résonnèrent dans la nuit. En vain.

La pierre avait changé de consistance en quelques secondes à peine et rien ne pourrait la libérer de cet étau. Rien sauf la volonté de Caysen. Les défenseurs eurent tôt fait de la taillader et le corps chuta vers la cour intérieure. Cette petite victoire impressionna les autres créatures qui firent de leur mieux pour éviter les pierres et les pavés.

J'étais arrivée au fond de mon carquois et je pivotai pour voir où en était le ravitaillement. Des gargouilles avaient plongé vers la cour intérieure et tenaillaient trois personnes dans les marches, les empêchant d'avancer ou de reculer. Les paniers de flèches gisaient plus bas, leu contenu répandu au sol. Le Sylphe non loin avait les mains tendues vers les monstres et l'air chatoyait tout autour. S'il garantissait la sécurité des porteurs de flèches, il les obligeait aussi à rester sur leur position. J'ignorais combien de temps il pourrait tenir, mais mieux valait détourner l'attention des bêtes.

Je dégainai mon épée et fis signe aux défenseurs à mes côtés de se joindre à moi. J'attrapai un seau au sol et m'en servis comme d'un tambour. Plusieurs paires d'yeux rougeoyants se fixèrent sur nous et les créatures chargèrent dans un concert de feulements. Je levai ma lame et esquivai au dernier moment, tailladant la cuirasse plus fragile sous le ventre d'une des bêtes.

Une autre me prit de vitesse et me lacéra le bas du dos. La douleur se propagea, comme le feu dans un ballot d'herbes sèches. J'embrassai la brûlure et la transformai en rage. Mon épée mordit le museau de la bête et mon compagnon leva haut son arme et la laissa tomber sur la patte avant, sectionnant le membre. La bête glapit, et d'un coup de pied au poitrail, je l'envoyai dégringoler les marches.

Mais pour une bête terrassée, il en apparaissait trois.

Leurs ailes claquaient et leurs serres fendaient l'air tout près de nos visages. Je criai des ordres aux combattants à mes côtés pour les encourager. Des appels semblables résonnaient sur le chemin de ronde, là où mes lieutenants tenaient encore bon. La peur était une boule noire au creux de mon ventre, mais je refusais de la laisser remonter à l'air libre. Nous ne pouvions pas flancher.

La gargouille devant nous bondit avec ses ailes grandes ouvertes. Segast apparut à mes côtés et bloqua un coup de serre. J'en profitai pour abattre ma lame et tranchai une jointure à l'extrémité de la voilure. La bête plongea vers les pavés de la cour et les pierres fondirent autour d'elle, l'immobilisant pour de bon. Je la laissai à son sort, certaine que Caysen veillerait à ce qu'elle ne puisse plus nuire. Je me tournai vers la créature suivante qui grondait, babines retroussées. Elle feinta d'un côté puis de l'autre, nous contraignant à rester en mouvement malgré l'espace étroit.

Lorsqu'elle piqua vers le défenseur à ma gauche, je profitai de l'ouverture pour plonger ma lame sous son coude, pénétrant entre les côtes vers les organes fragiles. La bête se débattit, assenant un coup de patte à mon voisin, avant de dévaler les marches dans un concert de craquements mouillés.

Ce répit momentané me permit d'évaluer les combats tout le long des remparts. Le manque de flèches avait obligé les bergers à chercher refuge dans la tour d'angle où une gargouille déchiquetait méthodiquement le bois de la porte. Elle allait bientôt parvenir à son but si personne ne l'arrêtait. Plus loin, un flot continu de gargouilles ne cessait de descendre du ciel, là où Ilyon menait les mercenaires.

Nous étions submergés par le nombre, et dans ces conditions, nous ne serions pas en mesure de reprendre les tirs dissuasifs. Les armures de mes compagnons étaient éclaboussées de sang, autant le nôtre que celui des gargouilles. Mes brassards étaient en lambeaux et je n'osais pas m'attarder sur la chair en dessous. Mon dos pulsait douloureusement et ma chemise collait à ma peau, poisseuse de sang.

Je pivotai sur moi-même, à la recherche d'un stratagème pour infliger le plus de dégâts possible aux gargouilles avec le moins d'efforts. Une idée se forma dans mon esprit, car je savais que les bergers étaient d'excellents lanceurs. Avec les grappins disponibles dans le poste de guet, ils pourraient causer des blessures incapacitantes aux gargouilles, tandis que les autres combattants les abattraient. Je levai un bras et dirigeai mes compagnons pour intercepter la gargouille qui s'acharnait sur la porte de la tour.

Alertées par notre mouvement, des dizaines de gargouilles fondirent sur nous, se mettant entre notre groupe et l'objectif. Les coups s'enchaînèrent et je perdis toute sensation dans mes bras sous les chocs répétés. Mes coéquipiers n'étaient pas en meilleur état et le teint blême de certains était visible sous la lumière faiblissante des torches.

Mes jambes tremblaient à force d'encaisser et de parer. Je serrai les dents et poussai la cadence un peu plus. Mes efforts étaient en vain, car la porte de la tour d'angle allait céder d'un moment à l'autre. Un groupe de créatures s'était posé dans la cour intérieure et le Sylphe n'était nulle part en vue.

Nous étions sur le point d'être submergés.

Une explosion secoua les remparts et les gargouilles dans la cour furent balayées au sol. Elles s'ébrouèrent et reprirent pied. J'entendis distinctement les portes de la grande salle s'ouvrirent.

L'horreur me tordit le ventre.

Il y avait trop de gens vulnérables. Les monstres les décimeraient si vite que je n'aurais même pas le temps de les rejoindre pour prêter main-forte aux défenseurs. Puis Caysen avança dans un tourbillon de lumières carmin, comme si une tornade de feu l'accompagnait. Les gargouilles rugirent et tournèrent autour de lui, incertaines de vouloir attaquer cette étrange apparition.

Il leva les bras et rejeta la tête vers l'arrière. Ses iris étaient perdus dans la lueur de la magie du joyau. Le château tout entier frémit, mais je n'avais pas le temps de m'y attarder. Il fallait reprendre les défenses sur les remparts. Derrière la porte, j'exhortai les bergers à se préparer.

Mais autour de moi, la moitié de mon équipe s'était effondrée contre le parapet.

Une bête sauta devant moi et balaya l'air entre nous d'une patte. Elle me manqua de peu et je compris pourquoi à la vue de son œil lacéré. Je bondis dans son angle mort et lui transperçai le poitrail. Elle s'écroula et je pivotai pour m'en prendre à la suivante. Sauf que je dus fermer les yeux.

La lumière carmin devint aussi forte que celle du soleil en plein jour.

Les cris de douleur des gargouilles se mêlèrent à ceux des combattants. Les monstres devant moi titubèrent. Leurs pattes les trahirent et les articulations plièrent. Les ailes craquaient en heurtant le sol où les pavés se dissolvaient pour les absorber.

De part et d'autre, les créatures disparaissaient de la même façon. Celles encore en vol peinaient à maintenir le cap, comme sous l'effet de vents violents, mais elles prirent assez de distance pour quitter le rayon d'action de Caysen.

Jusqu'à ce qu'il n'en reste plus aucune.

Autour de moi, les blessés gémirent, et partout où mon regard se posait, quelqu'un avait besoin d'assistance. Mes lieutenants étaient déjà à genoux auprès des combattants tombés. Je me tournai dans l'espoir d'apercevoir des gens aptes à nous aider au transport des blessés.

Caysen était toujours debout au milieu de la cour intérieure. La lumière qui le baignait était striée de noir et un frisson d'alarme me traversa. Son regard croisa le mien et quelque chose tournoya autour de lui. Il ramena les mains vers sa poitrine et la lumière se concentra entre elles.

Lorsqu'il les écarta de nouveau, une vague carmin déferla sur le château jusqu'à toucher toutes les personnes présentes.

Le picotement dans mes bras se résorba et je vis les marques de griffure s'estomper jusqu'à devenir de fines lignes roses. Mon dos cessa enfin de me torturer et je soupirai de soulagement. À mes côtés, les plaies de mes compagnons se disparurent de la même façon, faisant passer des blessures mortelles à de simples estafilades. Ceux qui avaient perdu connaissance à cause de la perte de sang clignaient des yeux et se redressaient.

De l'autre côté du chemin de ronde, Ilyon leva un regard incrédule. Je secouai la tête, en écho à sa réaction. Je n'avais jamais rien vu de tel. L'aura carmin se résorba lentement, jusqu'à ce qu'il ne reste que le précieux au milieu de la cour.

Puis il s'effondra.

Je dévalai les marches et me jetai à genoux à ses côtés. Mes mains se portèrent à son cou et je fus rassurée d'y trouver son pouls, fort et régulier. Son torse se soulevait en rythme et il ne présentait aucune blessure.

Syviis apparut dans mon champ de vision et elle s'agenouilla avec peine. Je fronçai les sourcils à sa vue, car la vague salvatrice de Caysen ne semblait pas l'avoir touchée. Une coupure lui barrait l'épaule et elle n'utilisait qu'une jambe. Elle passa ses mains au-dessus du corps du précieux et un jeu de lumière carmin suivit le même parcours. Sauf que des ombres se mouvaient dans la couleur, comme si elles se tordaient pour éviter notre regard. Je me penchai pour observer le phénomène d'un peu plus près, mais le bras de Syviis se tendit pour me retenir.

– N'y touche pas.

– Qu'est-ce que c'est? Je n'ai jamais vu cette teinte.

Elle baissa les mains et les lumières s'éteignirent.

– Il a siphonné les gargouilles pour vous permettre de gagner la bataille.

– Nous serions tous morts autrement, le défendis-je.

Elle hocha la tête.

– Peut-être, mais ça aurait été dans l'ordre naturel des choses.

D'autres personnes nous avaient rejointes et je levai les yeux pour voir Lathar, suivi de mes lieutenants. Il fronçait les sourcils, son regard rivé sur la Sylphe.

– Veux-tu dire que cette noirceur n'est pas naturelle?

Le petit homme Sylphe arriva en claudiquant.

– C'est une forme de corruption, dit-il. Les gargouilles sont animées par une magie noire et il l'a absorbée.

Je lançai un regard méfiant sur mes bras et sur les blessés miraculeusement guéris qui descendaient des remparts. Syviis passa une main devant mon torse et secoua la tête.

– Je ne pense pas que vous ayez à vous inquiéter. Il a filtré cette énergie néfaste. À son détriment, car elle semble encore plus concentrée.

L'inquiétude me serra la poitrine, mais je ne voyais pas ce que je pouvais faire de plus. Je levai les yeux vers Lathar et j'y vis une inquiétude jumelle à la mienne.

– Allons le mettre en sécurité dans la grande salle. On pourra ensuite trier les blessés.

Mes lieutenants n'eurent pas besoin de se le faire dire deux fois. Un brancard arriva bientôt et Caysen fut déplacé à l'intérieur. Kallas nous accueillit avec un soulagement évident.

– J'ai essayé de le garder avec nous, mais il n'arrêtait pas de répéter que vous alliez tous mourir.

Je posai une main sur son épaule pour la réconforter.

– Caysen est une force de la nature et tu n'aurais pas pu le retenir contre sa volonté.

Elle hocha la tête et se dirigea vers les portes pour aider les blessés à trouver un endroit pour s'asseoir ou se coucher. Lorsque je fus certaine que Caysen était entre de bonnes mains, je retournai parcourir le chemin de ronde pour y récupérer le corps d'un des nôtres qui était tombé au combat.

Barion, un des mercenaires, avait succombé à ses blessures, avant que Caysen n'ait le temps d'intervenir. Jabal arriva à mes côtés et se frotta le visage d'une main. Le tissu de sa manche étala du sang sur ses joues, mais je distinguai aussi quelques larmes.

– C'était un enfoiré la plupart du temps, mais il s'est pris un coup de patte à ma place.

– Nous ferons honneur à son sacrifice. Aide-moi à le ramener en bas.

Le mercenaire acquiesça et termina la tâche en silence. Dans la cour, un éclat argenté attira mon attention. Je déposai le corps et fis signe à Jabal d'aller faire soigner ses blessures. Trois Sylphes étaient regroupés autour d'un étrange tronc dont l'écorce luisait de gris. L'arbre avait pris racine dans les pavés, non loin de l'arche du jardin.

– Comment est-il apparu là?

Un des Sylphes se tourna vers moi avec un sourire triste, ses mains dansant devant lui alors qu'il mimait quelque chose qui m'échappait.

– C'est Immeril. Ses blessures étaient trop importantes.

– Est-il...

– Mort? termina l'autre Sylphe. Non, il se repose, mais pour les Sylphes sylvestres, ce genre de repos devient parfois final.

Les traits du premier Sylphe se tordirent.

– Lui qui désapprouvait votre plan, il n'aura d'autre choix que de veiller sur vous.

Ils mirent une main sur le tronc chacun leur tour avant de se tourner vers moi.

– Il faut que nous parlions. L'avenir nous réserve encore de mauvaises surprises.

J'ignorais la signification du mouvement qui accompagna cette déclaration, mais il n'augurait rien de bon. Je leur fis signe de me suivre et pris la direction de la grande salle. Lathar était assis à une table près de l'âtre, avec Ksara et Luan. Je marchai vers eux, tout en saluant maître Pethran et Moyra qui parcouraient la salle pour évaluer qui avait besoin de soins.

Cette fois, les Sylphes prirent place à la table sans tergiverser, chose qui fit accélérer encore un peu mon rythme cardiaque. Mon regard trouva la civière sur laquelle était étendue Caysen. Son visage était paisible et il semblait bien installé, Kehsi venant tout juste de remonter une couverture sur sa poitrine. Je m'obligeai à détourner mon attention pour me concentrer sur les paroles des Sylphes.

– Ça fait un moment que nous patrouillons aux alentours. Peu de temps après votre arrivée au château, quelque chose s'est mis à rôder à la limite de nos terres.

– Les gargouilles, suggéra Lathar, mais Syviis secoua la tête.

– Non, elles sont dénaturées, mais pas assez pour nous poser un réel problème. Quelque chose d'autre les suit.

Le regard de Lathar croisa le mien et j'y vis la résignation. Je prononçais à voix haute le nom de cette abomination.

– Le chevalier corrompu. Nous l'avons affronté et mis en déroute au château Violet. Il semble contrôler les gargouilles et faire preuve d'une force surhumaine.

Les Sylphes échangèrent des regards et quelques gestuelles avant d'acquiescer.

– Oui, son essence est celle d'un combattant. Nous avons érigé nos défenses pour lui bloquer le chemin et il n'a eu de cesse de marteler les barrières pour trouver un point d'entrée.

– Où est-il en ce moment? demandai-je avec appréhension.

– C'est bien là le problème, répondit Syviis. Il était coincé dans un col de montagne depuis deux mois, mais une autre force l'a rejoint et cette présence est beaucoup plus... dévastatrice? À eux deux, ils ont créé une brèche et ils font route vers le château.

Toute la salle se fit silencieuse, alors que ceux qui étaient en état d'écouter réalisaient la gravité de notre situation. Puis les voix de tous éclatèrent en paroles discordantes, posant des questions, formulant des craintes et incitant à l'action. Je grimaçai tandis que Lathar portait les mains à sa bouche pour siffler et ramener un semblant d'ordre.

Mon regard croisa celui de Caysen. Il s'était tourné sur le côté et clignait des yeux, encore ébranlé par les événements de la soirée. Il fit mine de se relever alors je le rejoignis et glissai mon épaule sous la sienne. Il pointa la table où nous discutions et je l'accompagnai d'un pas lent pour lui permettre de prendre place. Lorsqu'il chancela, je mis une main sur son bras et choisis de rester debout derrière lui. Il se détendit et inspira à quelques reprises avant de prendre la parole.

– J'ai senti cette présence dont vous parlez, mais c'était si loin de mes racines que je n'arrivais pas à identifier sa nature, seulement qu'elle était sombre.

Syviis acquiesça.

– Ce chevalier corrompu, comme vous l'appelez, a fait pourrir les fruits dans les arbres sur son chemin. Les plantes se sont flétries et nous ignorons si elles se réveilleront au printemps prochain. C'est une réelle corruption pour la nature qui l'entoure.

Je réfléchis à toute vitesse, essayant de penser à la meilleure défense vu nos circonstances. Nous étions moins nombreux que le château Violet et la mise en déroute du chevalier corrompu avait été un exploit en soi. Jonas avait utilisé l'épée sertie d'un éclat du joyau violet, en plus d'avoir bénéficié du support de Sabaya et de sa magie. Je ne voyais pas comment je répliquerais cette prouesse sans pouvoir revendiquer le titre de maître d'armes du château Carmin.

– Sabaya avait dit que le chevalier corrompu ne devait pas entrer en contact avec les racines de son joyau. Il nous faudra aller à sa rencontre pour l'empêcher d'atteindre Caysen.

Rowara était restée silencieuse jusqu'à maintenant, mais elle prit la parole d'une voix rauque.

– La corruption progresse déjà en lui, alors que les deux créatures sont hors de vos terres. Même s'ils ne venaient pas à vous, le joyau carmin sera perdu d'ici quelques semaines si nous n'intervenons pas.

Les épaules de Caysen se crispèrent sous ma main et je serrai les doigts brièvement pour le rassurer. Si j'avais mon mot à dire, il n'affronterait pas cet obstacle seul.

– Quel genre d'intervention? demandai-je.

La Sylphe inclina la tête et la lumière fit miroiter ses yeux dorés.

– Un peu comme celle qu'il a orchestrée sur les métis, mais en plus vigoureux.

Caysen détourna le regard et je le sentis frissonner sous ma paume.

– Si c'est nécessaire...

Mon cœur se serra devant la résignation évoquée par ses mots. Syviis lui retourna un sourire peiné.

– Le nouveau venu s'approprie le sol qu'il foule. Si ces deux créatures se rendent à toi avant que tu te débarrasse de cette souillure, j'ai bien peur que tes terres y passent.

Le poil se dressa sur mes bras et l'envie de me battre me fit crisper les mâchoires. Sauf que cette menace ne pouvait pas être éradiquée par la violence. Mon impuissance creusa un trou dans ma poitrine. Le petit Sylphe grimaça et balaya l'air entre eux d'une main.

– Si nous ne nous sommes jamais préoccupés du sort du château Carmin, tu es quand même la dernière frontière entre les Hommes de sang et nous. Ta chute entraînera la nôtre.

Lathar montra les dents en un sourire carnassier.

– Au moins, vos motivations sont claires.

– Vous avez un choix à faire, dit Syviis. Allez-vous battre en retraite et abandonner ces terres, perpétuant l'œuvre du précédent seigneur du château Carmin, ou serez-vous les protecteurs de cette région?

Ksara se pencha vers eux avec un regard pénétrant.

– La même question pourrait vous être posée.

Rowara tapota la table.

– Nous sommes ici, ne le sommes-nous pas?

Lathar échangea un coup d'oeil avec Ksara puis il se tourna vers moi. J'acquiesçai pour lui signifier mon soutien et baissai les yeux vers Caysen. L'attention de Lathar suivit et il tendit une paume ouverte vers le précieux.

– La décision finale te revient.

La main de Caysen se posa sur la mienne, sa prise comme un étau. J'accueillis la douleur avec sérénité.

– Je ne m'effacerai pas dans l'obscurité, dit-il. Pas cette fois. J'ai trop de raison de continuer.

J'avalai la boule dans ma gorge et priai pour que sa résolution tienne.

CHAPITRE 22

Maelora

Les journées suivantes furent consacrées à reprendre le contrôle de nos défenses. Le vent soufflait depuis le large sans relâche et le ciel était gris. Malgré le couvert nuageux, les gargouilles n'avaient pas bravé les bourrasques pour nous attaquer.

L'influx magique de Caysen avait aidé à diminuer le bilan de nos blessés, aussi j'avais pu mettre un maximum d'effectifs sur les diverses tâches de ravitaillement. Entre les torches, les flèches et les chaudières d'huile, j'avais à peine vu le précieux. Les Sylphes le monopolisaient une bonne partie de la journée dans l'espoir de nettoyer la corruption qui gagnait du terrain chaque jour. Ils étaient souvent assis en cercle dans le jardin et on pouvait les entendre chanter lorsque le vent soufflait dans la bonne direction.

À plusieurs reprises, j'avais vu Caysen s'esquiver pour échapper à leur attention. Selon les fragments de conversation entendus la veille, les Sylphes s'impatientaient du manque de résultat, qu'ils blâmaient sur la méfiance du précieux. Ce dernier préférait fuir la pression que l'affronter, et il avait toutes mes sympathies, mais s'il procrastinait encore bien longtemps, je devrais m'assurer en personne de sa participation aux séances de torture des Sylphes.

Lorsque Caysen leur faisait faux bond, nos invités jetaient leur dévolu sur les caravaniers avec le plus d'affinité pour la magie, leur enseignant les rudiments pour débrider leur potentiel. Un des plus jeunes caravaniers avait voulu rire en appelant tous les rongeurs du château, mais Nicor l'avait obligé à inverser la manœuvre sans attendre, au risque de perdre une bonne partie de nos réserves. Dans la même veine, un des pommiers s'était aussi mis à fleurir et les Sylphes avaient passé quelques heures à le replonger en hibernation.

Je commençais à entrevoir la complexité de vivre au quotidien avec des gens qui manipulaient la magie sans la comprendre, mais heureusement, j'étais trop fatiguée par mes propres tâches pour laisser l'angoisse prendre racine.

Ce matin-là, le vent était tombé, mais sans chasser les nuages. Chaque créneau des remparts devait être garni d'un carquois de flèches, d'une torche et d'un seau d'huile. En passant sur le chemin de ronde, je vis Caysen dans le jardin, le dos tourné aux Sylphes. Son expression m'arrêta; un mélange de peur et de défaite.

Je tendis ma charge à un des bergers qui m'accompagnaient et l'encourageai à continuer d'ici mon retour. Il retroussa le nez, mais ne fit pas de commentaire. Je dévalai les marches, bien décidée à aller apporter mon soutien à Caysen, lorsque des cris retentirent dehors.

Les portes principales étaient grandes ouvertes, car une autre équipe de travail devait sécuriser le puits pour éviter que les gargouilles ne compromettent notre source d'eau. Segast avait été nommé responsable des travaux, aussi n'étais-je pas trop inquiète, mais les bruits s'intensifièrent, semblables à ceux d'un combat à mains nues.

Mon regard s'attarda avec regret vers le jardin et je jurai tout bas en prenant la direction des portes. Je sortis des remparts en courant et je fus accueillie par plusieurs expressions effarées. Terys et Edon roulaient au sol, faisant de leur mieux pour s'étrangler. Segast était en retrait, les bras croisés, les autres travailleurs ayant cherché refuge derrière lui. Mon lieutenant eut une brève grimace à ma vue, avant de me saluer.

– Je suggère qu'on les laisse terminer le sale boulot par eux-mêmes. Sinon, on devra perdre notre temps à coordonner leur exécution.

Je frottai ma nuque d'une main, tandis qu'Edon martelait le visage de Terys de coups de poing. Segast avait raison; nous n'aurions pas le temps de les emmener en dehors du rayon d'action du joyau pour les exécuter avant la noirceur. Il y avait bien des geôles dans les catacombes du château, mais elles n'avaient pas été sécurisées et je n'étais pas prête à courir le risque qu'ils se sauvent en pleine nuit.

Les deux hommes roulèrent au sol, tandis que Terys se débattait de toutes ses forces pour reprendre le dessus. Le combat commençait à attirer l'attention et un rassemblement se formait sur les remparts. Des appels se firent entendre et Lathar franchit les portes principales avec une expression orageuse.

Une exclamation de Segast attira mon regard vers Terys qui s'était dégagé. Il brandit une hache, sorti d'on ne sait où. Il balança l'arme, mais Edon esquiva de justesse. Alors que Terys prenait son élan à nouveau, Edon chargea et lui attrapa les avant-bras. Il l'obligea à reculer, jouant de son poids. Terys envoya un coup d'œil paniqué derrière lui, et cet instant d'inattention lui coûta son équilibre. Edon le poussa dans le puits.

Un craquement sec précéda les bruits d'éclaboussure et je grimaçai avant de courir vers la structure de bois. Je me penchai au-dessus du trou pour voir que Terys s'était rompu la nuque en atterrissant sur les travers. Son corps flottait mollement à la surface, le manche de sa hache coincée entre deux planches.

Edon sembla réaliser l'ampleur de son geste et se sauva dans la direction opposée. Avant même que je n'aie le temps de m'élancer à sa poursuite, Jareth mit la main sur une roche et la lança avec une force et une précision impressionnante. Le projectile toucha Edon en pleine tempe et il s'effondra, inconscient.

— Joli tir, dit Lathar.

Le berger inclina la tête avec un sourire en coin. Son fils secoua la tête.

— Et voilà la raison pour laquelle aucun de nous ne se sauve jamais de ses corvées.

Je fis signe aux deux bergers.

— Utilisez le reste de la corde pour l'entraver d'ici à ce qu'on s'occupe de lui.

Je me tournai vers Segast et les autres.

— Sortez le corps de là avant qu'il ne souille notre eau.

J'allais m'adresser à Lathar lorsque le sol se mit à vibrer. Les remparts ondulèrent, comme si les pierres s'étaient liquéfiées. Un grondement prit en force jusqu'à couvrir les cris apeurés des gens tout autour. Je dus écarter les pieds pour ne pas perdre l'équilibre alors que secousses s'intensifiaient.

Une silhouette apparut dans la cour intérieure, baignée d'une aura carmin. Je plissai les yeux et reconnus les vêtements que Caysen portait ce matin-là, mais son visage était transformé en un masque inhumain. Ses traits étaient méconnaissables, dénués de leur douceur habituelle, tandis que ses yeux brillaient d'une lumière incandescente. Il avançait comme si de rien n'était sur le sol instable et s'arrêta devant le puits.

Une main tendue devant lui, il appela le pouvoir du joyau et le corps de Terys flotta hors du trou. Caysen s'agenouilla et déchira les pans de la chemise du mort. Une pochette tomba sur le côté et il tira sur les cordons pour en révéler le contenu.

Une dizaine de gemmes jaunes roulèrent par terre.

Le sang se retira de mon visage en comprenant de quoi il s'agissait. Lathar était à quelques distances de moi et je bravai le sol instable pour me rendre à ses côtés. Il m'attrapa par le bras pour éviter que je m'affale sur lui.

— Le savais-tu? lui demandai-je.

— Quoi? Qu'il avait ces pierres? Je croyais qu'il s'en était débarrassé depuis longtemps.

Un claquement fendit l'air, comme si un éclair s'était abattu tout près. Je me tournai pour voir Caysen nous observer. Il montra les dents, son regard sur Lathar.

— Tu as laissé ces atrocités venir chez moi.

Lathar secoua la tête.

— Je ne savais pas ce qu'elles étaient, jusqu'à ce qu'on entende les histoires au château Violet. Par la suite, je lui ai demandé où elles étaient et il m'a assuré qu'il ne les avait plus en sa possession.

Caysen se redressa de toute sa hauteur, sa tunique agitée par des courants d'air teinté de rouge. Je frissonnai devant cette vision de cauchemar : le précieux rêveur et attentionné avait disparu.

— Les Hommes de sang ont toujours été trop avares pour leur propre bien. Le château Jaune est tombé pour leur apprendre cette leçon; son joyau détruit et son précieux éteint à tout jamais. Mais ce n'est pas suffisant pour vous. Il en faut toujours plus.

— Nous ne pouvons pas être tenus responsables des fautes de nos pères, répondis-je. Sinon, nous serions tous des meurtriers et des voleurs. Tu as subi une injustice, mais pas de notre main.

Caysen hurla, un son empli de rage.

— Vous êtes exactement comme mon précédent seigneur. Vous êtes incapables de prendre la responsabilité de vos actes.

J'avançai d'un pas vers lui.

– Ne laisse pas le passé t'aveugler à ce que l'avenir t'offre. La fourberie d'un homme ne garantit pas celle de ses semblables.

Il se redressa et je vis des larmes couler sur ses joues.

– Je t'avais dit de partir tandis qu'il en est encore temps, dit-il avant de se tourner vers les autres. C'en est assez. Quittez mes terres, ou sinon ma folie vous emporta.

La lumière diminua autour de lui et le sol se calma enfin. Il pivota et marcha d'un pas lourd vers les portes principales. Dès que ses pieds touchèrent les pavés, il disparut, englouti par les pierres.

Un immense froid s'était logé dans ma poitrine. Je refusais de croire que c'était la fin de mon séjour au château Carmin. Caysen avait fait preuve de tant de résilience. Il devait rester quelque chose que je puisse faire, quelque chose que je puisse dire, pour arranger cette situation.

Je me dirigeai vers les éclats de joyau éparpillés au sol et m'agenouillai pour les observer, n'osant pas les toucher. Des bruits de pas me firent relever la tête et Lathar se pencha par-dessus mon épaule.

– Portent-ils vraiment malheur?

J'acquiesçai en repensant aux histoires effrayantes racontées par mes frères durant notre enfance. La version officielle voulait que le seigneur du château Jaune eût fait chauffer et tailler le joyau jusqu'à ce qu'il ne reste qu'un moignon sur son socle. Le précieux s'était retrouvé dans un état catatonique, avant de dépérir et disparaître. Par la suite, la folie avait emporté le maître d'armes et le seigneur. Ils avaient été enterrés dans les catacombes puis les décombres avaient été remblayés.

Encore à ce jour, rien ne poussait dans la vallée du château Jaune.

Certains chasseurs de trésor et d'autres collectionneurs avaient voulu regrouper tous les éclats disséminés sur le continent, mais leur quête était restée vaine. Ils tombaient malades, l'infortune les pourchassait, puis ils disparaissaient sans laisser de trace ou ils mourraient de manière atroce.

Peu importe les histoires, je n'avais jamais entendu parler d'autant d'éclats jaunes réunis au même endroit. Je me relevai et fis signe à Segast qui avait terminé de renvoyer tout le monde à l'intérieur.

– Trouve-moi des gants de cuir, le plus épais possible, et une besace. Des pinces, si tu peux.

Il acquiesça et courut vers les remparts. Ksara croisa son chemin, et il nous pointa lorsqu'elle lui posa une question.

– Est-ce que ces pierres auraient pu appâter les gargouilles sur nos traces? demanda Lathar.

Je fronçai les sourcils alors que Ksara nous rejoignait.

– Le château Violet était déjà assiégé depuis plusieurs mois avant votre arrivée, répondis-je.

Elle tendit une main à Lathar qui l'aida à s'accroupir pour étudier les pierres.

– Ilyon a raconté que les gargouilles semblaient attirées vers leur position lors de la dernière attaque. Terys aurait-il été assez fou pour avoir les pierres sur lui?

Edon était encore couché au sol, pieds et poings liés un peu plus loin. Ses yeux tuméfiés étaient ouverts lorsque je pris sa direction. D'une main dans sa chemise, je le redressai en position assise. Il toussa, s'étranglant sur sa propre salive, selon toute vraisemblance en raison d'une côte cassée. Je l'observai le temps qu'il reprenne son souffle, avec la même expression que mon père utilisait lorsqu'un de mes frères ou moi l'avait déçu.

— Tu vas mourir, lui dis-je. C'est une certitude. Si tu emportes tes secrets dans la tombe, on oubliera ton nom d'ici quelques années. Si tu nous expliques comment et pourquoi, l'information sera digne d'être chroniquée.

Je passai sous silence le fait que nous n'avions pas de maître archiviste, mais il n'était pas né Nordien, aussi y avait-il peu de chance pour qu'il y pense. Le mercenaire s'agita, son regard se portant au-dessus de mon épaule, sur Lathar.

— Parle, dit ce dernier.

— C'était juste après le détroit, dans la ville portuaire. Un pauvre homme nous les a offertes. Il racontait toute sorte d'histoires à propos d'une malédiction, mais on s'est dit que si on pouvait les vendre rapidement, ça n'aurait pas d'importance.

— Sauf que personne n'a voulu de vos pierres une fois au Nord, devinai-je.

Il acquiesça avec une grimace dégoûtée.

— Tout le monde y allait de menaces et d'insultes. On se faisait chasser de toutes les échoppes de joailliers et de toutes les tavernes où on osait les sortir.

— Quels imbéciles, grogna Lathar. Je devrais te les enfoncer dans la gorge et attendre que les gargouilles t'étripent pour les récupérer.

Les yeux d'Edon s'écarquillèrent.

— Non, non, je veux mourir rapidement. La corde plutôt que les monstres.

Je me relevai avec un soupir. D'un signe de tête, j'invitai Lathar et Ksara à s'éloigner avec moi.

— On ne peut pas l'exécuter à proximité de Caysen, chuchotai-je. C'est déstabilisant pour les précieux en temps normal, et vu son état d'esprit, je crains le pire. Je ne suis pas sûre non plus de savoir exactement où se terminent les racines du joyau et je ne pense pas que ce soit le bon moment de poser la question.

Lathar lissa sa courte barbe, le regard au sol.

– Je ne vois pas d'inconvénient à le laisser ligoter jusqu'à demain. J'imagine qu'on doit aussi se départir des pierres jaunes.

Segast revenait du château avec l'équipement demandé. Je lui fis signe de nous rejoindre.

– Tu as passé plus de temps que moi aux archives, dis-je. Sais-tu comment nous débarrasser des éclats jaunes? Si je me fie aux histoires de mon enfance, le feu ne les détruira pas. On ne peut pas non plus les moudre.

Il fit tournoyer les pinces dans ses mains et leva la tête vers le ciel pour réfléchir.

– Une des Chroniques racontait que les pierres avaient été jetées au fond d'un lac volcanique. Comme il n'y a aucune faune ni flore à proximité, le maître archiviste ignorait quels auraient été les impacts.

Je grimaçai.

– Je ne me risquerai pas à les lancer au large pour qu'un infortuné marin mette la main dessus.

– Et la magie? demanda Lathar. Les Sylphes ont bien dit que notre magie était compatible avec celle des joyaux. Peut-être qu'on pourrait, je ne sais pas, les purifier, un peu comme les Sylphes ont essayé de faire avec Caysen?

Segast haussa les épaules.

– Tout ce qui touche aux Sylphes a été oblitéré de nos registres. On ne perd pas grand-chose à leur poser la question.

Je fis signe à mon lieutenant de me remettre les gants, mais il sourcilla.

– Je peux le faire.

– Je serais une piètre capitaine si je te laissais prendre tous les risques.

– Ta mort affecterait plus de gens que la mienne.

Sur ce, il enfila les gants et se rendit aux éclats pour les ramasser. Lathar m'envoya une tape dans le dos.

– Le manteau de la responsabilité est lourd à porter, surtout par mauvais temps.

Je regardai mon lieutenant ramasser les gemmes maudites, entre un cadavre et un prisonnier condamné à mort. Lourd était un euphémisme. J'espérais seulement que ces gants seraient assez épais pour nous protéger tous.

CHAPITRE 23
Caysen

J'avais si mal.

L'écho empoisonné avait cessé de résonner dans mes oreilles lorsque le corps avait quitté l'eau, mais je continuais d'entendre un sifflement.

J'étais incapable de réfléchir.

La tour m'avait semblé un bon endroit, mais mes quartiers étaient marqués par la présence de Maelora. Le livre qu'elle lisait, oublié sur la bergère. La peinture que j'avais entamée, inspirée par elle. Le lit que nous avions partagé, les draps retournés par nos étreintes.

Je m'étais retrouvé dans les catacombes, incapable d'approcher le joyau, à arpenter les caveaux de tous les gens dont le parcours avait croisé le mien. Peut-être que mon château avait toujours été voué à dépérir et à s'effacer dans la nuit des temps.

Étais-je responsable de ce déclin? Pas assez strict, comme me le reprochait Biljana. Pas assez organisé, avait dit Dariane. Même Sabaya avait souligné que j'avais tendance à trop ruminer. Les tombes s'alignaient par dizaines, les plus vieilles remontant à plus de trois cents ans. J'avais aussi dessiné quelques fresques, à la mémoire des Sylphes qui m'avaient tenu compagnie avant l'avènement du château.

J'avais failli à tous ces gens.

Leurs vies et leurs efforts avaient été en vain.

Il ne me restait qu'à attendre que les visiteurs partent pour me laisser aller à la solitude et au sommeil. Cette fois, sans retour. Mon cœur ne le tolérerait pas.

Était-ce ainsi que s'était senti le précieux jaune avant de sombrer? Pauvre Giliel. Le joyau carmin était encore entier et sain. Si j'étais voué à m'éteindre, au moins il ne serait pas remblayé et oublié de tous. Il parviendrait peut-être à manifester un autre avatar. Mon cœur se serra si fort que je n'arrivais plus à respirer.

Le joyau m'envoya une vague de chaleur qui se voulait rassurante.

Avec un soupir, je repris ma marche dans les corridors obscurs. Un bruit d'impact me fit hésiter. Quelqu'un fouillait dans les réserves, et vu les circonstances, je n'avais pas envie de compagnie. Sauf que je reconnaissais la signature d'énergie de Ksara et je pouvais l'entendre tempêter.

Je me rendis jusqu'au seuil et frappai deux petits coups sur le montant de la porte. Elle releva la tête et soupira de soulagement. Sans me faire prier, j'attrapai les jarres qu'elle tentait de déplacer. Elle fit mine de poser la main sur mon bras, mais je fis un pas de côté pour l'esquiver.

– Je suis désolée, dit-elle.

– À quel sujet?

Ma voix était si rauque que je dus m'éclaircir la gorge pour répéter les mots une deuxième fois.

– J'avais demandé à Edon et Terys de se débarrasser des pierres jaunes, dit-elle. Même avant de comprendre leur réelle nature, je savais qu'elles étaient néfastes.

Je pinçai les lèvres, incapable de lui répondre. L'ignorance pardonnait-elle la faute? Un maître archiviste aurait pu discourir des heures sur le sujet. Mais le château Carmin n'en avait plus.

Il n'y avait personne pour veiller sur le château Carmin.

– Ça n'a pas d'importance.

Je sentis le regard de Ksara peser sur moi, mais je me refusais à lui faire face. Une anse dans chaque main, je gravis les marches. Dans la cour, les autres s'affairaient à nourrir les animaux et organiser le château pour la nuit. Demain, il faudrait que je veille à ce qu'ils entament les préparatifs de départ. Je ne supporterais pas leur présence encore bien longtemps.

Le joyau envoya des pointes d'énergie me chatouiller les pieds, mais je secouai la tête. Je ne me lierais plus jamais à un autre Homme de sang. Ils ne m'apportaient que douleur et regrets. Je déposai les jarres devant la porte des cuisines et me dépêchai de retourner dans la cour avant que quelqu'un m'interpelle. Maelora descendait les escaliers menant aux remparts et nos regards se croisèrent.

Mon cœur se serra si fort que mon souffle se coupa dans ma gorge. Ce serait un des aurevoirs les plus tristes de mon existence. Elle était peut-être arrivée ici comme une avalanche, mais elle avait mis tout son cœur à remettre le château sur pied et à en faire un endroit accueillant pour les caravaniers et ses gens.

Ce fut lorsqu'elle s'arrêta devant moi que je réalisai que je ne l'avais pas quittée des yeux alors qu'elle marchait. J'avalai ma salive avec difficulté, incapable de prononcer un mot.

– Tu as l'air... plus calme, dit-elle.

Je détournai le regard, décidé à ne pas répondre. Elle soupira.

– Penses-tu que les gargouilles seront moins nombreuses ce soir? Ksara a suggéré que les fragments jaunes les attirent.

Les racines du joyau se déployèrent dans mon esprit et je fis un tour d'horizon de mes terres. Un triste brouillard m'empêchait de bien étudier le terrain, me rappelant que je n'avais pas de seigneur ni de maître d'armes.

– Dur à dire.

Sa bouche se pinça et elle hocha la tête.

– On va se préparer au pire.

Je grimaçai en songeant que la dernière attaque avait déjà fait des morts. Selon les Sylphes, je risquais de compromettre le joyau si j'absorbais encore l'énergie des gargouilles. Je voyais mal comment les choses pourraient être pire. Ou peut-être que oui. Moi au milieu du carnage de mes gens. Un frisson me remonta le dos.

– Vous auriez dû partir.

J'allais me détourner, mais elle fit un pas pour bloquer mon passage.

– Laisse tomber la carte de l'âme sensible. Je t'ai vu jouer à la Bataille des rois. Tu comprends la stratégie aussi bien que moi. N'abandonne pas la partie avant même d'avoir perdu ton roi.

– Je n'ai pas de roi.

Elle recula comme si je l'avais giflée.

– Si tu ne vois pas la valeur de ce que tu as sous le nez, alors nous avons bel et bien perdu la partie.

Je lui montrai les dents.

– Ce n'est pas un jeu.

Elle acquiesça et son regard parcourut la cour intérieure.

– Tu avais promis de nous garder en sécurité. Ta parole a-t-elle si peu d'importance?

Elle n'attendit pas ma réponse et partit vers la garnison, où les défenseurs avaient pris l'habitude de laisser leurs armes. Je la regardai s'éloigner alors que les larmes me montaient aux yeux. Pourquoi choisir de vivre faisait-il plus mal que de se laisser aller à l'oubli?

CHAPITRE 24

Caysen

J'avais fui le repas du soir, principalement pour éviter les Sylphes, qui semblaient plus décidés que jamais à utiliser leur magie sur moi. La plupart étaient bien intentionnés, mais je sentais la rancœur et les réserves de certains. Je ne pouvais pas m'ouvrir à eux, me rendre vulnérable, alors que je n'avais rien ni personne pour m'ancrer à cette existence.

S'ils voulaient bien respecter ma volonté, ce serait plus simple.

Le soleil s'était couché dans une symphonie de nuages violets traversés par des éclats orangés. Deux fois plus de torches illuminaient les remparts. Les réserves aussi avaient été revues à la hausse et des chaudières d'huile étaient disposées pour que chaque archer y ait accès.

Maelora arpentait le chemin de ronde et s'arrêtait pour discuter avec les défenseurs. Comme j'avais décidé de les rejoindre, l'air du soir m'apportait sa voix tandis que j'étais assis sur les créneaux. Elle avait froncé les sourcils en me voyant assis sur le parapet, mais elle s'était abstenue de commenter.

Le vent avait repris en force, mais rien de comparable aux derniers jours. L'air était si froid que l'extrémité de mon nez était engourdie. Les défenseurs martelaient le sol de leurs pieds et se frottaient les mains au-dessus des braseros. J'aurais pu réchauffer les pierres pour leur tenir chaud, mais ce n'était pas le moment de diviser mon énergie. Un frémissement attira mon attention à la limite des racines du joyau et je fermai les yeux pour comprendre de quoi il s'agissait. Au même moment, des cris retentirent en haut de la tour de guet.

– Les gargouilles! Elles sont là.

Les flèches claquèrent dans les carquois alors que les archers se préparaient. Je rouvris les yeux et trouvai les silhouettes à l'horizon. Je comptai les secondes, mais elles ne semblaient pas s'approcher. Je passai les pieds par-dessus le créneau et sautai sur le chemin de ronde pour aller retrouver Lathar et Maelora. Segast leur tendit sa longue-vue avec une expression perplexe.

– Que font-elles? demanda Lathar.

– On dirait qu'elles tournent en rond, répondit le lieutenant.

Des bruits de course nous firent tourner vers les marches. Syviis et Rowara nous rejoignirent.

– Les deux créatures sont là. Le chevalier corrompu avec l'autre abomination.

– Dans quelle direction? demandai-je.

Leurs deux mains pointèrent où les gargouilles planaient. Maelora fronça les sourcils.

– S'ils se déplacent à pied, ils ne seront pas ici ce soir.

– Devrions-nous les attaquer de jour? demanda Lathar. Seront-ils plus vulnérables à ce moment?

Je secouai la tête.

– Je ne sais pas s'ils seront plus faciles à vaincre de jour, mais si vous êtes hors de mon rayon d'action, je ne pourrai rien faire pour vous aider.

Il fit une grimace.

– Peut-être qu'ils ne sont pas à pied, dit Segast. On a vu les gargouilles transporter le chevalier alors qu'il était blessé.

– Il a fallu plusieurs bêtes, contra Maelora. Ce scénario me semble improbable. Dans tous les cas, nous sommes avantagés par les défenses naturelles du château. Si les gargouilles n'ont pas attaqué dans la prochaine heure, comme elles en ont l'habitude, nous établirons des tours de garde.

Et ainsi commença l'attente.

La première heure passa et les gargouilles n'avaient toujours pas changé de trajectoire. Les remparts se vidèrent pour ne garder que trois défenseurs. Je regardai Maelora quitter le chemin de ronde avec un pincement au cœur. J'aurais voulu lui demander de rester, mais c'était idiot.

Le premier tour de garde passa.

Puis le deuxième.

Arrivèrent enfin les dernières heures avant l'aurore. Maelora s'arrêta à mes côtés et, de façon contradictoire, quelque chose se détendit en moi. Elle m'étudia de la tête aux pieds avant de s'appuyer sur le créneau voisin. Je pris une profonde inspiration et reportai mon attention sur l'horizon. Les silhouettes noires avaient disparu pendant le deuxième tour de garde, laissant croire qu'elles avaient trouvé refuge en prévision du lever du soleil.

Au-dessus des montagnes, le ciel commença à s'éclaircir, mais plutôt que de virer au jaune, l'horizon se para de rouge et de pourpre. Les portes de la première tour s'ouvrirent à la volée et Moyra sortit en courant. Maelora se redressa, la main sur son épée, et se pencha par-dessus le parapet.

– Moyra, que se passe-t-il?

La jeune femme ralentit l'allure alors qu'elle arrivait à la tour des quartiers. Elle leva les yeux en attrapant la poignée.

– Le maître guérisseur doit venir voir Ksara. Elle a perdu ses eaux.

Je me raidis, tous les poils de mon corps hérissé. Moyra n'avait pas attendu de réponse avant de poursuivre sa route. Maelora reporta son attention sur le ciel.

– « Né à l'aurore carmin, tu auras un grand destin ».

Mon souffle se coinça dans ma gorge. C'était reconnu pour être le présage des grands rois du Sud.

– Mais il est trop tôt, reprit-elle en comptant sur ses doigts.

Je fronçai les sourcils alors qu'un vague souvenir tentait de remonter à la surface. Le brouillard de mon sommeil avait fini par se dissiper, mais une existence aussi longue que la mienne rendait tout de même la notion du temps difficile et certains détails se perdaient dans les méandres de mon esprit. Je lui fis signe de me suivre et pris la direction des marches avant de passer les arches vers le jardin.

Syviis y était assise en tailleur au milieu d'une bulle de chaleur. Les pavés autour d'elle étaient dénués de neige et son souffle ne se condensait en buée que bien au-dessus de sa tête. Elle ouvrit les yeux à notre approche et inclina la tête en guise de salutation. Je pouvais sentir son énergie infuser les pierres et les plantes à proximité. Les couleurs des courants variaient pour s'ajuster autant à celle de la nature qu'à celle du château.

– Combien de temps dure la gestation chez les Sylphes?

Ses sourcils grimpèrent en haut de son front et sa tête tourna vers la tour des quartiers, même si on ne pouvait pas la voir d'ici.

– Il n'y a pas de normes préétablies à ce sujet, dit-elle. Nos grossesses ont tendance à ressembler à celles des humaines, mais les affinités magiques influencent énormément le développement du fœtus. Depuis combien de temps Ksara pense-t-elle être enceinte?

Je fis face à Maelora qui fronçait les sourcils.

– Cinq ou six mois.

La Sylphe me pointa du doigt.

– Qu'en était-il de sa signature énergétique à son arrivée?

– Celle du bébé était vibrante, un véritable brasier.

Elle acquiesça, comme si je confirmais son hypothèse.

– Alors le bébé a développé ses facultés magiques avant de progresser sur le plan physique. Elle doit être à près de dix mois de gestation. Je vais aller voir votre maître guérisseur; c'est bien lui qui doit l'accompagner?

À mon hochement de tête, elle se leva et sortit du jardin. J'allais lui emboîter le pas, lorsque la main de Maelora m'arrêta. Son expression était anxieuse, une émotion qu'elle projetait rarement, aussi attendis-je qu'elle parle.

– Avec cette corruption qui te ronge, seras-tu en mesure de te lier à l'enfant?

Je secouai la tête.

– Je ne me lierai pas à la lignée de Lathar. Votre départ à tous est imminent.

Un éclair de colère traversa son regard et elle avança jusqu'à ce que sa poitrine touche mon torse. Je dus faire un effort pour garder mes mains à mes côtés tant la tentation de prolonger le contact était forte. Je ne pouvais plus prétendre à cette familiarité, mais elle était magnifique, peu importe l'émotion qui l'habitait.

– Tu ne mettras pas une femme et son enfant nouveau-né hors de tes murs. Je ne partirai pas non plus. Lathar et Ksara veulent faire de ces terres un lieu d'accueil pour un peuple qui a été opprimé par l'Histoire. C'est ta chance de bâtir quelque chose de nouveau, de jamais vu.

Je lui montrai les dents dans une parodie de sourire.

– Pourquoi? Pour quelques miettes de reconnaissance? La gratitude est une émotion avec une durée de vie terriblement courte. D'ici quelque temps, les sévices reprendront, et je serai le grand perdant de cette belle initiative.

Ses yeux bleus me lancèrent des éclairs. Je dus serrer les mâchoires pour retenir les excuses qui voulaient sortir d'elles-mêmes. Ce regard devait faire des ravages chez les nouvelles recrues de la garnison.

– Me considères-tu comme une bonne combattante? demanda-t-elle, comme si elle avait entendu l'écho de mes pensées.

– Évidemment. Les attaques de gargouilles se seraient terminées de façon bien plus funeste sans toi. Tu es une meneuse d'hommes, une stratège et une fine lame.

Un sourire sans joie étira sa bouche.

– Mon père a toujours dit qu'un combattant n'était qu'un présentoir à épée sans les bons instincts. On peut donc s'accorder sur la nature de mes instincts.

Elle haussa un sourcil impérieux et je pinçai les lèvres en devinant où elle voulait en venir. Mais alors que je m'attendais à ce qu'elle me vante les mérites de Lathar, elle planta un doigt dans mon pectoral.

– Tu as décidé de miser l'avenir de ton château sur ce couple et leur enfant à naître. Je l'ai vu dans tes yeux, peu de temps après notre arrivée. Allez, ose le nier.

Je détournai le regard, mais elle referma son poing et martela mon torse. Je posai mes mains sur les siennes et fermai les paupières à la chaleur de sa peau. Elle reprit la parole d'une voix rauque.

– À ce moment, j'ai décidé que je ferais mon possible pour appuyer ce plan. Parce que j'ai eu confiance en tes instincts.

Sa main pivota et se positionna à plat, là où battait mon cœur.

– Venir au Nord sans savoir ce qu'ils y trouveraient a demandé une bonne dose de foi à Lathar et Ksara. L'opportunité qu'ils ont ici est inespérée. Il en va de même pour toi. Ils ne te prendront jamais pour acquis. Et si les Sylphes ont leur mot à dire, ils ne les laisseront pas s'éloigner des valeurs fondamentales de leur peuple : ils vénèrent la communion avec leur milieu, que ce soit les gens, les bêtes ou la nature.

Je repensai à mon ancien seigneur, qui avait été avare de ses ressources, tout en exploitant les terres et les gens à leur maximum, sans se soucier des années à venir.

Elle avait raison. Et je le savais.

J'appuyai mon front contre le sien et glissai un bras autour de sa taille. La sentir si près de moi, alors que je m'étais fait à l'idée qu'elle partirait, me coupa le souffle. Elle me serra contre elle, comme si elle savait. Elle savait sûrement. Elle était une fine observatrice après tout, une excellente élève. Je rouvris les yeux et hochai la tête.

– D'accord. Je vais leur donner une chance.

Je sentis son corps se détendre contre le mien, puis elle recula d'un pas.

– Je ne sais pas pour les Sylphes, mais un accouchement prend en général quelques heures. Ça te laisse un peu de temps pour régler cette histoire de corruption.

Je grimaçai. Si les effets de cette dépravation étaient inconnus, je préférais ne pas y exposer l'enfant. Mon regard parcourut les traits de Maelora, tout en angles, avec ses cheveux blonds qui frisottaient autour de sa tête, et le bleu si vif de ses yeux. J'allais sauter dans le vide, en espérant que les instincts de Maelora indiquaient bien le véritable nord.

CHAPITRE 25
Maelora

Je regardais Caysen s'éloigner à la recherche des Sylphes lorsque la corne de brume sonna. Un frisson d'appréhension me remonta le dos et ma main trouva d'elle-même le pommeau de mon épée. J'aurais espéré que la journée soit calme pour permettre à Ksara de donner naissance en toute quiétude, mais le destin semblait s'y refuser. Je m'élançai en courant vers les escaliers et arrivai sur le chemin de ronde, le souffle court.

Segast m'attendait avec les défenseurs, leurs regards tournés vers l'est où un amoncellement de nuages noirs se formait sous nos yeux. La masse roulait sur elle-même et s'étendait sans relâche jusqu'à masquer le soleil. On aurait dit que l'aurore se résorbait, engloutie par cette noirceur. À ce rythme, le jour serait obscurci d'ici quelques minutes. Je carrai les épaules, alors que de petites taches noires venaient confirmer ma pire crainte.

— Il fera bientôt assez noir pour que les gargouilles se déplacent, dit Segast.

— Et ce ne sera que l'avant-garde, terminai-je.

Je me tournai vers les défenseurs à nos côtés. Des caravaniers, des bergers, mes lieutenants. Le groupe était disparate et nous étions loin de former une troupe d'élite. Nous avions eu si peu de temps pour nous préparer. Les regards étaient incertains et les épaules courbées.

— Cette menace est comme aucune autre, commençai-je. Le chevalier corrompu a donné du fil à retordre au château Violet.

Je fis quelques pas de long en large, avec le poids de leur attention sur moi.

– Aucune chronique ne nous reprochera de perdre devant un ennemi aussi formidable.

Le doute s'installa dans les esprits des gens devant moi et je saisis cette émotion familière à deux mains.

– Mais il n'y aura aucune chronique pour parler de nous si le château Carmin tombe aujourd'hui.

Je les pointai du doigt un par un.

– Vous allez devoir mener le combat de votre vie pour qu'un enfant ait la chance de venir au monde et que notre précieux lui infuse une part de sa magie. C'est la cause la plus noble qui soit. Notre mort ne sera pas en vain et nos noms seront à tout jamais inscrits sur les pages de l'Histoire. Êtes-vous avec moi?

Mes lieutenants levèrent le poing dans les airs, un cri de guerre sur les lèvres. Les autres les imitèrent aussitôt et j'écartai les bras avec un sourire.

– La voie à suivre est claire et la lumière du château Carmin nous guidera malgré l'obscurité. Trouvez les autres et prenez vos postes.

Je les regardai s'éloigner et échangeai quelques accolades avec ceux qui passèrent devant moi. Segast s'arrêta à ma hauteur, son regard sur l'agitation dans la cour intérieure.

– Je savais que j'avais bien fait de te suivre.

Je souris en repensant au petit garçon timide de mon enfance. Mon lieutenant avait gagné en assurance au fil des ans. J'avais été obligée de le secouer à quelques reprises, mais sa loyauté avait été inébranlable. Je tendis la main et il attrapa mon avant-bras.

– Ce sera un honneur de me battre à tes côtés une fois de plus.

Il hocha la tête et me relâcha. Ilyon sauta en bas d'un créneau et se balança d'avant en arrière.

– On ne peut pas mourir si tôt; je n'ai pas encore réussi à séduire un Sylphe.

Je levai les yeux au ciel.

– Que les ancêtres me donnent la patience.

Il sourit de toutes ses dents.

– Justement, les anciens n'ont pas envie de moi parmi eux. Pas de danger que ce combat soit mon dernier.

Avec un clin d'œil, il courut vers les marches et les dévala deux par deux. Je secouai la tête et partis à la recherche de ma troisième lieutenant. Sans trop de surprise, je trouvai Kallas dans le corridor qui menait aux quartiers du seigneur. Moyra se tenait dans l'embrasure de la porte et lui chuchotait quelque chose. Elle inclina la tête en me voyant, mais referma le battant, obscurcissant le couloir. Kallas frictionna son visage et se tourna vers moi.

– Les Sylphes pensent que le bébé est prêt, mais le maître guérisseur préfère être prudent.

– Je sais qu'on dit qu'un bébé n'est jamais d'avance ni en retard, mais celui-ci sera attendu de pied ferme, répondis-je.

À la description des nuages maléfiques qui recouvraient le ciel, Kallas écarquilla les yeux.

– Tu dois te lier au joyau, dit-elle. Caysen doit te prendre comme maître d'armes.

Mon ventre se noua, mais je secouai la tête calmement.

– Ce n'est pas ainsi que se font ces choses. Caysen fera ce qu'il y a de mieux pour son château. Nous devons lui donner la chance de se lier au bébé. Notre priorité est de tenir les remparts.

Elle m'attrapa par le bras.

– Maelora, tu ne comprends pas. On ne pourra pas vaincre cette abomination sans un maître d'armes.

Je pivotai pour l'obliger à lâcher prise et sa main retomba à ses côtés.

— Nous sommes les défenseurs du château Carmin, martelai-je. Je ferai ma part, peu importe mon titre.

Son regard se fit anxieux et je détournai la tête, incapable de répondre à sa demande silencieuse. Du bruit au bout du corridor m'épargna de poursuivre la conversation. Caysen apparut en haut des marches, en compagnie de Rowara. Lorsqu'il tituba, elle attrapa son coude, comme si elle s'y attendait. Je fis un pas vers eux, inquiète, mais il agita une main dans les airs, refusant mon aide. La Sylphe sourcilla avec une moue dérisoire.

— Il a fini par s'ouvrir et nous avons pu retirer une partie de la corruption. Le temps devrait se charger du reste.

Caysen se pencha vers moi pour chuchoter trop fort.

— J'ai toujours pensé que les Sylphes ont laissé les Hommes de sang gagner la guerre. Maintenant, j'en ai la conviction.

J'ouvris de grands yeux, mais il poursuivit sa route jusqu'à la porte des quartiers du seigneur. Kallas m'envoya un regard perplexe, mais elle s'écarta pour le laisser frapper sur le battant. Moyra ne tarda pas à ouvrir et haussa les sourcils à la vue de Caysen. Il se redressa, lissa sa tunique et s'éclaircit la gorge. Il lui fit ensuite une courbette cérémonieuse.

— J'aimerais assister dame Ksara dans ce moment charnière de sa vie.

Des bruits de voix étouffés nous parvinrent et Moyra se tourna pour écouter avant d'ouvrir plus grand et nous faire signe d'entrer. La pièce était en fait une antichambre, avec un âtre, un coin détente et plusieurs armoires. Une autre porte donnait sur la chambre à coucher à proprement parler. Ksara y était visible, les cheveux défaits, vêtue d'une longue chemise de nuit délacée. Elle grimaçait tandis que Kehsi marchait avec elle autour de la pièce.

À la contraction suivante, elle se plia en deux avec un grognement et Moyra partit les rejoindre. Kehsi lui frotta le bas du dos avec des murmures d'encouragement. Je reculai de quelques pas pour me retrouver devant l'âtre. J'avais assisté à bon nombre d'accouchements, mais je n'avais rien de plus à apporter que les conseils les plus simples.

La main de Caysen sur mon bras me fit relever les yeux. Je croisai son regard noisette et mon cœur se serra dans ma poitrine en repensant aux paroles de Kallas à propos de chance de survie. Je chassai vite ses idées, mais il hocha la tête, comme s'il avait deviné.

– Tout ira bien, dit-il avant de prendre la direction de la chambre à coucher.

Kallas était allée se poster à la fenêtre, le regard sur les nuages noirs et leur progression. Je fis le tour du salon à quelques reprises, l'oreille tendue sur les conversations dans la pièce voisine, mais je savais qu'il était impossible de prédire le moment exact où l'enfant prendrait son premier souffle.

J'allais sortir lorsque des coups discrets se firent entendre sur la porte. J'ouvris le battant pour voir Cynrad qui lança un regard par-dessus mon épaule avant de rapporter son attention sur moi.

– Les gargouilles sont bien en vue. Elles tournent au-dessus de quelque chose et se déplacent avec lenteur dans notre direction. On suppose qu'elles survolent cette ordure de chevalier.

Ma main se porta de réflexe sur mon épée.

– Bien. Dis aux autres que j'arrive.

Je fis signe à Kallas de me retrouver et franchis la porte. J'entendis ma lieutenant chuchoter et Moyra lui répondre, puis elle me rejoignit dans le corridor. Cynrad nous précéda dans la cour jusqu'aux remparts où Segast nous accueillit avec une mine sombre. Les gargouilles étaient à la limite des arbres et nous serions bientôt en mesure de voir à quoi nous avions affaire.

Nicor arriva peu de temps après, suivi par plusieurs adolescents. Il distribua un bol de gruau et une infusion à chacun des défenseurs. Je m'efforçai de prendre quelques bouchées, sachant que j'aurais besoin d'énergie, mais l'appétit n'y était pas.

Une heure plus tard, les guetteurs lâchèrent des cris d'alerte. Je courus les rejoindre et saisis la longue-vue qu'on me tendait. Dans la plaine, deux silhouettes massives se déplaçaient sous les gargouilles. Le premier était semblable au souvenir que j'en avais. Sa lourde armure de plaque me rappelait les portraits des anciens héros au château Bleu. Son heaume masquait ses traits et je frissonnai en repensant à l'odeur qui s'était dégagée durant notre précédent combat. Même d'aussi loin, l'éclat de la pierre qui sertissait le pommeau de son épée était visible.

La créature à ses côtés était un peu plus petite, mais une longue cape venait dissimuler sa réelle stature. Le tissu ondulait autour de ses pieds, comme si un vent invisible l'agitait sans cesse. Une large capuche empêchait de distinguer les traits de son visage. Les ombres sous le tissu se mouvaient, semblables à un nid de couleuvres que j'avais trouvé petite. La nature environnante partageait mon dégoût : les branches et les herbes se flétrissaient ou se détournaient sur le passage de cette abomination.

Je relâchai mon souffle sans bruit et priai pour que les racines du joyau soient épargnées. L'idée que Caysen souffre à nouveau m'était insupportable. J'allais suggérer une première volée de flèches en guise d'avertissement, lorsqu'un frisson me remonta des pieds à la tête.

Une vague de chaleur se répandit dans mes membres comme le cri d'un nourrisson perçait le silence. J'échangeai un regard avec Kallas, dévalai les marches et courus vers la tour. Des exclamations victorieuses se firent entendre alors que j'arrivais devant la chambre du seigneur. Je traversai l'antichambre et m'arrêtai sur le seuil pour voir Ksara qui souriait, le visage baigné de larmes. Le sol vibra sous mes pieds, comme si le château se joignait à nos réjouissances.

– C'est une fille! annonça le maître guérisseur.

Il passa le bébé à Kehsi tandis que Moyra lui fournissait de quoi l'éponger. Les pleurs se firent entendre à nouveau et le bébé se retrouva bientôt sur la poitrine de Ksara, peau contre peau. Pethran reporta son attention sur le bas-ventre de la mère, pour terminer le travail d'expulsion du placenta.

Caysen était toujours debout prêt du lit, une main sur le front de Ksara. Il se pencha et chuchota quelques mots à son oreille. Elle hocha la tête et fit signe du menton à Lathar d'approcher. Caysen mit une paume au-dessus du bébé et ferma les yeux. Une lueur carmin baigna toute la pièce, douce et rassurante. Les bras du bébé s'agitèrent et il poussa un petit cri. Le sourire de Caysen s'élargit et la lumière prit en force.

La pression se rétablit dans mes oreilles, comme lorsqu'on descend d'une montagne, et je tendis une main pour me rattraper au chambranle. Une brise magique se leva dans la chambre, s'enroulant autour de nos jambes et agitant les tentures aux fenêtres. Les traits de Ksara se détendirent et elle sourit, baignée d'écarlate et de pourpre.

Un éclat de lumière auréola le torse de Caysen et il jeta la tête vers l'arrière. Une nuée de gouttelettes noirâtres s'éleva de sa poitrine et monta jusqu'au plafond. L'air quitta la pièce, comme une vague de ressac, avant de revenir, fraîche et pure.

La corruption qui avait atteint Caysen était partie.

Un grondement se fit entendre depuis les fondations du château, un bruit semblable à celui d'une chute d'eau à plein débit. Puis tout redevint calme et l'aura carmin se résorba en douceur, baignant le bébé jusqu'au dernier moment. Lathar secoua ses mains et les regarda avec une drôle d'expression. Caysen se tourna vers lui et s'inclina.

– Bienvenue dans vos nouvelles fonctions, lord Lathar.

L'expression horrifiée de ce dernier fit éclater de rire le précieux. Je toussotai pour camoufler mon propre amusement et Lathar m'envoya un regard consterné.

– Dis-moi qu'on peut revoir ces conventions. Je ne pense pas me faire à l'idée d'être appelé lord.

Je haussai les épaules, en songeant que la vie au château Carmin promettait d'être fort différente de celle au château Bleu. Le sourire de Caysen s'effaça alors que son regard se portait vers la fenêtre et l'horizon d'un noir d'encre.

– Grâce à la présence du seigneur en résidence, nous avons maintenant l'avantage du terrain.

Il se tourna vers moi.

– Le chevalier corrompu est bien accompagné d'une autre créature, mais je ne saurais pas l'identifier.

J'inclinai la tête et fis un salut martial au nouveau seigneur et à la châtelaine.

– Je vais aller aux nouvelles sur les remparts. Je vous tiendrai informés.

Je tournai les talons pour sortir, mon esprit déjà sur les défenses et la meilleure stratégie pour les tenir à distance. Des bruits de pas me firent tourner alors que j'allais descendre les marches. Caysen se tenait derrière moi, à se tordre les mains avec une expression tourmentée.

– Je n'ai pas eu le temps de consulter Lathar, mais j'aimerais que tu partes avec ceci.

Il tendit le bras et le sol s'agita entre nous. Les pierres s'écartèrent et le pommeau d'une épée surgit pour venir se loger dans sa paume. C'était le même modèle d'épée que mon père portait à sa ceinture, le même que celle que m'avait remise Sabaya, avant que Jonas ne s'avère être son propriétaire légitime.

Je crispai les mâchoires, incertaine de pouvoir accepter une deuxième fois cet honneur pour me le voir refusé à nouveau. Caysen tendit les mains vers moi et je fus bien obligée de prendre l'épée au risque de le froisser. La gemme sertie dans le pommeau refléta la lumière des candélabres, la couleur si semblable à celle du joyau dans les catacombes. Je relevai la tête vers Caysen, et m'éclaircis la gorge.

– Je ferai de mon mieux pour lui faire honneur.

– Je n'en ai jamais douté.

Des cris dehors nous obligèrent à couper court et je sortis en courant, Kallas à ma suite. Je montai les escaliers vers les remparts et fus soulagée de voir tout le monde en poste. Cynrad vint à ma rencontre, alors que Segast ordonnait aux archers d'encocher leurs flèches. Les gargouilles étaient presque à portée de tir, mais elles continuaient de tournoyer au-dessus de leur maître. Je plissai les yeux, incertaine d'avoir bien vu.

– Ils sont deux, confirma Cynrad. Jusqu'à maintenant, ils ne font qu'approcher, sans signe d'agressivité.

– Allons à leur rencontre.

– C'est ce qu'Ilyon a suggéré aussi, dit-il. Nous avons préparé cinq chevaux.

Mon lieutenant était irrévérencieux, mais il valait son pesant d'or.

– En selle!

Je dévalai les marches pour rejoindre Jabal et Ilyon dans la cour. Cynrad prit la bride que lui tendait le mercenaire et Kallas sauta sur le dos de son cheval. Un cri attira mon attention vers un coin de la cour. Edon avait été attaché à un anneau de fer d'ici à ce qu'on s'occupe de lui. Il se tenait au bout de sa chaîne avec un regard frénétique.

– Amenez-moi avec vous. Donnez-moi une épée et je vous aiderai. Ne me laissez pas attendre la mort ici.

Ilyon fit avancer son cheval et se pencha vers moi.

– Au pire, s'il se sauve, il servira de distraction.

Je pinçai les lèvres, peu encline à faire confiance au mercenaire. Cependant, il n'avait rien fait pour nuire activement au château depuis notre arrivée. Selon les Sylphes, la proximité des pierres avait exacerbé leur côté belliqueux, à Edon et lui. Un soupir m'échappa et je fis signe à Cynrad de le libérer.

Je n'allais pas refuser une lame supplémentaire.

CHAPITRE 26
Caysen

Je regardai Maelora passer les portes principales en compagnie d'une poignée de guerriers. À une autre époque, nous aurions pu remplir la plaine de soldats. Je serrai les dents et avalai ma salive avec difficulté.

Un jour, le château Carmin retrouverait sa grandeur d'avant. Cette promesse était autant pour moi que pour la petite Loanny. La fille de Lathar et Ksara aurait un jour la régence du château comme Première dame. Je ferais tout pour qu'elle soit fière de cet héritage et qu'elle puisse ajouter sa contribution pour les générations futures.

Les six silhouettes s'éloignaient des murs en direction du nuage de gargouilles au-dessus des champs. Je plissai les yeux pour distinguer qui accompagnait Maelora. Un grondement m'échappa en reconnaissant le profil d'Edon. Pour une fois, je n'aurais pas protesté à ce qu'une exécution se fasse séance tenante, mais Maelora avait refusé et Lathar s'en était tenu à son conseil.

Je poussai ma conscience dans les racines du joyau, à la recherche de l'éclat dans le pommeau de l'épée, mais je ne trouvai que le vide. Un trou se creusa dans ma poitrine. Je ne pourrais pas prendre contact avec la pierre tant qu'un lien n'existerait pas entre le futur maître d'armes et moi.

Le goût amer des regrets se diffusa sur ma langue. J'aurais dû accéder à la demande de Maelora de m'épauler dans cette tâche, mais je n'avais pu me résoudre de la mettre en danger de la sorte. Ma situation avait été précaire – elle l'était encore – et l'idée de nuire à une personne aussi extraordinaire m'avait été aberrante.

Mon lien avec Lathar et sa famille me permettait quand même d'avoir un meilleur contact avec mon environnement. Je savais exactement où étaient nos ennemis. Je sentais leur énergie détruire tout ce qui les entourait. Les racines du joyau se tordaient dans le sol pour s'éloigner de cette destruction et je frissonnai en songeant au sort qui aurait été le nôtre sans l'intervention des Sylphes.

Le groupe de cavaliers ralentit et s'arrêta à bonne distance. Maelora avança son cheval d'une longueur supplémentaire et héla le chevalier corrompu. Le vent emporta ses paroles, ne m'offrant que la vue des chevaux qui piaffaient sous une nuée de gargouilles.

Le claquement d'un coup de tonnerre me fit porter mes mains à mes oreilles. Sur les remparts, les regards se dirigèrent vers le ciel, à la recherche de l'orage, mais je savais qu'ils ne trouveraient rien. Je modifiai ma vision pour visualiser les énergies, et un frisson d'horreur me traversa. Le chevalier corrompu était un tourbillon de jaune, d'ambre et de noir. Derrière lui se tenait un amas d'énergie encore plus imposant. Le jaune maladif pulsait, telle une parodie de cœur.

Il était la source de la noirceur. Sa seule présence faisait mourir la terre.

Le déclic se fit et je compris enfin à quoi nous avions affaire.

Les joyaux étaient doués de conscience, mais limités dans leurs interactions. Les précieux et les précieuses étaient une extension de ces facultés; des créations destinées à interagir avec leur environnement. Les liens formés avec la lignée du seigneur et le maître d'armes ancraient aussi bien le joyau que son avatar à la terre et aux gens.

Ce qui marchait vers nous avec la visible intention de nous conquérir n'était autre que les vestiges de ce triumvirat.

La nausée monta en moi et je dus fermer les yeux pour ne pas être malade sur le chemin de ronde. Un bourdonnement emplit mes oreilles, couvrant les voix des défenseurs à mes côtés. Maelora n'avait aucune chance devant le chevalier corrompu et le seigneur liche. Car ce ne pouvait être autre chose. Le mal infligé au joyau jaune avait dénaturé les liens magiques entre ses ancrages et lui.

Normalement, un seigneur ne survivait pas au passage du temps, contrairement au maître d'armes qui bénéficiait d'une longévité supérieure. Pour que le seigneur du château Jaune ait survécu toutes ces années, la magie du joyau devait lui avoir conféré l'immortalité. Les vestiges du joyau agissaient comme une espèce d'amulette, le liant à cette enveloppe et lui fournissant l'énergie nécessaire pour poursuivre ses sombres desseins par-delà la mort.

Maelora ne pourrait pas le vaincre, car le lien du seigneur liche au joyau continuerait d'alimenter sa force vitale, tandis que Maelora n'avait rien de plus qu'une épée sertie d'un joyau avec lequel elle ne pouvait entrer en contact.

J'aurais crié ma colère si cela avait changé quoi que ce soit.

Il ne me restait qu'à redresser les torts que je lui avais causés. Je descendis les escaliers en courant et mis les mains devant moi pour pousser les portes principales d'une secousse magique. Les barrures sautèrent et les battants s'ouvrirent tout grand. Je me plaçai au milieu du chemin, les pieds plantés sur la terre battue. J'écartai les bras et appelai toute la magie du joyau à moi.

Un autre coup de tonnerre claqua au-dessus de nos têtes.

Les chevaux hennirent et la voix de Maelora me parvint. Je l'ignorai pour me concentrer sur la tempête magique que j'étais en train de lever. Les tourbillons carmin m'enveloppèrent et je les dirigeai vers la plaine, pour les dresser entre nous et l'influence du seigneur liche.

Dans le ciel, les gargouilles feulèrent et s'égayèrent dans tous les sens, incapables de rester à proximité de la magie du joyau. Je sentis une présence tâtonner cette nouvelle frontière. L'énergie carmin crépita et un grondement rageur fit vibrer le sol.

Des bruits de sabots me firent lever la tête et je vis Maelora galoper dans ma direction. Ses cheveux blonds se détachaient contre la noirceur du ciel et ses yeux bleus brûlaient de colère. Mais au moins, elle était vivante. Elle sauta en bas de son cheval avant même qu'il ne s'arrête. Ses mains empoignèrent ma tunique et elle colla son visage au mien.

– Tu ne peux pas te sacrifier ainsi.

Je secouai la tête.

– Tu ne pourras pas le vaincre. Tant qu'il subsistera une part du joyau jaune, le seigneur liche nourrira le chevalier corrompu. C'est un combat perdu d'avance.

Elle me relâcha et recula de plusieurs pas, secouant ses doigts, comme si je l'avais brûlée. Un tentacule spectral se glissa le long de mon bouclier d'énergie et je frissonnai de dégoût. Maelora tourna sur elle-même avant de revenir se planter devant moi.

– Laisse-moi me battre pour toi.

– Tu ne les vaincras pas.

Elle eut un sourire sans joie.

– Peut-être pas, mais je peux les mettre en déroute. C'est ce que Jonas a fait. J'en aurais été capable si j'avais arrêté de m'astreindre à un idéal impossible. Je ne serai peut-être jamais maître d'armes, mais je suis une des meilleures lames du Nord.

Je tendis les mains vers elle pour nier ses paroles. Dès que mes doigts touchèrent sa peau, un courant d'énergie nous traversa. Elle jeta la tête vers l'arrière alors que le joyau l'inondait d'ondes carmin.

Le lien entre nous se mit en place comme une lanière de cuir qui se tend et je criai de surprise.

L'énergie du joyau roula sous nos pieds, tel un chat satisfait. Maelora vacilla et je la retins de justesse. Mon souffle était aussi saccadé que le sien, et au final, je n'étais plus sûr de savoir qui permettait à qui de tenir debout. Elle appuya son front contre le mien et sourit.

– Si tu ne voulais pas que je parte, tu n'avais qu'à le dire.

Un rire étranglé m'échappa, entrecoupé de sanglots.

– Je n'aurais pas pu espérer une âme plus féroce ni plus dévouée pour m'accompagner.

Elle hocha la tête et recula.

– Tu ne peux pas affronter seul ces abominations. Et moi non plus. Ensemble, c'est une autre histoire.

Elle tourna la tête et indiqua le mur de lumière carmin.

– Prête-moi ta force et je protégerai nos terres.

Les poils de mes bras se hérissèrent à l'idée de la laisser combattre une créature aussi maléfique. Je sentis sa présence en moi se lover contre mes côtes, et celle de la petite Loanny y faire écho dans mon cœur. L'équilibre avait été rompu au château Carmin tellement d'années auparavant que j'avais oublié la beauté de cette collaboration.

Ensemble, nous serions une force sans égale.

Le seigneur liche était nourri par son joyau, mais il n'en restait pas moins que cette noirceur ne créerait jamais de spectacle aussi saisissant que ce que je pourrais générer avec Maelora, Lathar, Ksara et Loanny.

J'acquiesçai et me redressai pour déposer un baiser sur son front. J'y insufflai toute l'énergie que le joyau avait mise à ma disposition. Les yeux de Maelora brillèrent dans l'obscurité, animés par le même feu que le joyau sous les fondations. Elle me fit un sourire tout en dents avant de rattraper son cheval et sauter en selle.

Les gargouilles avaient remarqué la chute du bouclier magique et plongeaient vers les autres défenseurs dans un concert de cris. Maelora lança son cheval au galop avec un cri de guerre et fondit vers le chevalier corrompu. Sa silhouette entière était enveloppée de reflets carmin, telle une torche dans la nuit.

Les défenseurs pivotèrent pour se rallier derrière elle et foncèrent en tête de flèche sur leurs ennemis. Les gargouilles plongèrent pour s'en prendre aux chevaux, mais je poussai une vague d'énergie dans le lien entre Maelora et moi, et une explosion de lumière jaillit au-dessus d'elle, obligeant les créatures à s'éparpiller.

Je sentais le poids de son épée, comme si c'était moi qui la maniais. Ses muscles étaient les miens et je suivis le balancement de son corps alors que son cheval chargeait l'ennemi. La lame était parfaitement équilibrée et nous utilisâmes cet avantage pour la brandir.

Le chevalier corrompu releva sa garde, les pieds écartés, prêt à riposter. L'éclat jaune du pommeau miroita lorsqu'il fendit l'air pour parer le coup. Les épées crissèrent alors que les lieutenants de Maelora tenaillaient le chevalier de l'autre côté. Le choc se réverbéra d'elle à moi. Mon souffle se fit saccadé et je dus fermer les yeux pour me concentrer sur le flot d'énergie entre nous.

Je sentais les impacts, la brûlure du métal lorsque la lame ennemie perçait le cuir de son armure. Un coup de pommeau l'atteint à l'épaule et elle échappa les rênes de son cheval. La monture connaissait bien son rôle et rua pour donner le temps à sa cavalière de reprendre ses esprits.

L'inquiétude de Maelora pour ses compagnons était palpable. Je dirigeai son attention sur le lien qui l'unissait à nos terres et à nos gens, et elle comprit d'instinct comment leur transmettre une part de l'énergie du joyau. Les défenseurs crièrent leur rage de vivre, leur désir de vaincre, leur amour pour cette terre nouvelle.

La corruption recula d'un pas, puis d'un autre.

Malgré l'énergie siphonnée par le combat, celle retournée par les défenseurs était plus grande. Les racines du joyau pulsèrent alors que Maelora assenait un coup fatal au chevalier corrompu. Le seigneur liche hurla de colère; un son horrible et déchirant. Je tombai à genoux dans la poussière de la route, aveuglé par la douleur qui me vrillait les tympans.

Le corps de Maelora luttait contre la brûlure de dizaines d'entailles. Son épaule gauche refusait de coopérer et elle devait compenser dans sa technique de combat. Le chevalier corrompu avait été vaincu, mais le prix avait été élevé. Et ce n'était pas terminé. L'inquiétude taraudait Maelora et se réverbérait en moi.

Depuis le château, je sentis une vague de magie m'effleurer et je reconnus la signature des Sylphes. Je leur ouvris grand les bras et ils déversèrent une marée d'énergie. La terre autour de nous se mit à vibrer. Elle aussi souhaitait participer à la protection de ses ressources.

Les arbres, les plantes, les animaux.

Des dizaines de petits tourbillons s'élevèrent autour de nous. Le cri du seigneur liche se fit plus aigu, plus désespéré. Je sentis la trépidation de Maelora, alors que la victoire lui semblait enfin à portée de main. Ses pieds touchaient à peine le sol tandis qu'elle esquivait d'un côté et de l'autre, obligeant le monstre à ouvrir sa garde.

La lame de Maelora lui traversa le ventre et la noirceur du joyau jaune recouvrit l'éclat carmin un bref instant. Je sentis le bras de Maelora trembler, et il était hors de question que je l'abandonne, sauf que je n'arrivais pas à lui envoyer plus d'énergie. J'avais tout donné et je sentais l'épuisement me gagner. À ce rythme, mon enveloppe corporelle ne tiendrait plus longtemps et c'était la quiétude de l'inconscience qui m'attendait.

Alors que le désespoir m'envahissait, j'eus conscience des Sylphes qui se regroupaient dans la cour intérieure. Leur énergie se mit à tournoyer, comme les pales d'un moulin par une journée de grands vents. Ils puisèrent dans l'énergie des habitants du château, dans l'écho entre un précieux, son maître d'armes et son seigneur. Leurs mains modelaient le courant, le canalisaient et le dirigeaient.

Un tourbillon invisible apparut au-dessus du château, un mélange de filaments scintillants. Mais leur objectif m'échappait. Je ne serais jamais en mesure d'utiliser cette tempête contre le seigneur liche. Je fis quelques pas vers les portes principales et vis les Sylphes regroupés autour d'un large bol. Je pouvais entendre le clapotis de l'eau, mais son contenu était caché à ma vue.

Le bol était à la naissance de la tornade magique et il vacillait de plus en plus fort sous les courants invisibles. Je fronçai les sourcils, mon regard sur le ciel. S'ils continuaient ainsi, les remparts allaient en souffrir. Mes jambes me portèrent jusqu'aux pavés de la cour même si mes muscles vibraient de fatigue.

Une fumerolle jaunâtre s'éleva au-dessus du bol et la surprise me figea sur place. Pensaient-ils retirer la corruption des éclats jaunes? Il leur faudrait détruire la pierre originelle pour y parvenir. Mais cette pierre avait déjà été anéantie, non? Trois cent vingt-cinq ans plus tôt, lorsque le précieux s'était fané et que son seigneur avait péri.

Pourtant la malédiction persistait. Restait-il un espoir pour le joyau jaune?

Mon regard se porta sur le combat dans la plaine. Non, pas de l'espoir. À la place du précieux jaune, j'aurais préféré être mort plutôt que de voir les miens pervertis de la sorte.

Je m'approchai un peu plus du cercle des Sylphes. L'énergie semblait se drainer avec lenteur des pierres pour infuser l'eau. Je contemplai les tourbillons, fasciné par les filaments ambrés et ocre qui se déposaient au fond du bol, comme s'ils étaient trop lourds.

Un cri déchira la noirceur et je portai mes mains à mes oreilles pour les protéger.

Et ce fut comme si les entraves avaient été retirées sur une botte de paille, les brindilles s'éparpillant de toute part. L'énergie naturelle de la terre éclaboussa tout ce qui se trouvait autour, infusa les racines du joyau et bouillonna en moi. Incapable d'en supporter plus, je la canalisai vers Maelora.

Sa jubilation était palpable et elle faisait pleuvoir les coups sur le seigneur liche, mais alors que la victoire était à portée de main, la créature battit en retraite, lui enlevant la satisfaction de triompher. Une nuée de gargouilles bloqua le chemin de ma maître d'armes, couvrant la fuite du seigneur liche.

La colère éclata en Maelora et je la sentis regrouper toute la puissance à sa disposition. Une vague d'énergie carmin détonna autour d'elle et les gargouilles convulsèrent avant de tomber au sol, mortes. La corruption s'éparpilla en autant de petits fragments que la nature tout autour s'empressa d'absorber et de filtrer.

Puis tout devint noir.

Je rouvris les paupières et roulai sur le dos, surpris d'être par terre. Le silence était si profond qu'il en était assourdissant. Je clignai des yeux et observai les nuages anthracite, incapable de réfléchir.

Le visage de Maelora emplit mon champ de vision et je tendis une main pour toucher sa joue. Sa bouche articulait des paroles que je n'entendais pas. Elle posa ses doigts de chaque côté de mon visage et mes oreilles débouchèrent, tous les bruits me revenant en force. Le renâclement des chevaux fatigués, les voix des défenseurs qui se félicitaient d'avoir survécu, les appels des archers sur les remparts.

Je souris à Maelora et me redressai. D'une main, elle m'aida à me relever, son regard me parcourant de la tête aux pieds. J'étais en meilleur état qu'elle. Son bras gauche était pressé contre son côté, probablement toujours douloureux. La plupart du sang qui la maculait ne semblait pas être le sien, mais j'avais mes doutes sur une entaille le long de sa cuisse.

Mon attention se porta sur la plaine autour de nous. On aurait dit qu'un grand feu avait dévasté la région, avec la terre noircie, les arbres à l'écorce scarifiée et la neige fondue qui transformait la terre en boue. Un corps étendu au sol attira mon regard et je fis un pas vers elle, désolé à l'idée que Maelora ait perdu un des siens. Elle devina mes pensées et secoua la tête, sa main m'empêchant d'avancer.

– C'est Edon. Il a reçu un coup d'épée destiné à Cynrad. Son existence aura été sous le signe de l'avarice, mais sa mort nous aura permis de triompher.

J'acquiesçai avant de me tourner vers les remparts. Maelora suivit la direction de mon regard pour voir les dizaines de personnes regroupées. Elle leva son épée d'un côté et prit ma main de l'autre. Des cris de joie accueillirent notre salutation.

Un sourire étira mes lèvres et Maelora m'entraîna vers les portes principales. Lathar nous attendait avec tous les habitants du château. Caravaniers, bergers, mercenaires, lieutenants d'un autre château; ça n'avait plus d'importance. C'étaient dorénavant mes gens.

Syviis sortit de la cour, tenant le bol d'eau à bout de bras. Maelora fronça les sourcils et je lui fis signe de me suivre. Je m'inclinai devant la Sylphe, les mains jointes en guise de remerciement. Elle me rendit le salut, avec un sourire en coin. J'étirai le cou pour observer sa charge. Au fond du bol, les gemmes étaient transparentes. Je tendis une main, mais Syviss se détourna prestement.

– Ne touche pas cette eau. Il nous faut un feu à ciel ouvert. On la fera bouillir pour l'évaporer au complet.

– Vous avez réussi, vous les avez purifiés. Je ne pensais pas que c'était possible.

Syviis retroussa le nez.

– Dommage que nous n'ayons pas pu te faire bouillir. Ça nous aurait épargné plusieurs heures de frustration.

Je lui répondis d'une grimace et m'apprêtai à prendre la direction du château, lorsqu'un clapotis attira mon attention vers le puits. Sous mes pieds, le joyau frissonna comme si un autre précieux tentait de me contacter, sans que je puisse reconnaître duquel il s'agissait. Je fronçai les sourcils et m'approchai de l'eau pour me pencher au-dessus.

La surface se brouilla, comme si de la boue s'était soulevée du fond. La couleur se métamorphosa en un halo jaunâtre et un visage apparu au milieu des ridules. J'étouffai un cri d'horreur devant les traits scarifiés de Giliel. Il était méconnaissable, mais ses yeux étaient les mêmes au milieu de cette peau étoilée de tissu cicatriciel.

– Mes fragments! Où sont mes pierres?

Je secouai la tête, sans voix. Le précieux du joyau jaune était devenu une abomination. Je m'agenouillai au sol et effleurai la surface. Le regard de Giliel trouva le mien et il retroussa les lèvres sur une série de dents trop pointues.

– Tu n'avais pas le droit, martela-t-il. Pas toi. Tu es un des nôtres, tu n'aurais jamais dû les laisser me faire ça.

Son ton était de plus en plus aigu, comme celui d'un enfant à qui on retire un privilège. Les larmes roulaient sur mes joues sans que je puisse les retenir.

– Qu'est-ce qui t'est arrivé?

Son expression se fit féroce.

– J'ai passé toutes ces années à regrouper mes fragments. J'y suis presque. Ne crains rien, je vais m'assurer qu'ils ne fassent plus jamais de mal aux nôtres.

Je secouai la tête tandis que Maelora jurait tout bas derrière moi. Tant qu'elle ne me touchait pas, Giliel ne la percevrait pas, aussi je crispai les poings sur les planches qui bordaient le puits.

– Ceux qui t'ont trahi ne sont plus, dis-je. Je comprends ta colère; j'étais en proie à la même émotion il n'y a pas si longtemps.

Il inclina la tête sur le côté, les yeux plissés.

– La colère? Non, ça n'a rien à voir. C'est de la justice. Ils m'ont causé des torts irréparables et je vais rétablir l'équilibre en leur portant un coup dont ils ne se relèveront pas.

La panique m'enserra la gorge à l'idée de ce qu'il avait en tête.

– Ne fais pas ça, Giliel. L'avenir peut te sourire à nouveau. Si j'ai eu une deuxième chance, alors c'est possible pour toi aussi.

Il retroussa le nez.

– Tu as toujours été un naïf et un rêveur; tu me remercieras plus tard. Je vais commencer par rendre visite à Dariane.

L'image disparut et l'eau clapota contre les bords du puits. Je me redressai, le regard sur la plaine dévastée, incapable de saisir l'amplitude de ce dont nous venions d'être témoins.

— Le château Nacré doit être averti sans délai, dit Maelora.

Syviis eut un reniflement dédaigneux.

— Elle ne vous croira jamais.

J'acquiesçai avec lenteur, les lèvres engourdies par le choc. Dariane adorait ses gens, mais elle était bien trop sûre d'elle. Avec raison. Elle était la précieuse du château le plus florissant du Nord.

Les années avaient été bonnes pour elle et chacune de ses initiatives avait été couronnée de succès. Elle ne nous croirait jamais si nous lui annoncions une menace imminente qui pourrait mettre fin à cette prospérité. Elle augmenterait peut-être les patrouilles, mais elle refuserait de perturber les activités de sa région.

Le message allait devoir lui être livré en personne.

CHAPITRE 27
Maelora

Une fois les portes passées, les accolades fusèrent de tous les côtés. Caysen eut un mouvement de surprise avant de se laisser aller. Kehsi lui tendit un mouchoir pour essuyer ses larmes et je souris de le voir si bien entouré. Le brouhaha général s'amplifia, jusqu'à ce que Luan suggère à tout le monde de se changer et de venir se réchauffer dans la grande salle. Nicor y ajouta une promesse de servir du grog.

Je regardai la foule s'éparpiller avec satisfaction. Les courants d'énergie me chatouillaient les pieds et je me tournai d'instinct pour voir Caysen en retrait. Le lien entre nous vibrait avec clarté, et je soupirai de soulagement. La certitude de passer les prochaines années aux côtés de Caysen et de la famille de Lathar me réchauffait de l'intérieur. Leur sécurité m'incombait, mais je ne serais jamais seule pour porter ce fardeau. J'aurais la vivacité d'esprit de Caysen à ma disposition, ainsi que la ténacité de Ksara avec l'apport stratégique de Lathar.

L'arbre argenté miroita sous les rayons du soleil et je m'arrêtai pour poser une main sur son tronc. J'envoyai un remerciement silencieux à Immeril, car son sacrifice avait été une des étapes pour nous conduire à la victoire d'aujourd'hui. Un léger picotement remonta mon bras, comme si l'arbre me répondait.

Mes pas me menèrent vers le jardin et les parterres de fleurs endormies pour l'hiver. Je laissai mon souffle s'apaiser et observai les nuages de buée s'envoler vers le ciel avait retrouvé le bleu du jour. Mon corps était douloureux et j'avais hâte de me débarrasser de la saleté du champ de bataille, mais mon esprit était encore trop agité pour me permettre de passer à autre chose. Un mouvement me fit baisser les yeux et je vis Syviis assise sur un banc de pierre. Elle me sourit et se leva pour me rejoindre.

– Merci d'avoir protégé nos terres de ces créatures malsaines.

– Ce fut un effort concerté, répondis-je. Merci d'y avoir contribué.

Sa main dansa dans l'air entre nous.

– Partager le fardeau le rend plus facile à porter. C'est le premier enseignement inculqué aux jeunes Sylphes.

Des bruits de pas signalèrent l'arrivée d'une nouvelle personne et je vis Caysen passer l'arche. Son regard se posa sur moi et une onde de chaleur se répandit dans ma poitrine. Je lui souris alors qu'il nous rejoignait. Syviis s'inclina à partir de la taille en guise de salutation.

– Je crois que des félicitations s'imposent. J'espère que votre union magique vous bénéficiera mutuellement.

Les joues de Caysen rosirent et il glissa sa main dans la mienne avec un sourire.

– C'est le début d'une nouvelle ère, dit-il.

– La vision de Ksara et de Lathar sera porteuse de grands changements, ajoutai-je.

L'expression de Caysen se fit espiègle.

– Comme je n'ai jamais su rentrer dans le rang, je suis tout désigné pour les accompagner.

Mon grognement amusé fit écho au rire de Syviis. Son regard se porta sur la fontaine et son sourire se transforma en grimace.

– Nous avons déjoué les abominations créées par le joyau jaune, mais j'ai bien peur que la menace ne soit pas éliminée. Le château Nacré aura besoin de l'aide des Sylphes.

Je pinçai les lèvres, anticipant déjà la réception que Dariane leur réserverait.

— Il est trop tard pour entreprendre ce voyage, les routes seront bloquées par les tempêtes hivernales...

Syviis soupira et balaya mes arguments d'une main.

— Tu oublies que nous sommes Sylphes. Les éléments ne seront pas un obstacle à l'accomplissement de ce voyage. Par contre, il me faudra un des vôtres pour escorter notre délégation. Je n'ai pas l'intention d'y perdre la vie.

— Je les accompagnerai.

Je portai la main à mon épée, mais Caysen me retint à temps pour éviter que je ne pourfende le ménestrel. Le joyau me transmit l'amusement du précieux, qui lui avait senti la présence de Luan sur la balustrade à l'étage supérieur. Il avait glissé sur les colonnes pendant que nous parlions.

Je plissai les yeux, contrariée de ne pas avoir été plus en harmonie avec les informations que le joyau relayait en permanence. La main de Caysen serra la mienne avant de me relâcher, et notre lien me communiqua son assurance que j'y arriverais en temps. Devant nous, Luan enfonça les mains dans ses poches et se balança d'avant en arrière avec un sourire en coin.

— La vie de château, ce n'est pas pour moi. C'est bien quelque temps, mais c'est lassant.

Il s'inclina devant Syviis.

— Je serais ravi de vous accompagner et d'être votre porte-étendard.

— Clairement, tu n'as pas froid aux yeux, dit-elle. Et ta musique est agréable à l'oreille. La route n'en sera que plus intéressante.

— Ce n'est pourtant pas matière à rire, les prévins-je. Vous avez la survie des Terres du Nord sur les épaules. Dariane risque fort de se retrancher derrière le poids des années. Assurez-vous de parler avec son maître d'armes,

Brenlir. C'est un excellent stratège et il est capable de tenir tête à sa précieuse. Peu importe la position des Sylphes sur les châteaux et leurs précieux, la menace représentée par le joyau jaune nous touche tous.

Syviis acquiesça avec une mine sombre.

– Je suis d'accord avec toi. Et j'ai envie de voir le projet de Ksara réussir. Ce séjour à la cour du château Nacré sera l'occasion parfaite pour passer le mot sur le changement de régime dans la région carmin. Qui sait, vous observerez peut-être un afflux de visiteurs.

J'échangeai un regard avec Caysen, ravie de voir notre avenir prendre forme ainsi.

– Nous sommes prêts à toutes les éventualités, dit-il.

La véracité de ses paroles résonna en moi tandis que l'énergie du joyau roulait paresseusement sous nos pieds.

ÉPILOGUE

Caysen

Le ciel se parait d'un bleu clair lorsque la délégation de Sylphes quitta le château en compagnie de Luan. Syviis et les siens avaient chanté pour le ciel et les nuages pendant plusieurs jours avant de se déclarer satisfaits. Elle nous avait cependant avertis que le climat reprendrait ses droits au cours des prochaines semaines.

Ksara sortit de la tour principale et avança pour me rejoindre sur les pavés. Je la saluai et me penchai pour observer le petit visage de Loanny, avec sa bouche en cœur, à peine visible contre la poitrine de sa mère. Cette dernière sourit avec un soupir fatigué.

— Elle a fini par dormir quelques heures, dit-elle. Merci encore pour ton aide.

Je lui rendis son sourire.

— Ce n'est pas comme si j'avais besoin d'autant de sommeil que toi.

Une lueur amusée traversa dans le regard de la nouvelle maman.

— Non, mais Maelora est de mauvais poil lorsque tu passes la nuit loin d'elle.

Le feu me monta aux joues et je me contentai de secouer la tête en réponse. Mon regard trouva la chevelure dorée de cette dernière aux côtés de la large carrure de Lathar. Il échangea une poignée de main avec Luan puis Maelora lui remit un parchemin scellé. J'espérais que le sauf-conduit serait suffisant pour garantir leur sécurité.

La Guerre des Sylphes n'était qu'une vieille histoire pour bien des gens, mais les préjugés et les craintes avaient la vie dure. Je regardai les chevaux et les cervins de la délégation s'éloigner sur la route avec un pincement au cœur. Mais de voir Maelora et Lathar revenir vers nous, le sourire aux lèvres, me réchauffa de l'intérieur. Après tant d'années de souffrance et de noirceur, j'avais trouvé mon soleil.

Maelora s'arrêta à mes côtés et inclina la tête.

– Qu'est-ce qui te fait sourire ainsi? Soulagé d'être débarrassé du ménestrel? Il ne chantait pas si faux.

– Dis plutôt que c'est toi qui es soulagée; tu tolérais mal ses envolées lyriques par soir de mauvais temps.

Elle pinça les lèvres pour contenir son sourire et m'invita à prendre la direction de la grande salle en sa compagnie. Je levai les yeux vers les remparts où les défenseurs arpentaient le chemin de ronde. Du bruit nous parvenait des cuisines, où Nicor s'affairait à préparer le premier repas de la journée pour le reste du château. Des hennissements et des bêlements résonnaient depuis les enclos, tandis que les bergers distribuaient les rations de grains.

– J'ai de nombreuses raisons de sourire; mon existence n'a jamais été sous d'aussi bons auspices.

Maelora acquiesça, puis une lueur taquine éclaira son regard.

– Tu ne seras peut-être plus du même avis après les deux semaines de tempête promises par les Sylphes.

Je secouai la tête, inébranlable dans mes convictions.

– Ce ne sera qu'une excellente raison de rester au lit. Le temps passe plus vite en bonne compagnie, semble-t-il.

Elle éclata de rire et glissa son bras autour de ma taille. Peu importe ce que l'avenir nous apporterait, nous y ferions face.

Dariane

Ça ne faisait aucun sens.

Le festival allait bientôt débuter et les gens avaient pris d'assaut les rues. Chaque jour, la ville accueillait de nouveaux arrivants. Toute cette activité aurait dû être un véritable festin. Au lieu de cela, l'énergie du joyau se tordait sous mes pieds, comme si une douleur fantôme courait le long de ses racines.

Arrivée devant la porte de la salle du conseil, je m'arrêtai le temps de reprendre mon sang-froid. Les muscles de mon visage se détendirent et un sourire bienveillant étira mes lèvres. Je replaçai le tissu de ma robe puis croisai les mains sous mes manches traînantes. D'une pensée, je poussai le battant.

Les têtes se relevèrent autour de la longue table et je posai mon regard sur chacun d'eux. Jusqu'à l'homme debout aux côtés de ma seigneuresse.

La lumière des torchères donnait des reflets bronze à sa peau foncée. Ses pommettes saillantes accompagnaient des yeux qui rappelaient ceux des chats. Je savais ses iris bruns, mais ils paraissaient noirs d'ici. Il se redressa à ma vue et sa main se porta à l'épée à sa ceinture. Le mouvement fit miroiter le joyau nacré serti dans le pommeau. Mon souffle se coinça dans ma gorge devant sa prestance.

Brenlir était magnifique.

Il était aussi la source de mes problèmes.

Dans le même univers

La Chronique des Joyaux, fantasy épique
Le crépuscule violet
L'aurore carmin
Le zénith nacré

Aussi disponibles

La Coureuse des grèves, fantasy urbaine
Les eaux empoisonnées
Les flots ensorcelés
Les vagues fugitives – sortie prévue le 22 juin 2023

Windigo, fantasy urbaine
La proie du Windigo
L'ennemi du Windigo
La chasse du Windigo

Dominix Kemp, space opéra
Gemellus
Similis
Dominus

Infolettre mensuelle !!!

Restons en contact!
Rendez-vous sur melaniedufresne.com pour vous inscrire et
recevoir votre nouvelle gratuite dans l'univers des Joyaux.

Remerciements

Je tiens à remercier mon conjoint David, sans qui cette histoire aurait été très différente. Ce n'est pas toujours facile, mais je t'en suis éternellement reconnaissante. Un gros merci à mes lectrices bêta Lori Anne, Valérie et Nathy. Votre aide est précieuse et je suis chanceuse de vous avoir à mes côtés dans cette aventure. Merci à mes amis écrivains, Isabelle et Michael pour leur soutien et ces échanges d'information bien pratiques. Merci aux membres du groupe des Plumes de l'imaginaire, parmi qui j'ai recruté une super équipe de lancement; vous êtes géniales, je n'aurais pas pu demander mieux! Et merci à vous, chers lecteurs! Votre enthousiasme est ma plus belle récompense.

À propos de l'auteure

Mélanie est originaire de la banlieue ouest de Montréal, au Québec. Déjà à 10 ans, elle passe une bonne partie de ses nuits à lire sous les draps avec une lampe de poche. Le reste du temps, elle rêve d'écrire ses propres histoires. À 17 ans, elle quitte sa ville natale pour poursuivre ses études. Elle rencontre son conjoint dans le Bas-du-Fleuve et lui offre une vie de servitude en échange de bons repas. Finalement, c'est lui qui cuisine et c'est mieux ainsi. Ils habitent en banlieue de la ville de Québec avec leurs deux merveilleux enfants et un chien affectueux, mais pas très brillant. Ses plaisirs coupables sont le chocolat et les romances paranormales.

Rejoignez l'auteure sur ces réseaux
Site Web : melaniedufresne.com
Facebook : www.facebook.com/MelanieDufresneEcrivaine
Instagram : www.instagram.com/melanie_ecrit